A MILD NOBLE'S VACATION SUGGESTION

優雅貴族的休假指南。

12

著 岬　圖 さんど
譯 簡捷

◆ Contents ◆

A MILD NOBLE'S VACATION SUGGESTION

CHARACTERS

人物介紹

利瑟爾

本來是為某國王效命的貴族，不知為何掉到了與原本世界十分相似的另一個世界，正在全力享受假期。嘗試當上了冒險者，不過常常有人不敢置信地多看他一眼。

劫爾

傳聞中的「最強冒險者」，可能真的是最強。興趣是攻略迷宮。

伊雷文

原本是足以威脅國家的盜賊團的首領。蛇族獸人。別看他這樣，親近利瑟爾之後作風已經比先前收斂許多了。

賈吉

商人，擁有自己的店舖，擅長鑑定。看起來很懦弱，其實與人交涉時頗有魄力。

史塔德

冒險者公會的職員，面無表情就是他的一號表情。人稱「絕對零度」。

雷伊

負責統領憲兵的王都貴族，位階為子爵。性格明朗的中年美男。

梅狄

肉慾系癡女（伊雷文命名），一看到合胃口的男人總是無法克制滿溢的肉慾。利瑟爾實在太正中好球帶，拜此所賜她每天都快樂得不得了。

COMING SOON

艾恩隊伍

曾經借助利瑟爾的幫忙，搶先通關新迷宮的年輕冒險者。論冒險者資歷明明是利瑟爾的大前輩，在利瑟爾面前卻莫名變成後輩地位的元氣充沛四人組。

134

草木沾上晶瑩朝露的時刻，利瑟爾緩緩睜開眼皮。

竄入毛毯縫隙間的涼意，感覺起來比起從前滯留王都的時候更強烈了些，是因為不久前還待在溫暖的阿斯塔尼亞的緣故嗎？利瑟爾頂著剛醒來遲鈍的頭腦這麼想著，把毛毯拉上肩膀，重新鑽進被窩。

就連無意間映入眼簾的窗戶都顯得有點陌生，看來他們確實離開王都滿久了。利瑟爾睡眼惺忪地看著窗框上的木紋，依然動也不動地躺在床鋪上，享受半夢半醒的感覺。

「嗯……」

想睡的話一定還睡得著，不過睡意不濃，感覺也可以直接起床。

抵達王都之前那幾天的旅途中他們都睡帳篷，睡起來雖然一點也不差，不過久違的床鋪還是異常舒適，讓人難以離開被窩。他慢吞吞地撥開落在眼睛上的頭髮，在一個呼吸之後從側躺轉成仰躺的姿勢，緩緩看向背後。

首先映入眼簾的是鮮豔的赤紅色。身旁的人把臉埋在枕頭裡，整個人趴在床上熟睡，是昨天費盡全力撒嬌耍賴說要在這裡過夜的伊雷文。

「（應該、還沒……）」

伊雷文多半還沒醒吧，利瑟爾撐著昏昏欲睡的眼皮看他，獨自意識朦朧地想。

這間旅店只有兩間單人房。一方面也是單人房價錢較貴、需求較少的關係，聽旅店的女主人說，現在利瑟爾住的這間單人房也常常硬塞進另一張床，當成雙人房使用。

他們運氣不錯，兩間單人房都正好空著，於是利瑟爾和劫爾兩人跟以前一樣住了進去，這時候卻招來伊雷文的抗議。反正伊雷文不必特地花錢住旅店，在王都也有地方可睡……他們理所當然預設他不需要房間，似乎是這種態度惹伊雷文不開心了。

「（是因為我們沒問過他的意見，就擅自決定嗎……）」

兩個大男人睡在這張床鋪上顯得有點擁擠，利瑟爾只是轉過身仰躺，就碰到了伊雷文的肩膀。

蛇族比唯人更低的體溫，在微涼的早晨感覺起來還是十分溫暖。伊雷文的肢體接觸本來就比較頻繁，因此他並不覺得不快，不會想刻意挪開身體跟他保持距離。

「（住在同一間旅店，確實比較方便沒錯……）」

利瑟爾睡眼惺忪地看著那抹鮮豔的赤紅。

比方說到公會接取委託的時候、有什麼事想找人同行的時候，住在同一間旅店的話只要說一聲就可以一起出門了。不過之前待在王都的時候由於伊雷文掌握了利瑟爾的動向，雙方也不曾感受到任何不便。

既然如此，伊雷文果然只是因為從一開始就被排除在外，所以覺得不高興而已吧。今天他應該就會若無其事地回到據點，用浪漫一點的說法就是秘密基地去了。

「（不知道據點在哪裡呢？）」

位在中心街也不是不可能。精銳盜賊他們也在那裡過夜嗎？利瑟爾這麼想著，把目光移向天花板。

利瑟爾覺得三人同住一間旅店也很好，甚至一起換到大房間，整個隊伍睡同一間房也沒差。不過既然劫爾他們沒有提起，就代表他們比較偏好一人一間吧。

「……啊——」

這時，身旁傳來一聲低吟。

由於整張臉埋在枕頭裡，聲音也悶悶的。利瑟爾躺在床上朝那裡看去，伊雷文正以剛睡醒不遂的目光窺探著他。

「繼續睡沒關係喲。」

「嗯。」

利瑟爾瞇起了惺忪的睡眼笑著輕聲說，伊雷文聽了再度把臉埋進枕頭。

每次看到這姿勢利瑟爾都不禁心想，他不會難以呼吸嗎？利瑟爾邊想邊撐著床舖緩緩坐起身來，難得這麼早起，早點逛逛久違的王都也不錯。

去哪裡好呢？利瑟爾替伊雷文拉上毛毯，蓋住他露出來的肩膀，然後從床舖一端放下了雙腳。

賈吉的商店是為冒險者開設的道具店。

道具種類繁多，從冒險者的必需品到各種專業用具都有。其中也有不少在鑑定時收購的東西，賈吉會把品質良好的道具挑選出來，當作店裡的商品販賣。

而且，為了迷宮品而來的顧客不只有冒險者。為了尋找高性能的魔道具和雜貨，這間商店有著各式各樣的客人造訪。

「謝謝惠顧。」

今天，賈吉也恭敬地把剛買完東西的客人送出店門。

直到店門完全關上，他才深深呼出一口氣抬起頭來。來到他店裡的以中階到高階的冒險者居多，這個位階的冒險者常常散發出一股強者的壓迫感。

無論見過多少次面他還是會怕，雖然知道對方沒有發怒，粗暴的語調還是讓他退縮。賈吉很想早點習慣，但實在太困難了。

「……嗯？」

忽然，他好像注意到什麼似地，從門口往工作檯的後方走去。

賈吉從抽屜取出一疊細繩裝訂的紙張，動作熟練地瀏覽起來。

「K、K……Knife、Knife……」

他從五花八門的商品當中找到需要的分類，手指一一滑過品名，找出需要的商品。

小刀也有各式各樣的種類，武器、解體用、家庭用、特殊用途……現在賈吉翻看的這本清單，就是現在店裡所有庫存和缺貨物品的一覽表。

「解體用……石巨人……」

剛才賣出的是石巨人解體用的小刀。

雖說是小刀，不過這種工具其實沒有刀刃，形狀也像支小型鐵鎚，前端有一側做成尖銳的十字鎬狀。使用時先用鐵鎚部分把硬度堪比岩石的石巨人敲開，然後用十字鎬那一側挖出埋在裡頭的魔石。

由於再細分下去反而麻煩，這種工具在賈吉店裡是分在小刀那一類。

「進貨的管道是……」

賈吉喃喃說著，手指沿著那一列往右滑。

剛才賣出那一把之後，這種小刀的庫存就歸零了。這不算是需求量特別大的商品，不過比起反覆向公會租用，自己買一把長遠看來還是比較划算，這種道具總是定期會賣出幾把。

不過賣出的頻率也不算高，等到庫存清空之後再進貨也完全來得及。

「嗯……」

指尖來到了一個商人的名字上頭，那是他時常來往的一位商人。

賈吉店裡販賣的解體用小刀全部都帶有加護。加護是迷宮品帶有的特殊效果，並不是所有迷宮品都有加護，效果實不實用也是隨機的。也有很多效果莫名其妙的加護，比方說讓劍比較不容易飛出去。

在迷宮裡能否找到寶箱全憑運氣，寶箱裡的東西實不實用也得看運氣。當然，冒險者開到實用的道具也可能留著自用，因此好的迷宮品在市面上相當少見。

賈吉想要的是提升耐久度的加護，想必不容易取得。

「好！」

不過萬一真的進不到貨，那就到時候再說吧。

總之，見到那位商人的時候得記得提起這件事才行。賈吉點點頭，把那疊清單收回抽屜。反正販賣迷宮品的商店，架上的商品大都不是固定的。

該拿什麼商品填補空缺的位置呢？賈吉邊想邊準備走向倉庫。這時門口的吊鈴忽然響起，有客人來了，他有點彎駝的背脊立刻挺得筆直。

「歡迎光……」

「早安，賈吉。」

「利瑟爾大哥！」

聽見浸透內心般溫柔的聲音，賈吉高興地迎上前去。

他走近靜靜關上店門的利瑟爾，期待那雙低垂的眼眸朝他仰望過來的瞬間。心裡有點浮躁，或許是出於喜悅吧，因為那雙眼睛裡蘊含的高貴色彩和寵溺眼神，此刻都是只賜予他一個人的東西。

「那個、昨天不好意思……利瑟爾大哥明明很累了，還拉著你鬧了那麼久。」

「我也聽得很開心呀，請別介意。」

看見利瑟爾有趣地露出微笑這麼說，賈吉也忍不住垂著眉露出軟綿綿的笑容。

昨天，他們才歡天喜地地到城門口去迎接利瑟爾回到王都。他和史塔德搶著把這段期間發生的事情告訴利瑟爾，每一件小事利瑟爾都認真傾聽，因此兩人不小心說得太起勁了，也不顧利瑟爾舟車勞頓，拉著他到處聊了接近半天的時間。

「啊，你們找到旅店了嗎？」

「是的，和之前同一間旅店。」

「這樣呀。」

賈吉鬆了口氣，同時心裡也有一點點惋惜。

他本來想，假如利瑟爾他們找不到地方下榻，在找到新的旅店之前可以先住在他店裡的生活空間。由於商店本身特性的關係，這裡要增加房間或家具也非常簡單。

「那個，那你們在那邊住的旅店……」

趁著這個機會，賈吉試探地問道。

昨天他顧著說話，幾乎沒聽利瑟爾分享阿斯塔尼亞的生活。畢竟還有劫爾和伊雷文陪在身邊，他們應該不至於住到一群人一起睡大通舖的那種旅店才對，只不過利瑟爾的行為模式太難預測，賈吉也不敢斷言。這並不是排斥便宜旅舍的意思，賈吉自己也毫不介意在簡陋的旅店下榻，只是一想到要讓利瑟爾住在那種地方，他就覺得渾身不對勁。

「騎兵團的副隊長為我們介紹了一間不錯的旅店，餐點也很美味哦。」

「太好了……好玩嗎？」

「嗯，旅店主人也是個很有趣的人。」

賈吉安心地放鬆了肩膀。

在阿斯塔尼亞，外向歡樂的人果然比較多嗎？賈吉對異國的話題很感興趣，在信中也一樣，透過利瑟爾的眼光聽他聊起這些見聞，總是特別有意思。

「他還教我釣魚呢。」

「？？？」

實在太難把利瑟爾和釣魚聯想在一起，賈吉頓時大感混亂。

「啊，對了，我在信上跟你提過的，店裡有收購到新的書本喔。」

「嗯，我也很想看看。」

賈吉頂著一團混亂的頭腦，設法強制轉換話題。

眼見利瑟爾毫不介意地點了點頭，賈吉趕緊從店內深處拿了幾本書過來。昨天盡情享受了和利瑟爾久違的聚會之後，他就把這些書準備好了。
「不過有幾本已經賣掉了……」
「把握商機是好事呀。」
利瑟爾瞇起眼睛讚許地笑了，賈吉見狀也露出軟綿綿的笑容。
賈吉的道具店經手的書本，幾乎都是從冒險者那邊收購來的迷宮品。這些書本並不會放在架上販賣，大多是轉手賣給定期過來收購書籍的專門業者。
「嗯……這本是我最新收購到的。」
「《迷宮內部最佳觀光景點介紹》，等於是書籍版的迷宮畫作呢。」
「啊，這本利瑟爾大哥你應該會很喜歡喔。」
「《來自洞窟迷宮給冒險者的愛》……啊，大規模陷阱的圖解好厲害哦。」
「還有……啊、這本是、那個……不可以看！」
昨天的自己一定是興奮過頭了。
賈吉拚命藏起混在裡面的那本《撞到胯下的冒險者反應全集》。順帶一提，帶來這本書的那些冒險者隨手翻閱著它，一下爆笑、一下又臉色發青地按住自己的脆弱部位，忙得不可開交。
「賈吉？」
「呃、這……這本是放錯的……」
面對利瑟爾納悶的眼神，賈吉視線游移，絞盡腦汁想化解這僵局。
「對、對了！把這本書賣給我的那些冒險者，有提到利瑟爾大哥的事情喔！」

「這樣呀？有點不好意思呢。」

利瑟爾語帶笑意地順著他的話回應，看來雖然感到疑惑，但還是體察了他的心情。賈吉鬆了一口氣，回想起帶來這本驚世之作的那群冒險者。

「他們說了什麼呀？」

「那個……像是利瑟爾大哥在阿斯塔尼亞也會閱讀魔物圖鑑嗎，之類的。」

「完全被他們猜中了呢。」

利瑟爾露出溫煦的笑容這麼說，賈吉眨了眨眼睛。

「那我就買這兩本書。還有，今天想請你幫忙鑑定一些東西。」

「啊，好的！」

賈吉迅速收起書本，開始準備鑑定。

他在工作檯鋪上一層厚厚的白布，從圍裙口袋裡拿出單眼眼鏡戴上。細鍊發出的細微摩擦聲，以及鍊子掠過臉頰的感覺都十分熟悉。

戴上白手套之後，手錶貼在手腕上的觸感也一樣。這也是當然的，這些都是他每天佩戴的東西。

「是迷宮品吧？」

「是呀。」

賈吉這麼問，表示他準備好了。利瑟爾點頭回答，接著一件件把鑑定品放上檯面。

利瑟爾帶來的鑑定品當中，常有許多賈吉也鮮少見到的東西。例如一眼就看得出相當稀少的頭目素材、從迷宮深層隱藏房間取得的謎樣迷宮品，還有拿在冒險者手上顯得非常突兀的茶具組、泰迪熊等高級品。

「（雖然很實用……）」

但絕不是冒險者意義上的實用。

不過賈吉知道利瑟爾對此一直感到不滿，所以這句話只放在心裡。

「這三件東西，可以請你鑑定嗎？」

「咦……只有這些嗎？」

「其他的都已經讓阿斯塔尼亞的鑑定士看過了。」

換句話說，這裡只有阿斯塔尼亞的鑑定士無法判斷的東西。

利瑟爾理所當然地認為換作是他一定有能力鑑定，賈吉得努力繃緊臉頰，才好不容易忍住高興的笑容。他的演技並不完美，而且總覺得利瑟爾肯定發現他有多開心了，但既然利瑟爾理所當然地認為他有這個能力，他也想理所當然地完成職責。

「這是在書庫迷宮拿到的通關報酬……」

利瑟爾指著那些鑑定品一一為他解說。

第一項是顆黑色魔石，大約是一隻手可以握住的大小。

「這是同一座迷宮的頭目素材……」

第二項是一片巨大的單片眼鏡，明顯不是給人類使用的尺寸。

「這個是在水底遺跡迷宮裡拿到的頭目素材。」

最後一項則是孩童拳頭大的兩顆寶石，經過非常精密的切削。

賈吉聚精會神地審視這些鑑定品。都是非常稀有的東西呢，他邊想邊拿起其中一顆寶石。

「好厲害，都是我沒看過的東西……」

「頭目素材果然很少出現在市面上嗎？」

「是的，一方面當然是因為它很稀少，再加上頭目素材只有在那個迷宮才能取得……」

每個迷宮的頭目，都是那座迷宮的特有魔物。

有多少座迷宮就有多少不同的頭目，這些頭目也不會在其他迷宮出沒。因此頭目素材只在該迷宮所在的國家才有可能少量流通，幾乎不可能賣到其他國家去。

「我在爺爺那邊，倒是看過幾種。」

「不愧是因薩伊爺爺呢。」

賈吉回想起人脈廣闊、經手無數商品的祖父把那些頭目素材展示給他看的時候。

頭目特有的素材美麗又強韌，非常不可思議，當時他雙眼閃閃發亮地想，這些素材每天看肯定也看不膩吧。現在拜利瑟爾他們所賜，賈吉倒是真的三天兩頭就有機會看見頭目素材就是了。

「這個……應該是元素精靈核心吧？不過，品質真的很好呢……」

賈吉眼睛眨也不眨地審視著那顆寶石，結束了鑑定。

「是呀。你聽說過阿斯塔尼亞的『人魚公主』嗎？」

「咦……啊，那個絕對沒有人能通關的迷宮，不就叫做、那個名字……」

他說到一半的話，和拿在手上的鑑定品產生了重大矛盾。

賈吉不禁越說越小聲。不過他立刻轉念一想，這可是利瑟爾他們的隊伍啊。最擅長化不可能為可能的三個人湊在一起，通關一、兩座迷宮哪有什麼大不了的。
賈吉深深點頭表示理解，不知為何換來利瑟爾納悶的眼神。
「對了，魔石和元素精靈核心比起來，哪一種可以賣到比較高的價錢呢？」
「這個嘛，嗯……各種因素都會影響它們的價格，所以不好說呢……」
聽見利瑟爾忽然這麼問，賈吉垂著眉苦惱地說。
他把手上的元素精靈核心放回墊布上頭，看向排列在貨架上的魔石。
「元素精靈核心『加熱之後不定型』的性質很顯著吧。」
「是的，所以品質良好的元素精靈核心可以加工做成裝備，我想應該是很受冒險者歡迎的素材。」
元素精靈核心蘊藏著豐富的魔力，加工製成裝備之後也不容易受到魔力影響。利用這個特性，可以打造出附有屬性魔力的武器，或是擁有魔力抗性的防具。
除非是從迷宮深層取得的核心，否則只有聊勝於無的效果。不過元素精靈核心可以賣掉換錢，也可以拿來強化裝備，仍然是冒險者們積極取得的素材之一。
「不過核心沒有辦法注入或釋出魔力，所以還是魔石的需求比較大……」
要說哪一種價錢比較高昂，還真難給出確切的答案。
「應該說，品質比較好的就能賣到比較好的價錢，跟種類比較沒有關係吧。」
「原來如此。」
利瑟爾恍然點頭。看來自己解釋得夠清楚，賈吉鬆了一口氣。
「品質這麼好的元素精靈核心，我想一顆可以賣到八十枚金幣。」

「不愧是頭目素材，價錢很漂亮呢。」
「假如兩顆一組有什麼特殊意義的話，說不定可以賣到兩顆兩百金幣……」
「那就是兩百囉。」
知道自己努力攻略迷宮之後取得的素材價值不斐，果然讓人很開心吧。
利瑟爾心情愉快地把玩著桌上的元素精靈核心，賈吉看了也高興起來。這時他忽然有個疑問，兩個一組的魔物素材相當少見。
「這個是素材對嗎……是什麼部位呀？」
「是眼睛，人魚公主的。」
眼珠啊……賈吉百感交集地望向遠方，看著利瑟爾把那兩顆元素精靈核心收好。
利瑟爾會找他鑑定東西，卻從來不曾請他收購。想出售的時候，利瑟爾會拿著賈吉開立的鑑定證明書把東西賣給冒險者公會，不過這種事也不常發生。
要是沒有空間魔法，利瑟爾會怎麼處理那些東西呢？賈吉邊想邊觸碰下一件鑑定品。
「嗯……這個單片眼鏡是……」
「是頭目戴在身上的東西哦。」
「哇……魔物素材居然有單片眼鏡，我還是第一次看到。」
好時髦的魔物喔，賈吉一邊讚嘆一邊拿起那片巨大鏡片，擺在與雙眼齊平的高度。
這片單眼眼鏡比人臉還大。賈吉當然不知道戴著這片眼鏡的是隻巨型蜘蛛，而且利瑟爾他們看到牠的時候還聯想到了賈吉。
「當作藝術品，感覺也很有價值呢。」

賈吉喃喃說著，隔著手套撫摸握在手中的銀色邊框。

邊框經過精工雕琢，同樣是銀色的裝飾簡約而精美，鏡框上沒有鍊條，不過金屬裝飾上鑲著寶石般美麗的魔石。

要是裱在厚實的框裡，底下再鋪個天鵝絨，這個特別的魔物素材就會成為獨一無二的美術品了。可是有一點讓人感到不對勁，無法將它視為單純的美術品看待。

「這裡鑲的是魔石對吧？」

「是的，我也覺得很奇怪……」

聽見利瑟爾這麼問，賈吉也微微偏了偏頭。

既然鑲嵌的不是普通的寶石，而是魔石，這鏡片說不定帶有某種魔法效果。透過鏡片，賈吉看見利瑟爾從另一側伸出手，輕輕觸碰魔石。

這鏡片沒有度數，難道真的只是魔物裝飾用的東西嗎？

「利瑟爾大哥，那個，有沒有試過注入魔力之類的……」

「試過了，不過沒有任何變化呢。你也可以試試看。」

聽見利瑟爾這麼說，賈吉也嘗試把自己的魔力注入魔石當中。

那一瞬間，他就感受到視野不太對勁，總覺得眼前的景象變得有點模糊。他反覆眨著眼睛，但不對勁的感覺仍然沒有消失，漸漸地，鏡片另一側利瑟爾的衣服開始一點一點變透……

「嗚哇啊啊啊啊!!」

「哇……？」

賈吉臉色一陣青一陣紅，迅速移開鏡片。

同一時間立刻出現了某種東西，擋在利瑟爾和賈吉中間。那是一面木紋鮮明的牆壁，從天花板和地面上長出的牆面緊緊咬合在一起，把利瑟爾完全隔絕在賈吉視野之外。

賈吉完全沒有意識到發生了什麼事，一回過神才趕緊慌慌張張地繞到牆壁另一側。

「對、對不起對不起！利瑟爾大哥，你沒事吧?!」

「沒事哦。」

牆壁逐漸縮回天花板和地板上去了，利瑟爾興味盎然地看著這一幕，而賈吉只是一個勁地拚命道歉。

考量到王座的特性，即使賈吉沒有意識到自己做了什麼，眼前的利瑟爾也不可能受到任何傷害，但那是兩回事。說不定嚇到利瑟爾大哥了，賈吉一邊抱歉地想著，一邊享受被利瑟爾撫摸臉頰安撫的感覺。

「剛才怎麼了嗎？」

「啊，那個……」

被這麼一問，賈吉頓時不知該怎麼回答。他把那片單眼眼鏡緊抱在胸前，絕對不往鏡片裡看，先是低頭瞥了它一眼，才戰戰兢兢地把視線轉回利瑟爾身上。

從反應看來，從鏡片另一側看過來的利瑟爾似乎什麼也沒看見，那他到底該怎麼解釋才好？賈吉簡直想當場逃跑，但他必須好好說明鑑定結果才行。

如果可以讓他澄清的話，他真的沒看到利瑟爾任何一吋肌膚，只看到最外面那層外衣變透明而已。

「該、該怎麼說……那個……！」

沒錯，變透明的只有一層外衣。利瑟爾聽了肯定也只是「哦」一聲就沒事了，但儘管理智上明白，這還是讓人難以啟齒。

「賈吉？」

利瑟爾有點擔心地看了過來，現在自己的臉色一定很難看吧。

賈吉做好了覺悟，反正自己沒做什麼虧心事，他鼓足了勇氣開口：

「從、從這邊看過去利瑟爾大哥變透明了！」

「像幽靈那樣嗎？」

「對不起不是那樣！」

他腦袋一片混亂，說得太籠統了。

鑑定士講解鑑定結果可不能這麼不專業，賈吉重新打起精神，把手上的鏡片翻到背面給利瑟爾看。

「那個，把魔力注入到魔石裡面之後，從我這邊看起來利瑟爾大哥你最外面那層上衣就變透明了……」

「哦……剛才從我這邊看過去，倒是沒有任何變化呢。」

果然是這樣。賈吉點點頭，呼出一口氣，試圖冷卻自己在混亂中發熱的臉頰。

「這樣的話，單純就只是鏡片正反面的問題了……看起來注入的魔力多寡，好像也不會造成什麼改變。」

賈吉邊說邊把單眼眼鏡遞給利瑟爾，後者興味盎然地接了過去。

接著，利瑟爾把單眼眼鏡擺在眼前緩緩移動，環顧整間店鋪，應該是注入了魔力，正在試驗它的效果吧。沒有把鏡片轉向這裡實在很符合利瑟爾的作風，拜此所賜，賈吉也得以慢慢冷靜下來。

「原來如此，可以透過一層障礙物看見內部呢。」

「我想，應該是這樣沒錯。」

比方說觀看花瓶的時候，花瓶朝前的那一面瓶壁會消失，所以透過鏡片會看見另一側瓶壁的內側。

如果觀看有蓋的箱子，蓋子就會消失，可以直接看見箱內物品；觀看書本則是封面消失，看見目錄頁。

剛才賈吉觀看利瑟爾的時候只消失了一層裝備，肌膚裸露的臉部一點也沒變，只能說這真不愧是迷宮品，也太懂得看狀況自動調整功能了吧。

「把它帶進迷宮，不知道能不能穿透牆壁看見另一邊呢？」

「迷宮的話，我覺得就很難說了。」

無論多麼強大的戰士，一旦踏進迷宮都必須遵守迷宮的規矩。

牆壁無法損傷，所以不可能直接破壞牆壁前進；迷宮規定無法避開的陷阱，無論再怎麼努力都不可能繞道，賈吉也沒聽說過有什麼迷宮品可以顛覆這些規則。

假如這片單眼眼鏡在迷宮內可以正常使用，那就可以輕鬆發現隱藏房間了。

「說得也是。物品也要過一小段時間才會慢慢變透明，可能沒什麼實用性呢。」利瑟爾說。

「對於冒險者來說好像真的不太實用。」

「也要看怎麼運用就是了。」

守衛拿來檢查行李或許很好用，但用途也僅限於此。

除此之外很可能會被人拿來為非作歹，還是隱瞞它的功能，主打它作為藝術品的價值比較恰當。只當作擺飾也已經足以高價賣出了，哪天如果要賣到市面上，就替它準備個精美的高級飾框吧，賈吉暗自下定決心。

「還有這個。」

「這個呀……」

聽見利瑟爾把單眼眼鏡放回工作檯上這麼說，賈吉苦惱地垂下眉毛。

外表看起來，它像是顆小型魔石，顏色是吸收了所有光線般深沉的漆黑，黑得乍看之下不像球體，反而像全黑的平面。

「我摸摸看哦……」

「好的。」

賈吉把那顆魔石握在大手裡轉動了幾次，感受表面的凹凸之處。

接下來他試著注入魔力，強弱都嘗試看看，先從一隻指頭注入，五隻手指分別嘗試過之後再換成兩隻手指，然後是三隻、四隻、五隻手指全部。如果是普通的魔石，魔力應該會從中心往外擴散，逐漸填滿整顆魔石才對。

可是，這個魔石……

「魔力，不會累積？」

「是呀，可是魔力也沒有直接穿過它。」
「是的，從魔力的傳導方式看來，它也確實是魔石沒錯……」
賈吉舉起手上的魔石，試著透過光線打量它。
沒有任何光線透過去，魔石仍然是整片的漆黑，彷彿只有那一塊世界被挖了個洞。
剛才注入的魔力完全沒有漏出魔石，那麼那些魔力到底到哪裡去了？賈吉睜大了單眼眼鏡內側的眼睛，眨也不眨地審視魔石，像要看穿它不可見的內部構造一樣。
「魔力不是不會累積，而是薄薄地擴展開來……？」
賈吉喃喃說著，再次注入魔力。
「魔石、石頭……它說不定、根本不是石頭呢。」
「也就是說，是能夠蓄積魔力的『某種物質』？」
「是的。」
賈吉放下魔石，把它放在利瑟爾伸出的手掌上。
魔石正如其名屬於一種石頭，具有貯存魔力的特性。注入其中的魔力會囤積在魔石內部，單位質量能夠積存多少魔力決定了魔石的品質好壞，單純只是體積龐大並沒有任何意義。
「魔力越過了實體的界線……不，應該說是它沒有界線吧。」
「是的，那個……雖然我也不知道是什麼原理……」
「明明像這樣有著具體的形狀，還真不可思議呢。」
利瑟爾這麼感嘆道，賈吉聽了暗自感動不已。

不需要他從頭到尾仔細說明，利瑟爾只消短短一句話就理解了他的意思，真是太難得了。做鑑定常常碰到無論怎麼說明為什麼開出這個價格，客人還是無法接受的情況。這種情況大多發生在他開出的價格不如委託人預期的時候，尤其最近時常碰到這種狀況，和利瑟爾的這段對話因此讓他格外感動。

「啊，這個……？」

「賈吉？」

賈吉忽然注意到一件事。

「它可能跟空間魔法、有點類似。」

他低頭看著利瑟爾這麼說，看見利瑟爾眨了一下眼睛。

利瑟爾沉思般別開了視線，沉默了幾秒鐘。賈吉並未出言催促，只是摘下單眼眼鏡輕輕放進圍裙口袋，安靜等待對方開口。

「嗯……目前還很難說呢。」

利瑟爾微微一笑，賈吉也跟著露出軟綿綿的笑容。

「如果還有什麼東西需要鑑定，請再拿來給我看看吧。」

如果對於做出結論有所幫助就太好了，賈吉以熟練的動作脫下手套。鑑定結束了。

「啊，對了……」

利瑟爾想起什麼似地這麼說。怎麼了嗎？賈吉偏了偏頭。

他看見利瑟爾把迷宮品收進腰包，又從裡頭拿出了另一件東西。

「我買了件手禮哦。」

「咦，是、是給我的嗎？」
「當然囉，希望你會喜歡。」
利瑟爾把一個扁平的絨布盒子放在工作檯上。
看起來就像個裝著高級項鍊的珠寶盒，側面有著小小的銀釦，盒蓋角落刻著賈吉的名字。
「這、這個，我可以打開嗎？」
「當然可以。」
在利瑟爾溫柔的敦促之下，賈吉伸出手，指尖緊張到快要發顫。
他小心翼翼、甚至可說是畢恭畢敬地拿起盒子，打開盒釦，然後把手放在盒蓋上稍微使力。感受到些許的阻力之後，盒蓋伴隨著一點反作用力打了開來。
映入眼中的是一雙全新的白手套。
「我盡可能訂製了跟你現在那雙手套差不多的樣式，不過如果不好用的話……」
「我會珍惜使用的！」
賈吉不禁拉高音量這麼說，打斷了利瑟爾的話。
但他實在忍不住，喜悅、感動和各式各樣的情緒交織成一股衝動，促使他繼續說下去：
「現在這雙手套指尖部分的布料已經磨得變薄了，所以我真的很高興……！」
眼眶好熱，視野像浸在水中一樣搖蕩。
或許是見不到面那段時間累積的寂寞使然，情感止不住地從心中滿溢出來，賈吉自己也感到意外。他蓋起盒蓋，握緊了手中的盒子。

相隔多時又獲得利瑟爾的贈與，除了這份伴手禮之外，他更感受到內心某處獲得了滿足。

「看你這麼高興，也不枉費我精心挑選了。」

模糊的視野中，他看見那雙紫晶色的眼眸綻放出甜美的笑意。

利瑟爾伸出手，指尖撫過他發熱的眼眶。安撫般溫柔的動作和微涼的指尖對現在的賈吉來說非常舒服，慌亂的心跳也慢慢平靜下來。

「我在阿斯塔尼亞也找人鑑定過，不過賈吉你的技術果然還是最好的。」

「啊……」

「今後也要請你多多關照囉。」

賈吉睜大了眼睛，接著笑了開來，把心裡所有的幸福都展現在臉上。

利瑟爾評斷一個人從不受感情左右，他的肯定沒有任何偏袒，非必要也絕不說謊，因此獲得他的認可比什麼都還要令人高興。

「我才是，拜託利瑟爾大哥多多關照了。」

覆上賈吉臉頰的掌心，一點也沒有冒險者粗糙的觸感。

賈吉稍微把臉往那隻手上蹭，利瑟爾便慈愛地摸了摸他的臉頰。在短暫的猶豫之後，賈吉微微彎下腰，彷彿在向利瑟爾撒嬌，因為他知道利瑟爾會允許他這麼做。他裝作沒注意到自己害羞的心情，享受著這段舒適的時光。

不知不覺待太久了，利瑟爾望著染上夕陽餘暉的天空，露出苦笑。

賈吉的商店享有王座的恩賜，或許是店主發自內心歡迎他的關係，利瑟爾在店裡總是過得相當愜意。反正賈吉很高興，這也是好事吧，利瑟爾邊想邊走進旅店敞開的大門。

「哎呀，利瑟爾先生，歡迎回來。」

「謝謝。」

旅店女主人注意到利瑟爾，於是走過來把房間鑰匙拿給了他。

「對了，那孩子留了話給你，說『要去公會的時候叫我』。」

「伊雷文嗎？」

「是呀，昨天明明還鬧成那樣，一直吵著要住下來，今天卻一臉沒事的樣子呢。」

既然把鑰匙寄放在櫃檯，利瑟爾也猜到了，看來伊雷文已經離開了旅店。

說到底，住在同一間旅店的不同房間或住在不同旅店，對利瑟爾他們來說本來就沒有太大差別。伊雷文若無其事地離開，就代表昨天他大肆抱怨的理由就和利瑟爾早上猜測的一樣吧。

「那孩子反覆無常的毛病還是一點也沒治好啊。」

女主人笑著這麼說，利瑟爾也有趣地笑著表示同意。

135

利瑟爾走在清晨慢慢熱鬧起來的街道上。

人聲、搬運貨品的聲音、馬車往來的聲音逐漸增加，恰到好處的雜音讓頭腦慢慢甦醒過來。阿斯塔尼亞的早晨多虧了勤奮工作的漁夫們，街區和碼頭在日出的同時立刻就熱鬧起來，和王都的早晨有著截然不同的風情。有些事情果然是離開熟悉的城市一陣子才會注意到，利瑟爾深有感觸。

「你昨天馬上就潛入迷宮了嗎？」

「沒，去辦點事。」

他瞥向走在身邊的劫爾。

利瑟爾隨口應了一聲，心想他說不定是去買菸了。那麼今天就是值得紀念的、重新開始王都冒險者生活的日子了，利瑟爾點點頭這麼想。關於這點，此刻和劫爾一起走向冒險者公會的利瑟爾也一樣。

「感覺你一定已經攻略過王都的所有迷宮了。」

「太麻煩的迷宮我會跳過。」

「啊，原來如此。」

為了平衡難度，在機關太過繁雜的迷宮裡，魔物有時會被弱化。追求強敵的劫爾，一點也不想特地花時間解開各種機關、攻略那種迷宮。

「一直挑戰同樣幾個迷宮不會膩嗎？」

「不會，每次進去都會改變吧。」

「話是這麼說沒錯。」

而且也很久沒去了。聽見劫爾補上這一句，利瑟爾也點頭表示理解。

與他們擦肩而過的每個人，都忍不住多看他們一眼。先前利瑟爾他們還滯留在王都那陣子，居民們本來已經越來越習慣這幾位氣場不同凡響的人物，不過實在太久沒見到他們，目光又下意識被他們吸引過去。不只是渾身散發貴族氣質而引人注目的利瑟爾，聽說過「最強」傳聞的冒險者們也直盯著劫爾看，視線當中蘊含著好奇、羨慕、敵意等各不相同的心思。

話雖如此，他們倆完全不介意這種事，因此就像完全沒注意到一樣，自顧自地聊著天。

「我昨天去了賈吉那邊哦。」

「喔。」

「也請他鑑定了一些東西。」

「結果那個黑色魔石到底是什麼？」

「賈吉也不太清楚。」

還真少見，兩人這麼說著。他們相當信任賈吉的鑑定眼光。

劫爾停留在王都的期間也會到賈吉的道具店請他鑑定，即使當初利瑟爾沒有憑著自己的運氣走進賈吉的商店，劫爾也會把這家店介紹給他的。

「不過單眼眼鏡倒是有結果了。」

「你說那個啊……」

「本來以為它是藝術品，結果是魔道具呢。」

聽見利瑟爾這麼說，劫爾投以詫異的視線。

這也難怪，實際上他們在打倒那個蜘蛛頭目之後，三個人還一起仔細確認過了取得的鏡片、絲線等素材。由於討伐頭目之後，最深層會成為迷宮內部唯一的安全地區，因此他們常常拿著素材在那裡悠閒地討論該如何運用它們。

那次的單眼眼鏡也不例外，利瑟爾曾經把魔力注入魔石當中確認它的用途。

「那時候沒有反應吧。」

「那好像只是因為鏡片方向拿反了的關係。」

「啊……」

「賈吉從正確的方向看出去，就發現我的衣服消失了。」

劫爾面無表情地看向利瑟爾。

「效果好像是能夠穿透一層障礙物的樣子，拿來看我就是一層衣服消失，看書就是封皮消失。」

即使消失的只是一層衣服，賈吉一定也相當動搖吧，劫爾深感同情。

對象假如換作利瑟爾以外的其他人，賈吉也只會一瞬間愣住而已。不難想像，都是這個氣質高潔過頭的男人惹的禍，害他感受到不必要的罪惡感。

「這也沒什麼用。」

「是呀。」

雖然能夠設想各種不好的用途，劫爾仍然斷言這眼鏡對冒險者來說毫無實用價值可言。利瑟爾也表示贊同，反正他們不打算拿它來做壞事，也不打算把它賣給會拿來為非作歹的人。

不過這樣的單眼眼鏡有兩片，卻沒什麼用，該拿它怎麼辦呢。

「劫爾，你要拿一片嗎？」

「不需要。」

這可是賣出去能換到一大筆錢的迷宮品，兩人卻一派輕鬆地聊著該怎麼處置它，邊說邊走進公會大門。王都的冒險者公會，論外觀比起阿斯塔尼亞確實正式一些，不過無論是哪個國家，在公會裡活動的都一樣是粗莽的冒險者們，踏進公會完全沒必要感到拘束。

不過他們周遭的人顯然不這麼想。兩人一踏進大門，立刻在公會內部引發一陣騷動。

「居然是一刀……」

「喔，貴族小哥真的回來啦？」

主要對於劫爾有反應的，就是在利瑟爾他們離開的這段期間剛造訪王都的冒險者。對於利瑟爾有反應的，則是先前就在王都活動的冒險者了。不少冒險者轉移據點的時間以年為單位，現在又是公會最熱鬧的清晨時間，因此利瑟爾他們也看見了不少熟面孔。

「你今天想接什麼委託呀？」

「A階的討伐最理想吧。」

看來劫爾今天想盡情戰鬥。

畢竟搭乘魔鳥車旅行的期間，把迷宮巡禮當作興趣的劫爾一直沒有機會潛入迷宮嘛。利瑟爾恍然這麼想，跟著他一起走向委託告示板。途中他想順道看看警告黑板，才忽然想起王都這裡沒有，忍不住輕聲笑了。不知不覺間，在阿斯塔尼亞已經養成了看警告黑板的習慣。

順道一提，魔礦國卡瓦納也有類似的警告板，只是利瑟爾剛好沒看見。

「怎麼了？」

「沒什麼。」

聽見笑聲，劫爾投來疑問的視線，利瑟爾只是有趣地笑著搖了搖頭。

他們鑽過擁擠的人群，來到委託告示板前。抬頭一看，告示板上整整齊齊貼著委託單，以委託階級分類的單子以等間隔貼在板上，一目了然。有幾處空出了一張單子的空白，表示已經有冒險者撕下單子、接取了那些委託。起得還真早呀，利瑟爾在內心佩服地想。

「還是沒有S階的委託呢。」利瑟爾說。

「是啊。」劫爾說。

S階的空間在委託告示板上也特別狹小，上面一張委託單也沒有。

這是因為鮮少有人提出難度這麼高的委託，有能力支付相應酬勞的委託人也屈指可數的關係。

「那我去四處看看哦。」

「嗯。」

眼見劫爾開始瀏覽起A階的委託，利瑟爾和他道別，開始有點不知所措地在擁擠的告示板前慢慢移動。今天利瑟爾本來就不打算接委託，只是想確認看看他們離開王都這段期間，委託內容和委託人是否有所變動，所以才選在委託數量最多的清晨造訪公會。

「（高階沒什麼改變，不過低階的委託好像增加了。）」

委託告示板上，E階占據的面積似乎大了一些。

由於冒險者可以接取比自身階級高一階的委託，最低的F階委託往往乏人問津。公會也考量到這一點，難度稍微接近E階的F階委託總是會被硬性歸類為E階，所以E階委託的數量原本就稍微多一點。不過即使把這點納入考慮，E階的委託似乎還是比之前更多了。

「（F階好像也是……）」

利瑟爾邁開步伐，靈巧地鑽過擁擠的冒險者之間……不，其實只是注意到他的冒險者們或驚訝或習以為常地讓開了一條縫隙讓他過去。經過一番努力，他來到了張貼低階委託的告示板前方。

心不在焉地聽著冒險者們挑選委託的喧譁聲，他仔細瀏覽貼在告示板上的委託單。

「（討伐、採集、雜務……雜務的委託增加了？）」

搬貨、搭建棚架，比較特殊的還有試吃等等都會被分類為雜務委託。告示板上徵求這類人手的委託變得更加多元，看來一般民眾利用公會的門檻降低了，這是好事。利瑟爾獨自點著頭，大致瀏覽了這裡的委託。

擋在告示板前面太久也不太好。確認過這裡沒有他想要保留的委託，利瑟爾立刻離開告示板前的區域，鑽出人群的解脫感讓他鬆了一口氣。

「喲，看起來你一切都好啊。」

這時，旁邊忽然有人叫他。那是一道平靜低沉的聲音，利瑟爾轉身一看，一位老練的冒險者正站在那裡。利瑟爾認識他，這位冒險者以前就在王都活動，由於他的隊伍裡有位魔法師的關係，利瑟爾也和他說過幾次話。

印象中是B階。利瑟爾在腦中回想起相關訊息，露出友善的微笑。

「好久不見了。」

「阿斯塔尼亞怎麼樣啊？」

「魚很好吃。」

「……這樣啊，那太好啦。」

眼見對方看向虛空這麼回答，利瑟爾也笑著把頭髮撥到耳後。這只是句玩笑話。

「那裡沒有什麼異狀，很熱鬧呢。」

冒險者總是時刻留意其他國家的情勢。

特別是有意前往的國家，情報自然是越多越好。沒有人想被捲入麻煩之中，萬一出了什麼大事，也會密切影響到委託數量和報酬。

對方是為了打聽這方面的情報才這麼問，沒想到利瑟爾卻回以美食情報……利瑟爾正經八百地給出這種答案也不奇怪，因此這位冒險者剛才也當真了。他們至今還是沒有完全把利瑟爾當成冒險者看待。

「對你來說太吵了吧。」

「不會，我玩得很開心。」

「那個光頭大叔還在嗎？」

「是那位擅長金臂鉤的大叔對吧？」

「對、對，他的絕招還是沒變啊。」

這位冒險者也在阿斯塔尼亞活動過。他咧開帶著疤痕的臉頰笑著這麼說，內心其實想著「可以的話真不想從利瑟爾口中聽到『金臂鉤』這種詞」，不過聊得正開心的利瑟爾當然不知情。

「啊，不過……」

利瑟爾忽然想起什麼似地開口。

「來自撒路思的入境者，這段時間可能會受到阿斯塔尼亞比較嚴格的審查哦。」

對方臉上的笑容消失，詫異地皺起眉頭。

那名冒險者環抱起粗壯的手臂，轉動視線審視了一下周遭，在視野中看見了同樣好奇發生了什麼事、注意著這裡的冒險者們。獨占他國情勢的相關情報沒有利益可言，彼此分享這類訊息是冒險者之間的共識，因此他只確認了沒有不適合聽到這消息的傢伙在場。

「這還真可疑，出了什麼事？」

「好像是來自撒路思的客人做了什麼好事。」利瑟爾說。

「是冒險者？」

「不是的，和冒險者完全沒有關係。」

只放出傳聞程度的消息沒有大礙，利瑟爾於是若無其事地這麼說。

正如同沙德也不知從哪裡取得了相關情報，畢竟人言難防，既然雙方已經派出使節協商，那麼這消息傳開來也只是時間問題，雖然僅限於冒險者之間交換情報的範疇。

「既然不是冒險者，那對我們就沒有太大影響啦。」

真傷腦筋，冒險者聳了聳肩，搖搖頭這麼說。

「原來是這樣。」

「那當然。」

原來如此，利瑟爾佩服地點點頭。

這時候，男性冒險者的隊友辦好了手續，從大排長龍的委託櫃檯走了過來。注意到利瑟爾，隊友先是嚇了一跳，然後舉起手跟他打了招呼。

「喔，我差不多該出發啦。多謝你的情報。」

「不會，彼此幫忙呀。」

「哈哈，越來越有冒險者樣子啦。」

冒險者促狹地挑起嘴角，有點高興地笑了，接著便走向隊友，腰上佩劍的劍鍔隨著步伐發出規律的輕響。目送他走遠之後，利瑟爾也把視線轉向委託窗口那邊。

他想和史塔德打聲招呼，不過現在史塔德看起來很忙。反正不趕時間，就等他忙完好了，利瑟爾這麼想著，走向招募同伴、等待招募的冒險者們三三兩兩聚集的桌椅。這時候……

「喂喂喂這裡怎麼有個貴族啊!!什麼叫做有冒險者樣子，難不成這傢伙真的是冒險者？」

充滿戲劇化起伏的大嗓門響徹公會大廳。

「貴族不是不能當冒險者嗎？這就是那啥對吧，貪——汙——賄——賂——！」

利瑟爾朝那邊一看，原來是剛從其他城市來到王都的冒險者。

那是三個年輕人組成的隊伍，正看著這裡發出挑釁的笑聲。他們似乎正在辦理轉移據點的手續，史塔德一手拿著文件，為他們進行解說。

「各位是第一次來到王都的冒險者公會，由我進行說明，首先……」

「原來公會對這方面根本沒在管喔？太失望啦——」

「基本規則與其他公會相同，不過在帕魯特達爾，僅限於現行犯的場合，憲兵有權可以逮捕冒險者。」

「不知道收買公會花了多少錢喔？升一階多少啊？」

「屆時除非是遭到冤枉，否則憲兵方面不接受任何抗議，本公會也無法加以袒護，這點請各位……」

「你也等一下吧？欸，我們現在……呃……正在講話耶……等等啊……」

「關於上述情況的處分……」

史塔德是不會停下來的。他有說明的義務，因此無論對方有沒有在聽、再怎麼出手阻止，他都會想盡辦法說到最後。語氣平淡而流暢的說明，在那些年輕人數度懇求之後才終於停下。

「有什麼問題嗎？」

「不是啦，我們在講話欸。」

「我也在說話啊。」

「……嗯，你們這邊的人都這樣喔？」

這話帶有威脅意味，史塔德卻只回以不為所動的表情和絕對零度的冰冷雙眼。年輕冒險者被他的氣勢壓垮，轉而採取低姿態回應。利瑟爾漫不經心地看著這一幕，這時那些年輕人重新打起精神，再次朝他看過來，眼神充滿輕蔑和諷刺。不過利瑟爾身邊某人的眼神可是比這陰險百倍，因此他絲毫不以為意，只是微微偏了偏頭問對方怎麼了。

「怎麼擺出一副『跟我無關』的臉啊？貴．族．大．爺？」

「啊，是在說我嗎？」

除了你還有誰？那群年輕人一時無語，周遭的人群朝他們投以同情的視線。同樣不認識利瑟爾的其他冒險者們，臉上則帶著和那些年輕人差不多的表情。

「我看起來像貴族嗎？」

利瑟爾悠然問道，瞇起沉穩的雙眼笑了，眼神中流露出些許樂在其中的色彩。

先不論內容，遭人挑釁就代表他更像個冒險者了，利瑟爾不禁高興起來。他甚至有點感動，原來在阿斯塔尼亞那段期間，自己作為一個冒險者也有所成長……不過對方挑釁的內容還是先不提了。

「你有在掩飾嗎？這樣也叫做有在掩飾？看起來就是個貴族好嗎！」

能夠看穿自己原本的貴族身分，這些年輕人的洞察力真不簡單，利瑟爾暗自佩服。事情怎麼會變成這樣？周遭眾人忍不住在心裡吐槽。沐浴在欲言又止的視線當中，利瑟爾忽然想到什麼妙計似地看向那群年輕冒險者。

「你收買公會是花了多少錢啊——？怎樣，不敢回答是被我們說中了喔？說話啊？」

利瑟爾目不轉睛地看著他們。

「沒有什麼東西用錢買不到喔?有夠丟人現眼!」

利瑟爾目不轉睛地看著他們。

「不要都不說話,讓我們聽聽你的聲音嘛——來啊,快點找藉口辯解……」

利瑟爾目不轉睛地看著他們。

「你到底有沒有在聽……呃,這傢伙是怎樣?幹嘛一直盯著我們看,欸很嚇人欸,這是怎樣……」

「不要問我!搞屁啊,帕魯特達都是這種人就對了,夭壽,好恐怖好恐怖……」

利瑟爾目不轉睛地看著他們。

聽見年輕冒險者們這麼說,周遭的冒險者一邊心想「不要把我們跟本公會第一和第二我行我素的人相提並論好嗎」,一邊納悶地觀望利瑟爾在做什麼。公會大廳內彌漫著一股難以言喻的奇妙氣氛,一點也不像是冒險者之間起了糾紛。

「喂。」

打破這氣氛的是本公會第三我行我素的人物,是剛才一如往常地找好委託、一如往常地辦完了接取手續的劫爾。由於排隊人潮眾多,花了點時間才辦好。

「劫爾。」

「你在幹什麼?」

「我在瞪人。」

「蠢貨。」

利瑟爾全力的冒險者表現，被劫爾毫不留情地打了回票。

接著，劫爾轉而看向那些和利瑟爾對峙的年輕男生。沒想到一刀會在此登場，三人神情錯愕，啞口無言地來回看著利瑟爾和劫爾。

劫爾興趣缺缺地瞥了他們一眼，然後低頭看向利瑟爾催促道：

「走了。」

「也是呢，我本來想跟史塔德稍微說句話的。」

他們本來已經就地解散，劫爾應該是覺得繼續待在這裡會惹上麻煩，所以才來叫他吧。

利瑟爾一面感謝劫爾的體貼，一面看向從剛才就一直看著這裡的史塔德。那雙不帶任何感情、玻璃珠般的眼瞳眨也不眨地看過來，似乎受到了一點打擊，利瑟爾於是安撫地瞇起了眼睛露出笑意。

「我在你常去的那家店裡等你。」

等你休息時間再過來沒關係——不必等他說出口，史塔德也聽懂了他的意思。

表面上聽起來像是利瑟爾單方面的約定，但事實絕不是如此。利瑟爾知道史塔德會為他在工作之間空出罕有的休息時間，也知道史塔德這麼做是出於自願。

「我知道了。」

「那麼，晚點見。」

史塔德平時遇事總是立刻回應、對答如流，這次總覺得他的回應之前多了一小段沉默。

察覺這微小的差別，利瑟爾儘管納悶，但還是不動聲色地對他揮了揮手道別。來辦手續的冒險者一直看著這裡，史塔德也沒辦法工作吧，因此利瑟爾也向呆呆看著這裡的年輕冒險者們簡單告別，然後跟著劫爾走出公會。

兩人再度並肩走在街道上，街上的人潮比起剛才更多了一些。

「我說你啊，別動不動就被人纏上。」

「又不是我的錯。」

聽見劫爾無奈地這麼說，利瑟爾不服氣地回望。

那些冒險者這麼想實在太令人遺憾了，自己明明每天都在努力鍛鍊冒險者技能啊。

「我果然還是該說『有種咱們出去談』比較好嗎……」

就是因為認真煩惱這種事情，大家才覺得你不像冒險者啦。劫爾這麼想著，默默把視線轉向別處，不是因為他體貼，只是因為事到如今說什麼都太遲了。

「話說回來，你幾句話就把他們敷衍過去了。」

「嗯？」

「平常應該玩得更起勁吧。」

劫爾打趣似地瞇細雙眼這麼說，利瑟爾聽了眨眨眼睛。

平常他也會隨便敷衍過去，不過經劫爾這麼一說，確實是常常回應對方的期待沒錯。在原本的世界不會有人以這種方式找他碴，感覺很新鮮也有點好玩……不過要是這麼說，劫爾應該會說他興趣惡劣吧。

「他們都是好孩子呀。」

利瑟爾有趣地笑著說，把在舒適的微風中搖曳的髮絲撥到耳後。

「啊？」

「只是誤會了我是貴族而已，不是嗎？」

關於這方面，任誰都會斷言錯不在那些年輕冒險者們。劫爾對此也毫無異議，甚至還覺得問題出在利瑟爾身上。

對於這場誤會本身，利瑟爾也只覺得「反正我在那一邊確實是貴族嘛」，因此他不太介意，只是有點納悶。

「看見貴族無視公會的規矩當上冒險者而感到排斥，對於允許這種事發生的公會感到幻滅，這都是當然的。」

「是沒錯。」

「他們說用金錢收買冒險者階級是一種可恥的行為，表示他們也有身為冒險者的自尊吧。同為冒險者，我也感到很驕傲呢。」

正因如此，利瑟爾才想盡可能擺出冒險者架式，力求獲得他們認可，不過華麗地搞砸了。

利瑟爾並沒有搞砸了什麼事情的自覺，不過確實覺得有什麼地方不太對勁。

「讚美別人也有個限度。」

「他們也沒什麼值得責備的地方呀。」

利瑟爾理所當然地這麼說。

他確實覺得那些年輕人挑釁的語氣容易樹敵，不過也僅此而已。

「他們也沒叫我放棄你。」

利瑟爾輕描淡寫地補上這句話。

只要對方的指責有理他都會接受，萬一有所誤會只要澄清就好，除非對方把自己的理想強加在他身上，否則利瑟爾都不會介意。

「他們要是這麼說，你才該當作沒聽到。」

「因為不可能成真？」

「蠢貨。」

劫爾促狹地挑起嘴角笑了，抬手用手背拍了利瑟爾的額頭一下。

還是老樣子，聲音響亮，卻一點也不痛。利瑟爾越過劫爾收回的手掌，對上那雙銀灰色的眼瞳，接著雙方打趣似地雙雙移開視線。

「啊，我走這邊。」

「嗯。」

「你慢走哦。」

於是他們背向彼此，劫爾就這麼走向城門，利瑟爾則拐進小巷。

在這個復古而寧靜的空間中，深吸一口氣就能在空氣中隱約聞到咖啡豆的香味。

從窗戶照進室內的光線已經相當充足，因此店內沒有其他光源，不可思議的是無論處在哪一個角落都不會感到陰暗，是最適合讓心靈休憩的氣氛。

利瑟爾坐在這間咖啡店窗邊的位子讀著書。

「……」

整間店裡只聽得見店長的腳步聲，偶爾翻動書頁的聲音不時參雜其中。利瑟爾面前擺著喝完的咖啡杯，看得出他已經在店裡坐了一段時間。

忽然響起一串柔和的吊鈴聲，微微擾動了這寂靜的空間。「歡迎光臨。」店長回應來客的聲音與店裡的氣氛一樣沉靜。一陣腳步聲朝這裡接近，直到對面的椅子被人拉開，利瑟爾才終於注意到他等候的人來了，於是從書本上抬起臉來。

「不好意思讓你久等了。」

「不會。我才不好意思，突然約你過來。」

利瑟爾朝著那雙筆直望向這裡的眼瞳露出柔和的微笑，闔上正在閱讀的書本。

他以熟練的動作把書籤夾進紙頁之間，史塔德在椅子上坐下，目光一直追隨著那張書籤移動，多半是下意識的動作吧。利瑟爾覺得他可愛，不過還是裝作沒注意到，手指撫過美麗書籤的邊角，將它輕輕推進書裡。

「現在是你的午休時間吧，要點些什麼嗎？」

「好的。」

利瑟爾說著把菜單遞給他，史塔德的雙眼於是再度轉向這裡。

他接過菜單，在一陣短暫的沉默之後翻開它，低頭看了起來。利瑟爾果然還是覺得他不太對勁，在心裡疑惑地偏了偏頭。

「你要點些什麼嗎？」史塔德問。

「這個嘛，那就三明治和特調咖啡吧。」

「我知道了。」

史塔德從菜單上一抬起臉，穿著黑色咖啡店圍裙的店長立刻意會過來，走到桌邊親切地替他們點餐，接著又踏著沉穩的步伐走進店內深處去了。

漫不經心地目送店長走遠之後，史塔德重新轉向利瑟爾。

「早上的事情會不會讓你不高興？」

「沒事的，他們有沒有好好聽你講解？」

「我逼他們乖乖聽完了。」

史塔德理所當然地這麼說，這說法聽起來帶點危險氣息。

不過年輕冒險者聽聽公會的說明總是不會吃虧，被逼著把話聽完，對他們還是有好處吧。太好了，利瑟爾也點點頭。

「畢竟史塔德你的解說總是非常清楚易懂呀。」

掌握要點，簡明扼要，很符合他做事從不拖泥帶水的風格。

利瑟爾的話聲裡蘊含著讚美和寵溺，史塔德聽了還是板著一張淡漠的臉孔，不過看在敏銳的利瑟爾眼中，史塔德總是比情緒化的人好懂許多。就像現在，利瑟爾彷彿也看得見他高興得身後都飛出小花來。

「謝謝。」

不過他同時也注意到了，史塔德在這麼說的同時稍微別開了目光。

「這麼說來，低階的委託變多了呢。」

「是的。不過從你們還待在王都的時候開始，就已經出現慢慢增加的趨勢。」

「這樣呀？」

史塔德說話的時候總是筆直看著對方。

那雙眼睛彷彿能夠看透一切，甚至讓人懷疑他是不是透過自己看著身後的什麼人，也有不少人因此覺得史塔德很有壓迫感、不好親近。

「公會內部的職員都說，應該是你們接取低階委託的時候吸引了民眾注意，所以越來越多人知道公會受理的委託範圍有多廣泛了。」

「委託的範圍？」

「指的是典型的採集、討伐、迷宮探索以外的委託。在這之前民眾不太知道其實只要支付報酬，公會也會把雜務視為委託張貼出去。」

而史塔德的目光，在看著利瑟爾的時候也是一樣的。

那雙玻璃珠般漠無感情的眼睛，彷彿只是不帶情緒地映照著旁人，看著利瑟爾的時候卻總是帶著明確的意志追隨著他的身影，眼睛眨也不眨地筆直朝他望過來。利瑟爾在他眼前的時候，史塔德的目光至今一刻也不曾移開。

「我聽劫爾說，那種雜務類的委託不太受歡迎呢。」

「目前並沒有人手不足的情況，我想是因為一刀也和你一起接了雜務委託，其他冒險者看了也不再覺得不好意思接取的關係。」

「那太好了。」

利瑟爾露出微笑這麼說，果然史塔德又稍微別開了視線。

「史塔德。」

「是。」

史塔德正要轉開的眼瞳重新看向這裡，彷彿在等待利瑟爾賜予他的話語。

利瑟爾沉默不語，只是詢問似地偏了偏頭，兩人就這麼四目相對了幾秒。非常罕見地，史塔德那雙湛藍的眼睛微微閃爍，動作細微得只有利瑟爾看得出來。

「（啊，我知道了。）」

利瑟爾並未掩飾他自然露出的笑容，朝著目不轉睛看著這裡的史塔德伸出手。

他輕輕撫摸史塔德的額頭，手掌下方的眼瞳便彷彿窺探他的反應似地眨動了一下。

「（他在怕生呀。）」

這事實令人忍不住發笑。

利瑟爾不加壓抑地輕笑起來，指尖又掩飾般地梳過史塔德的劉海兩、三次。從來不怕生、就連初次見面的時候都一臉淡漠的史塔德，在與利瑟爾稍微分別了一陣子的現在，才生平第一次體會到怕生的感覺。尤其本人沒有自覺這點，實在很符合他的風格。

昨天剛見到面的賈吉比平時更愛撒嬌，因此史塔德的反應更令人意外了。

「我做了什麼嗎？」史塔德說。

「沒事，只是忽然覺得好久不見了。」

不過……利瑟爾想起先前的情況。

他回到王都那天，史塔德看起來一切正常，不過那是因為他集中注意力和賈吉競爭吧。當時史塔德說話的氣勢真是驚人，利瑟爾邊回想邊把手伸進腰包，指尖沉入黑暗之中。

「這段時間一直保持著信件聯絡，不過見到面果然還是不一樣呢。」

利瑟爾取出指尖碰到的東西，將它輕輕放在桌上。那是個細長的黑色盒子。

史塔德的目光追隨著利瑟爾的動作，一邊深感同意地點點頭。信件往來確實很讓人高興，但他最渴望的還是實際見到利瑟爾本人。

「史塔德，你在信上說過吧？你愛用的拆信刀折斷了。」

「是的，不過那把拆信刀只是用了很久，能不能說是愛用就不知道了。」

說是「折斷」或許有些語病。

利瑟爾讀到的那封業務日誌般的信上是這麼寫的：有冒險者拔劍攻擊公會職員，史塔德用拆信刀彈開劍刃、刺向對方喉嚨，結果拆信刀折斷了。從描述方式看得出來，比起那場騷動本身，拆信刀折斷給史塔德留下的印象反而更深刻。

以他這種使用方式，還真虧那把拆信刀能撐到現在，利瑟爾讀到的時候也忍不住微笑。

「所以，這個……」

利瑟爾說著，以指尖輕點那個黑色盒子。

史塔德似乎沒聽懂他的意思，只是目不轉睛地看著盒子，於是利瑟爾繼續說下去：

「是給你的伴手禮。」

下一秒，他看見面無表情的史塔德背後開出了整片的花海。

看來這禮物很讓他開心，利瑟爾見狀放下心來。史塔德在他面前將手伸向那盒子，指尖遲疑了一會兒，然後以慎重過頭的動作小心翼翼地觸碰它。

「你還沒買新的拆信刀吧？」

「這段時間用的是公會的備用品我好高興。」

「那太好了，不嫌棄的話請使用看看吧。」

「我會使用的今天就用我好高興。」

史塔德以冷漠又平板的聲音這麼說，不過這喜悅毫無疑問出自他的真心，太明顯了。

史塔德拿起盒子，滑開綁著雅緻緞帶的上蓋。銀色的拆信刀以細金線固定在黑色底座上，邊緣呈現優美而銳利的曲線。

「這把拆信刀還滿利的，希望它拿來擋劍也不會缺角。」

史塔德並不打算拿利瑟爾贈送的禮物來擋劍。

眼見史塔德沉默無語地凝視著這裡，利瑟爾揶揄似地瞇細眼睛笑了。這只是玩笑話，雖然他挑選的時候確實頗為重視銳利和堅固程度。

「謝謝。」

「嗯。」

那雙眼睛彷彿沉在水底的一對玻璃珠。

眼瞳深處透露出了些許急躁，肯定是因為表達得不夠吧。利瑟爾沒那麼遲鈍，自然也察覺了他無法完全表達自身感受的焦躁。

「真的，很謝謝你。」

眼神和嗓音蘊含著滿滿的感謝之情，利瑟爾高興地笑了開來。

同一時間，年輕冒險者們在酒館垂頭喪氣地垮著肩膀。

「好冷……到現在還是好冷……」

「灌了這麼多酒還這麼冷也太扯了吧……」

「帕魯特達好恐怖……」

周圍都是大白天就開始喝酒的冒險者，只有他們這一桌嗨不起來。

原因很簡單，正是因為他們親身體驗了加入王都公會的必經儀式，也就是史塔德絕對零度的肅清。現在他們喝酒根本是為了保住小命。

「怎麼會有那種公會職員……」

「雖然說每間公會都有一個負責動粗的職員是沒錯啦……」

「但那個絕對不是正常水準……」

他們現在還能鮮明地想起那種恐懼，當史塔德淡然要求他們好好聽話，而他們吵著說「可是公會裡有貴族啊」的時候，嘴巴裡立刻被塞滿了冰塊，冰霜還從喉嚨逐漸蔓延到全身，那種感覺真讓人怕得要死。

從史塔德的角度來說，沒堵住他們的鼻子已經夠親切了，只是他的親切體貼冒險者們從來就感受不到。

「哎呀年輕人，不用這麼喪氣啦。」

「只要別給公會添麻煩，基本上他也不會傷害你們啦。」

冒險者裡頭多得是粗魯火爆的傢伙，因此大家都嘗過絕對零度的厲害，初次遭到制裁還是能博得幾分同情的。

「可是我們根本沒做錯什麼啊？」

「我們這是正當的主張好不好。」
「哎這個啊，你們之後慢慢就會懂了啦。」
老鳥冒險者把手放在他們肩膀上以示安慰。
大叔的手有夠噁心，年輕冒險者抖了抖肩膀把對方的手甩開，結果吃了一拳。平常這種事演變成亂鬥也不奇怪，但現在的他們根本沒力氣還手。
「那個人是冒險者啦。」
「所以才有問題啊？貴族怎麼可以當冒險者……」
「他不是貴族啦。」
「哪有可能不是貴族，看他那個樣子！」
不敢置信的心情他們很能理解，王都的老鳥冒險者一手端著酒望向遠方。
老實說，就連看著利瑟爾加入冒險者公會的人，一直到現在還是有點不敢相信。當然，公會批准利瑟爾加入就表示他真的不是貴族，而且撇開他的存在感不談，也沒見過他擺出什麼貴族架子。最重要的是，一看就知道利瑟爾很努力完成冒險者的工作。
可是儘管如此，比起冒險者，這個人要是說他其實是個貴族，大家反而還覺得比較合理一點。利瑟爾要是聽到了一定很沮喪。
「哎呀總之，你們就先觀察一個月吧，看了就懂啦。」
「對嘛，看了就知道啦。」
「到時候你們一定也會聽懂咱們的意思，總之先看著吧，好吧！」

「搞什麼啊這種不准別人拒絕的態度！王都真的很恐怖欸!!」

聽了這些莫名其妙的建議，年輕冒險者們生氣地抗議。現在的他們還不知道，到了後來自己也會恍然大悟地覺得「我們好像也懂了」。

136

利瑟爾他們三人疑惑地看著一張委託單。

「『僅限自阿斯塔尼亞來訪或回到王都十天之內的冒險者接取。』」

他們今天來到公會，是為了挑選回到王都之後全隊一起接取的第一個委託。

和先前一樣，感受得到周遭眾人或驚愕或溫暖的視線，不過他們全都視而不見。他們三人本來就不太介意旁人的目光，一方面也是因為他們對大家的反應越來越習以為常了。

此刻，他們三人正看著利瑟爾從告示板上找到的一項委託。

「委託人是教會呢。」

以一個向冒險者提出的委託來說，這委託從委託人到委託內容都太過特殊，特別引人注目。

「教會是幹嘛的地方啊？」伊雷文問。

「管信仰的。」劫爾說。

「你這樣講我還是不懂啊——」

「我也不清楚啦。」

聽見左右兩人的對話，利瑟爾若有所思地點點頭。

來到這個世界的時候他就觀察到了，這裡的居民也不太會意識到信仰這種東西。除非從事的是信仰相關的行業，否則一般民眾的生活只有在偶爾有事去祈禱一下的時候，才會和信仰產生一點交集。利瑟爾原本的世界也差不多，所以他沒有特別在意過這件事。

不過這裡也幾乎找不到關於信仰的書籍，倒是讓他覺得有點可惜。

「這個世界也是自然信仰，對吧？」利瑟爾問。

「嗯。不管哪個地方都一樣吧？」

「其他還有什麼信仰嗎？」

「沒聽說過。」

從利瑟爾的說法，劫爾聽出他的世界在這方面也是相同的，兩人邊說邊帶著湊過肩膀來看委託單的伊雷文一同走向櫃檯。利瑟爾對這項委託非常感興趣，沒有不接的道理。

「王都是……大地信仰，對吧？」

「算是很常見吧。」劫爾說。

「阿斯塔尼亞信仰的是星星喔！」伊雷文說。

「不愧是船員眾多的國家呢。」

利瑟爾他們並未選擇人最少的那一列，而是來到史塔德負責的窗口前方排隊等候。

令人意外的是，排在史塔德窗口前的冒險者還不少。當然大家基本上都會往人數最少的隊伍去排，不過史塔德精準而迅速的辦事手腕，在早晨人滿為患的公會裡可是非常受用。

「果然每個村子的信仰也不太一樣嗎？」

在利瑟爾原本的世界，各個地區的信仰對象都不相同。

這也是當然的，畢竟人們信仰的往往是身邊熟悉的事物，因此有時候真的像字面描述一樣，每個村落都有著不同的信仰對象。

「啊……不知道欸，像魔礦國我記得好像就是信仰岩石……巨石？之類的。」

「每個地方不一樣吧。」

看來這裡的情況，果然和原本的世界大同小異。

利瑟爾恍然想著，開始期待起今天要接的這項委託。委託單上只寫著簡要的說明，無從得知詳情。

「那隊長，你們那邊咧？」

「嗯……」

聽見伊雷文這麼問，利瑟爾把原本看著委託單的視線轉向他。

「我的國家也一樣，各地都有不同的信仰哦。」

「那最有名的是？」

「這個嘛……最主流的是月亮信仰。」

「是喔——」

聽起來很合理，好像又有點讓人意外……看見兩人露出這樣的表情，利瑟爾有趣地笑了。

前方前進了一個隊伍的距離，利瑟爾也跟著往前兩步，回想起先前聽說過的信仰對象。太陽、月亮、大地、山巒、清風、雷電，或者是龍族之類的巨大生物，自然信仰的對象五花八門，對彼此來說都是不可或缺的存在。即使信仰的對象各不相同，人們也絕不會否定其他種類的信仰。

「有祭祀活動之類的嗎？」劫爾問。
「有，每年一次，在滿月最大的夜晚會舉辦慶典。」
「隊長也去過嗎？」
「我必須強制參加神官舉行的正式祭儀。」
利瑟爾露出苦笑這麼說。劫爾他們投來同情的目光，貴族也真辛苦。
「那這委託對你肯定不算什麼了。」
劫爾說著，指尖彈了一下利瑟爾拿在手中的委託單。
在奇妙的接取條件底下，寫著「協助祭祀事宜」的字樣。

在史塔德辦好手續之後，三人按照他的說明前往教會。
順帶一提，辦理手續的時候，利瑟爾看到自己送的拆信刀就理所當然地擺在史塔德桌上。看來這把拆信刀和之前那只手錶他都很喜歡，真是太好了。
「應該就在這附近吧？」伊雷文說。
「三角屋頂、圓形窗戶的紅磚建築……是那一棟嗎？」
「那是布店。」劫爾說。
利瑟爾看著街道旁的建築物這麼問，劫爾也跟著看向那裡，否定了他的猜測。
他們從公會附近搭乘馬車進到中心街區，然後下車走了一小段路，正如伊雷文所言，差不多也該看見他們要找的建築物了。但史塔德也說教堂並不是特別龐大的建築，似乎也沒有顯眼到一眼就看得出來，因此他們左看右看還是找不到目標。

「史塔德說就在大街上吧？」
「可能還要再往內走一條街。」劫爾說。
「不，街道應該是這一條沒錯。」
「要去問問看嗎？」伊雷文說。
才剛說完，伊雷文就踏著輕巧的腳步，找路過的女子問路去了。
這種行動力就是他的優點。看著伊雷文擺出親切和善的態度詢問的模樣，利瑟爾佩服地想，跟陌生人搭話的時候不會讓對方緊張真讓人羨慕啊。
「只要我一跟人搭話，總是害得對方很緊張，總覺得有點抱歉呢……」
「比害怕好吧。」
「你那個就真的沒辦法了。」
「你沒資格說我。」
利瑟爾和劫爾彼此推諉著無可奈何的事情，一邊看著對外態度友善的伊雷文。
事實上他才是最招人恐懼的人物才對。和伊雷文在地下社會的角色相比，貴族和一刀根本不算什麼，他們兩人常這麼想。
「謝謝你唷——」
伊雷文朝對方揮著手走了回來，看來那位路人爽快地為他指了路，在一旁看著的兩人也放下心來。
「你們怎麼一直看著我啊？」
「你還真吃香。」劫爾說。

「啥？」

「難道我就注定沒有那種容易親近的特質嗎……」利瑟爾說。

「是怎樣？」

伊雷文一邊對兩人謎樣的感想感到納悶，一邊指向街道前方。

寬廣的大街上人潮絡繹不絕，馬車伴隨著咯啦咯啦的車輪聲駛過他們身邊。為了避免說話聲被馬車聲蓋過，伊雷文稍等了一下才開始解釋：

「她說還要再往前走。繼續直走，從第二個十字路口數過去第二棟就是啦。」

「啊，原來還要再走一小段。」

再走了一會兒，三人終於抵達那所教堂。

建築造型上多少有些特徵，不過完美融入了周遭的街景，並不特別醒目。要不是事先打聽到了教會建築的特徵，說不定經過它門口還沒發現呢，利瑟爾這麼想著，在教堂門前停下腳步，漫不經心地打量外觀。

「看起來很忙碌呢。」

「是說這裡啥也沒有啊。」

是忙著準備祭祀儀式嗎？從敞開的大門，可以看見兩名穿著祭祀服裝的男女正在裡頭行色匆匆地東忙西忙。

正如伊雷文所說，室內空無一物，挑高的天花板底下是等距排列的柱子，深處墊高一階的空間擺著一面大石碑，除此之外什麼也沒有。

「總之先打聲招呼吧。」

利瑟爾說著踏入教堂，正在認真擦拭石板地的女祭司於是抬起臉來。

她反射性地張嘴想說些什麼，卻在看見利瑟爾的瞬間僵在原地，一個字也說不出來。那副「這人為什麼會在這裡」的表情，完美表達了她對於利瑟爾他們來到此處的原因毫無頭緒。

「不好意思打擾了，我們接到了公會的委託。」

「啊，好的，謝謝……咦？」

女祭司充滿疑惑的目光，從利瑟爾看向劫爾，又看向伊雷文，然後才終於理解了這些人是接下委託過來幫忙的冒險者。

在教堂深處，還搞不清楚狀況的男祭司呆呆張著嘴，不知為何一直來回看著手上的蠟燭和利瑟爾。女祭司假咳一聲讓自己冷靜，接著站起身來，挺直背脊迎接這群接取了教會委託的冒險者。

在女祭司帶路之下，一行人來到了附近的大眾餐廳。

「非常感謝各位願意協助這一次的祭祀儀式。」

「聽公會那邊說，實際來到教堂之後會有更詳細的說明。」利瑟爾說。

「是的，容我向各位解釋一下。」

女祭司挺直背脊這麼說，不讓純白的祭服產生半點縐褶。

此時已經是民眾吃完早餐的時間，用午餐也還嫌太早，因此餐廳裡冷冷清清。整間餐廳的位置任憑他們選擇，利瑟爾他們挑了其中一張桌子落坐，在服務生端來大家的飲料之後開始聆聽委託的解說。

「我可以點菜嗎？」

「不可以點太多哦。」

雖然因為伊雷文絲毫不顧現在是委託當中的關係，才剛開始就被打了岔。

「呃，那麼我就從委託內容開始說明囉。」

「麻煩妳了。」

利瑟爾以柔和的語調敦促她說下去，女祭司也安心地放鬆下來。

委託冒險者幫忙，有可能遇到不願意好好聽取詳細要求的人，實際上現在伊雷文的注意力已經都擺在食物上了，劫爾也是一副兇神惡煞的樣子。即使如此，教會還是向冒險者公會提出了委託，背後一定有不得已的理由。利瑟爾擺出真誠傾聽的態度說：

「委託內容是『協助祭祀事宜』，對吧？」

「是的，沒有錯，提出這個委託是希望各位實際參與這場祭祀儀式。」

「不是幫忙準備之類的喔？」

「準備也是其中一環，不過正式的儀式也需要各位幫忙。」

伊雷文的疑問很有道理，祭司點點頭，以清楚的口條如此說明。

「如果要解釋背後的理由，就說來話長了……」

「我也很感興趣，請務必為我們說明。」利瑟爾說。

「謝謝你。」

聽見利瑟爾要求她講解，祭司雙唇勾起有點高興的笑容。

她說話口條清晰、又喜歡教導別人，女祭司的本業說不定是教師或類似的行業呢。利瑟爾邊想邊喝了一口紅茶，看見伊雷文立刻拿起剛送上桌的鹹派大口咬下，他不禁露出苦笑。

「這座王都所信仰的『大地』，主要擁有『豐收的恩賜』和『給予旅人的祝福』這兩個面向。」

「這一帶土地非常豐饒，也難怪是豐收的恩賜。至於旅人……是因為旅人行走於大地嗎？」

「是的，你說的沒錯。」

大地帶給人們各式各樣的資源，同時也廣闊無邊。

旅行者向著大地的盡頭不斷前行，大地給予他們祝福，而旅者也對承托他們的大地獻上感謝。出於這層典故，也有人會到教堂為即將遠行的親朋好友祈求平安。

「這一次的祭祀儀式，是為了感謝大地的恩賜。」

原來如此，利瑟爾點點頭。

然而劫爾雖然表面上不動聲色，其實聽得不太明白；伊雷文則是放棄理解，一口接一口吃著鹹派附贈的綜合麵包。冒險者相信的只有自身的實力，對於這方面的話題似懂非懂也是沒辦法的事。

「自然萬物是在各種要素密切的關聯下才得以成立，大地也不例外。普照大地的陽光，在土地上紮根的草木，吹來砂土的清風，還有其他各式各樣的存在，大地與它們彼此共享著力量。」

「所以才需要來自其他土地的人，帶來其他信仰的力量呀。」

這位冒險者理解得相當快速，祭司眨眨眼睛，不過隨即覺得這也難怪。冒險者總是給人粗魯野蠻的印象，不過坐在眼前的這名男子有著一雙沉穩的眼睛，眼神中流露出知性氣質卻不惹人討厭，甚至讓人相信無論是什麼樣的真理他都能夠明白。

這樣的人為什麼會當上冒險者呢？儘管納悶，她還是繼續說明：

「是的，藉由來自外地的旅行者，獻上其他土地的力量表達感謝……這就是這場祭祀儀式的目的。」

也難怪委託單上寫著「抵達王都十天以內」的條件了。

趁著來自土地的力量還沒消散，也就是說盡可能找儀式之前剛剛離開那片土地的旅人最好。尤其阿斯塔尼亞距離王都特別遠，考量到旅途的天數，期限就更緊湊了。

「我們是坐魔鳥車回來的，完美符合條件呢。」

「也是，速度肯定是最快的。」劫爾說。

魔鳥？祭司一臉納悶。伊雷文不顧她的反應，一口氣把整碗湯喝光，砰地往椅背上一靠，看向利瑟爾問：

「我聽不太懂欸，所以到底是啥意思啊？」

「感謝對方的時候回送一模一樣的禮物不太好，所以教會想要送不一樣的東西當作謝禮。」

「喔，懂啦。」

未免太直白了。但他也沒說錯，無從否定起，真傷腦筋。

女祭司望著遙遠的虛空這麼想，利瑟爾對她露出抱歉的微笑。希望祭司知道他這麼說只是為了方便理解，絕對沒有輕蔑信仰的意思。

「不過為什麼要找星星啊？」

「啊、是的，這是因為星星會在夜晚為旅人指引方位。」

「啊——原來喔。」

「那麼這次的阿斯塔尼亞，是誰決定的呢？」利瑟爾問。

「並不是每次個別決定的。這場祭祀儀式每年舉辦一次，以十二年為一個周期，每年該奉獻哪一種力量都有規定，依序是太陽、樹木、水……」

接下來，利瑟爾接連提出了問不完的問題。

今天明明這麼忙碌，祭司卻非常慷慨地一一回答了利瑟爾的疑問。其實正如利瑟爾的猜測，她平常是位教師，不過家族代代繼承了教會的職務，只有在這種時候她才會披上祭司袍，負責主持祭儀。因此，或許是身為教師的熱血使然，看見利瑟爾充滿求知欲地不斷提問，她也回答得很起勁。

「如果找不到符合條件的旅人——」

「這時候我們會尋找和當地關係密切的人物——」

利瑟爾開心就好，劫爾隨他去，伊雷文則是點了追加的帕斯塔麵。

不愧是開在中心街的餐廳，帕斯塔麵相當美味。一直到伊雷文吃完麵，談話中的兩人面前的紅茶都放到涼掉的時候，利瑟爾才終於問夠了。這場對話滿足了他的知識欲，利瑟爾對眼前這位臨時的老師露出心滿意足的微笑。

「這些典故很有意思，非常謝謝妳的指導。」

「不會，我才是一不小心就聊起來了……」

「我的榮幸。」

祭司反省似地把手放在臉頰邊，利瑟爾溫柔地加深了笑意這麼回答。他看著自己被伊雷文直接端走的茶杯，開口回到正題：

「對了，請問我們三個人要一起參加儀式嗎？」

「不用，只需要麻煩你們其中一位參加就好，其他兩位可以幫忙祭儀的準備……因為要事先學習規矩禮儀的關係，由我負責指導參加儀式的那位。」

「這樣呀。」

利瑟爾這麼應道，在不致冒犯的範圍內打量了一下坐在對面的祭司。

除了從頸部垂下的聖帶以外，她從頭到腳都穿著一身純白寬鬆的祭服。利瑟爾思索似地偏了偏頭，輕笑著問：

「我們是不是也該更衣比較好？」

「咦？是的，之前我們也會請協助祭儀的旅人換裝……當然，出借用的祭服都已經準備齊全了。」

在祭司納悶的視線當中，利瑟爾和伊雷文雙雙看向劫爾。

對看幾秒之後，劫爾毫不掩飾地皺起臉來。另外兩人交換了一個眼神，不約而同達成共識似地點頭。

「看來不能讓劫爾上場了。」

「贊成——」

「喂。」

劫爾也不是真的想參加祭祀儀式，倒不如說能免則免。

但總之還是得抗議一下，尤其是他也猜得到他們的判斷標準。

「雖然我也有點想看劫爾穿上去會是什麼樣子。」利瑟爾說。

「吵死了。」

「真假？我才沒有那種勇氣唉唷好痛!!」

伊雷文帶著滿滿的嘲弄意味露出賊笑，果不其然被劫爾踹了小腿狠狠擊沉。

看見伊雷文動也不動地趴在桌上，祭司嚇了一大跳。利瑟爾安撫她說這只是日常互動而已，祭司聽了立刻接受他的說法，不難窺見一般國民對冒險者抱持什麼樣的印象。

「我個人覺得讓伊雷文參加比較好。」

「……為啥？」

利瑟爾撫摸著伊雷文伏在桌上的腦袋這麼說，那頭紅髮隨即動了動。

一隻眼睛從蓋在臉上雜亂的頭髮之間露了出來，眼神裡滿滿的不情願，同時帶著滿滿的疑惑。居然還有利瑟爾上場以外的選擇嗎？一旁的祭司詫異到傻在原地，只有劫爾一個人見怪不怪地旁觀著這一幕，心想「這傢伙這樣想也不奇怪」。

「阿斯塔尼亞是你的故鄉，你一定比我和劫爾更適合參加呀。」

「可是她不是說要學什麼規矩禮儀之類的嗎？我才不要。」

伊雷文在撫觸之下舒服地瞇起眼睛，不過還是一點參加意願也沒有，利瑟爾見狀暗自思考。

既然決定接下委託，就應該盡可能做到最好。可是信仰是人們的祈願，最重要的是心意，儘管伊雷文碰巧出生於阿斯塔尼亞，但看他這麼嫌棄的樣子，實在稱不上是參加祭祀的最佳人選。

利瑟爾正經八百地這麼考慮著，接著一臉歉疚地看向祭司。雖然自己也不是特別虔誠的人，不過……

「既然當事人都這麼說……看來能參加儀式的就只剩下我了，這樣沒問題吧？」

「當然沒問題，拜託你了。」

祭司用力點頭，帶著探出整個身體的氣勢這麼說。

「那麼我馬上就為你說明儀式的流程。至於另外兩位，要麻煩你們跟著我弟弟一起準備祭祀事宜了。」

「那我們回頭見囉。」利瑟爾說。

「嗯。」

「那個正式儀式是幾點開始啊？」伊雷文問。

「預計從下午兩點鐘響開始。」

時間相當充裕。

儀式應該會在午餐之後舉行，看來他們可以悠哉用餐之後再參加。下次碰頭應該就是在午餐時間了，三人一邊這麼說一邊走出餐廳，朝著教堂走去。

就這樣，他們分頭準備祭祀，中途還到廣受好評的餐廳吃了午餐，不過最後還是有許多細項需要調整，等到一切就緒的時候已經是儀式開始前十五分鐘了。結果時間還滿緊湊的。

原本略顯荒廢空蕩的教堂也布置得有模有樣，雖然稱不上華美，但已經有了祭祀場地該有的樣子。

「沒想到會一開始就被叫去擦屋頂欸。」伊雷文說。

「東西好歹也事先搬進來吧。」劫爾說。

祭司姊弟平時也忙於本職，雖然在周遭眾人幫助之下會定期簡單打掃，但教堂真正的大掃除總是在每年的祭祀這天進行。

伊雷文嘴上說著「好麻煩」，不過不管屋頂還是什麼危險的地方都輕而易舉爬了上去；劫爾一邊嘆氣，一邊把沉甸甸的推車輕鬆移動到指定位置。面對充滿冒險者氣場的兩人，男祭司原本顯得有點畏縮，不過看著他們工作的模樣，他也越來越自在了。由男祭司精心打點過的教堂煥然一新，在保有歷史感的同時也給人乾淨整潔的印象。

「啊——累死我了。」

「沒差吧，之後只要在旁邊負責看就好。」

「是沒錯啦……」

老實說，要不是利瑟爾要參加儀式，伊雷文早就溜去偷懶了。

「聚集過來的人也越來越多了欸。」

雖說是祭祀儀式，聚集而來的人們大部分都抱持著看熱鬧的心情。

其中許多都是祭司姊弟的熟人，或是因為居住在附近而與教會關係密切的民眾。雖然利瑟爾曾經把某人門下的弟子稱作「信徒」，不過實際上人們對宗教的心態多半都是如此，很少見到那麼狂熱的信徒。
那麼熱中於宗教的，除了全職的神職人員和部分地區民眾之外，大概就只存在於虛構故事當中了。
「有這麼多人過來圍觀，也難怪他們想好好打點門面。」劫爾說。
「擦得那麼辛苦，沒有白費就好啦。」伊雷文說。
兩人望著逐漸聚集在教堂周圍的人群這麼說。
這時候，圍觀群眾之間忽然一陣騷動，人們紛紛往同個方向看去。劫爾和伊雷文也跟著往那邊一看，一道白影出現在視野一角，舉起一隻手緩緩朝他們走來。
「劫爾、伊雷文，辛苦了。」
那是穿起祭服適合到超乎所有人想像的利瑟爾。
給人的第一印象是純白。祭司袍還搭配了深藍色的聖帶，不過利瑟爾穿的祭服連刺繡都是白色，只有在布料反光的時候才能隱約看見紋樣。整套袍服裝飾精細，看起來並不因為顏色單一而顯得過度樸素，反而加強了廉潔高貴的氣質。頭髮上佩戴的銀飾，隨著利瑟爾踏出的每一步發出清涼的金屬聲。
「未免適合過頭了吧。」
「這不是好事嗎？」
總比不適合好吧。聽見劫爾忍不住面無表情地這麼吐槽，利瑟爾笑著回道。
伊雷文喜滋滋地湊過來盯著利瑟爾的臉看，雙唇勾起了心滿意足的笑容，看來這套打扮通過了挑剔講究的伊雷文的審核，利瑟爾瞇起雙眼笑了。

「眼睛旁邊這個是塗的嗎？」

「是呀。好像很容易掉，摸的時候要小心哦。」

利瑟爾放任伊雷文伸出指尖輕戳他眼尾的紅妝，覺得有點癢似地瞇細眼睛。雖然只上了一點點妝，但這還是他第一次在臉上塗抹東西，感覺非常新鮮。

「隊長穿起白色很適合欸，不像大哥。」

「是嗎？」

這小子太多嘴了，劫爾嫌惡地皺起臉來。利瑟爾有趣地笑了出來，低頭看了看自己的服裝。重新確認了它純白的色彩，利瑟爾幾乎是下意識地露出了笑容。

「有點高興呢。」

「因為穿起來很適合？為啥？」

「白色是守護我的顏色呀。」

不是黑色喔？伊雷文這句話剛到嘴邊，忽然察覺什麼似地又吞了回去。

利瑟爾總是說他們這些隊友和自己是對等的，絕對不會說他們是「守護自己」的人。利瑟爾那句話當中，隱含著「自己理所當然該受到保護」的傲慢，以及絕對的信任。

劫爾和伊雷文都想起了偶爾會聽到利瑟爾提起的那些人。

「你是說那些白軍服喔？」

「是呀。」

公爵家的領地位於國境邊緣，因此容易遭受敵國侵襲。那些從軍帽到軍服都是純白色的守護者們，不僅守護著統治這塊領地的公爵家，也從利瑟爾出生開始隨時隨地保護著他，視之為理所當然的職責。

而且還送了他奇怪的小生物，對利瑟爾來說是可愛的寵物。

「幸運雪花球也是白色的，感覺很吉利呢。」

「毛球的顏色哪裡吉利了……」劫爾說。

「你想想看，牠們是帶來幸運的精靈呀。」

「世界上沒有精靈吧。」

但精靈的傳說的確存在嘛，有什麼關係。利瑟爾這麼想著，懷念起現在還在老家書庫裡飄來飄去的白色雪花球。穿上和寵物同花色的衣服讓他有點開心，飼主都是這樣的。

「差不多要開始了，請準備哦。」

「好的，我知道了。」

女祭司打量著利瑟爾，似乎對自己努力的成果感到驕傲。雖然對於他們充滿謎團的對話困惑不已，她還是在提醒完畢之後行了一禮離開，接著叫住在一旁閒晃的弟弟走進了教堂。進門之前，還不忘跟周遭圍觀的民眾打聲招呼。

「是位很可靠的姊姊呢。」

「弟弟倒是有點畏縮欸。」

「就是因為姊姊太可靠了吧。」劫爾說。

突然被丟去跟劫爾和伊雷文獨處，誰都會畏縮好嗎。

不過這裡沒人負責吐槽，利瑟爾也只是納悶地看著男祭司，覺得他好像有點憔悴。很少有人能像利瑟爾這麼毫不猶豫地要求劫爾他們去辦事。

「儀式很長嗎？」劫爾問。

「不會，流程聽起來不用花太多時間。」

「那隊長，你要負責做什麼啊？祈禱之類的？」

「我幾乎只要待在那裡就可以了。」

冒險者是祭祀當天臨時找來的，教會不可能要求他們完成什麼困難的儀式。據說要是利瑟爾他們沒有接下委託，祭司會拜託事先找好的阿斯塔尼亞人參加。

「走到石碑前方，聽祭司們誦讀禱詞，喝下聖水，然後走回來就好。」

「禱詞？」

「就是祈禱，句式內容固定的祈禱。」

「喔……那聖水咧？」

「就是經過淨化的水，今天使用的聖水好像是祭司他們準備好的。」

兩人一副似懂非懂的樣子。時間也差不多了，利瑟爾朝他們微微一笑，轉向教堂的方向。頭上的髮飾隨之晃動，發出細小的碰撞聲掠過耳畔。

「他們在叫我了，那我走囉。」

「隊長加油——」

「不要認真過頭啊。」

劫爾這話是什麼意思？利瑟爾納悶地偏著頭離開。

他和祭司姊弟碰頭，確認什麼似地彼此交談。劫爾他們站在人群最前排看著這一幕，教堂周遭的圍觀群眾越來越多，在每一次看見利瑟爾的時候興奮地交頭接耳。

「不過這種事，隊長很習慣了吧？」

「是啊，這種儀式他不知道參加過幾次了。」

看利瑟爾沉著冷靜的樣子，女祭司指導起來一定也很輕鬆吧，兩人這麼想。

時間不知不覺過去，鐘敲了兩聲，響徹藍天。利瑟爾帶頭站在教堂門前，兩位祭司跟在他身後，一人手上拿著銀製水瓶，另一人則拿著雕刻莊嚴的搖鈴。

鈴——清澈的鈴聲一響，人群的喧譁聲戛然而止。

「今年的這位很有氣質呢。」

「不知道是哪裡來的高貴人物。」

在劫爾他們旁邊，兩名穿著講究的女子竊竊私語。

什麼哪裡來的，就是普通的冒險者而已啊，劫爾他們在心裡打趣地吐槽。這時，利瑟爾有了動作。他低垂著雙眼，彷彿對石碑懷著恭敬之意，一綹髮絲掠過點綴眼角的紅妝。接著，利瑟爾和祭司踏著一致的步伐，一步一步往教堂走去。

伊雷文目不轉睛地看著這一幕，突然覺得視野一角不太對勁。他帶著不好的預感往那一看，某個眼熟的肉慾系癡女整個人癱坐在地上，貨物散落一地，正雙手掩面仰天奉上感恩的祈禱，激動到信徒看了都要為之膽寒。顯然她懷抱的不是信仰，而是恐怖的慾望，早知道就不要看了。

伊雷文裝作沒看見，把目光轉回利瑟爾身上。

利瑟爾展現出比平時更加優雅的儀態，踏著從教堂石碑處延伸出來的布料，走進敞開的門扉。這時候人群縮小了圈子，紛紛探頭往教堂裡看，劫爾和伊雷文也跟著眾人站到了門前。
教堂內部並不算寬廣，不過天花板經過挑高，門扉上方鑲嵌著彩繪玻璃圓窗，高升的太陽光透過圓窗照進室內，在教堂裡投射出夢幻光彩。
光線最集中的地方，正是位於教堂深部中央的那座石碑。
利瑟爾和祭司在石碑前停下腳步，行了一禮。他的儀態優美，抬起頭時髮飾奏出細碎的音色，圍觀的眾人紛紛發出讚嘆的嘆息。
「隊長是不是有點進入工作模式了啊？」
「他基本個性很認真啊。」
聽說過這是與國家豐收有關的祭祀儀式，利瑟爾不會故意偷懶。雖說這只是眾多祭儀之一，但只要跟以往參加過的祭祀同樣按部就班進行就可以了吧。
鈴聲響起，聲音在教堂內迴盪，成了不像來自人世的音色。
在鈴聲中，利瑟爾靜靜屈膝在鋪著布料的石板地上跪下，背脊挺直，並未以立起的腳跟支撐體重。交疊在大腿上的雙手緩緩抬起到鎖骨處，垂下視線，彷彿獻出自己的一切似地閉上眼，紫晶色的雙眸隱藏在眼瞼後方。
髮飾輕輕晃動的瞬間，面對面站在利瑟爾兩側的祭司們開口：
「為大地獻上祝福。」
「為恩澤獻上回禮。」
兩名祭司捧起手中的水瓶和搖鈴，恭敬地放在石碑前。
雙手空下之後，他們拿起教典，畢恭畢敬地以雙手捧在面前，開始念誦禱詞。誦讀的聲調平穩渾厚，宛如歌唱，在教堂中迴盪，營造出聖潔的氛圍。

就在人們聽得入神，努力將眼前的景象烙印在眼底的時候，伊雷文開了口。

「還不喝嗎……」

「啊？」

聽見伊雷文輕聲這麼說，劫爾微微皺起眉頭。

在他視線另一端，伊雷文嘴角勾起了極其愉悅的笑容，抬起指尖指著利瑟爾的方向。劫爾跟著朝那裡看過去，察覺他指的是擺在臺座上的水瓶，多半是利瑟爾稱為聖水的東西。

他在期待什麼？才剛這麼想，劫爾就意會過來，心頭湧上一股不祥的預感。

「……喂。」

「我是不喜歡看到隊長受苦的樣子啦，但是該怎麼說，那是兩回事嘛。」

漫長的禱詞念到尾聲，餘音迴盪。

女祭司重新將教典以單手拿好，另一隻手執起水瓶，以教典支撐著水瓶底部，將聖水倒進男祭司所持的銀杯之中。男祭司將杯子交到利瑟爾手中。

「以此身蒙受恩澤。」

利瑟爾接過了杯子。

劫爾一臉苦不堪言地看向伊雷文，只見伊雷文直盯著利瑟爾看，眼中滿是無法抑制的歡喜。認真起來這男人能悄悄調包水瓶裡的內容物，不被任何人發現，他卻一直佯裝不知道裡面裝了什麼，一直眼巴巴地等著這一刻到來。

利瑟爾的嘴唇碰觸杯緣。

他雙手持杯，聖水從微微傾斜的杯子流進喉嚨。低垂的睫毛底下隱約看得見清澈的紫色眼眸，喉結隨著吞嚥動作上下起伏，接著他抬起下巴，仰起脖子飲盡杯中剩下的液體。髮飾撞擊出澄澈的輕響，銀杯離開了利瑟爾略微沾濕的嘴唇，然後——

「——……」

整間教堂裡的空氣霎時緊繃，聖潔肅穆的氛圍籠罩全場。

「喔，感覺有效喔！好像真的只加了一點點而已，我本來還不太確定咧。」

「這要怎麼善後啊……」

「哈哈，隊長完全進入工作模式啦！」

在驚愕地瞪大了眼睛的兩位祭司面前，利瑟爾把杯子放回石碑前方，沒發出半點聲響。接著他悠然站起身，行了一禮，數秒之後再次抬起頭。舉止儀態和先前一模一樣，看起來卻像是某種超脫凡人的神聖化身在模仿人類的舉動。

不過利瑟爾所施行的禮儀與事前說好的完全相同，拜此所賜，祭司們得以從驚愕當中平復過來，腦袋一片空白地跟隨利瑟爾繼續這場儀式。

利瑟爾轉過身來，緩緩露出微笑，眾人的目光無不被他吸引。

兩位祭司也跟著轉身面向大門，高舉著教典深深低下頭。祭司們維持著這個姿勢，只有利瑟爾一人朝著門口邁開步伐。原本堵在門口的人群紛紛後退，恭敬地讓出道路，這絕不是出於恐懼，而是敬畏使然；這時人群中只要有一個人低下頭，所有人肯定都會照樣跟著行禮。

利瑟爾一步一步向前走，彷彿將某種事物奉獻給腳下的大地般踏出每一步，穿過了教堂的大門。

腳下的長條地毯一路延伸到門外，利瑟爾繼續筆直往前走，來到祭祀儀式開始的地毯末端才停下腳步。不知何處響起鈴聲，表示儀式就此結束，但在場所有人都沒有意識到這一點，仍然繃緊了神經。

全場鴉雀無聲，就連遠處傳來的喧譁聲都顯得遙遠。人們屏氣凝神，等待身穿純白祭服的人做出下一步舉動。終於，利瑟爾微微張開雙唇，似乎想說些什麼，就在這一瞬間……

「你陪他過去。」

劫爾擋在他正前方，堵住了他的嘴。

這一切發生得太過突然，人群中沒有人出聲制止。劫爾在掩住利瑟爾嘴巴的同時，另一隻手臂已經伸了出去，一把抓住路過馬車的後輪。正準備穿越人群的馬車原本就放慢了速度，然而突然被強制停下還是使得拉車的馬匹抬起前腳嘶鳴。

「好啦好啦——」

馬車伕還來不及抗議，伊雷文已經迅速往車廂門跑了過去，輕巧地打開了車門。門後是一張熟面孔，由於在每日出入的道路上遇見無禮的襲擊犯而掛著冰冷的笑容。然而對方立刻露出意想不到的表情，緊接著喜形於色地換上了滿面的笑容。

「利瑟爾閣下！」

聽著壯年男人快活的語調，劫爾放開了壓制利瑟爾的手。

然後趕在那雙薄唇來得及吐出任何語句之前抓住利瑟爾的手臂，把他連著那套祭服扔進馬車。確認伊雷文滿臉愉悅地接住了一身純白的利瑟爾，順勢滑進車內，劫爾立刻粗魯地甩上馬車門。

驚慌錯亂的馬車伕，以及試圖安撫他的馬車主人的對話隱約流出車廂，十幾秒後，在無法理解現狀的人們無語的注視當中，馬車就像什麼事也沒發生過一樣開走了。

「儀式之後幫忙收拾的部分也包含在委託內容嗎？」

人們只能啞然目送馬車離去。在人牆另一側，兩名祭司從教堂走了出來，似乎搞不清楚發生了什麼事，劫爾也沒事似地這麼問他們。

「咦、是的，算是吧……」

「那你們把那部分酬勞扣掉，跟公會說一聲就好。」

「咦？那個……」

「不想付錢的話，不用給我們報酬也沒差。聽見了吧？」

劫爾叮囑似地這麼說，祭司們也只能點頭。

劫爾看了他們一眼，終於脫力似地嘆了一口大氣。他撥亂了自己的頭髮，然後就這麼不發一語地離開。

兩位祭司被留在原地，呆呆看著他的背影走遠。

「……姊姊，這怎麼辦啊？」

「儀式非常成功，就按照他的指示，扣掉事後收拾的報酬就可以了吧……不，就算付給他們原訂的金額也沒什麼關係……」

「我們剛才，是不是做了什麼不得了的事情啊……？」

「我不知道……」

圍觀群眾慢慢回過神來，開始興奮地吵鬧起來。
不過對於仍然呆立原地的兩位祭司而言，這些喧囂聲始終沒有傳入他們耳中。

137

每間宅邸的會客室各有特色。

這點在貴族宅邸尤其顯著，彰顯自己身分地位的家具不過是基礎中的基礎。愛賞花的貴族會把會客室建在一眼能望見傲人庭院的地方，對茶具器皿有所講究的人會把整面牆設計成展示櫃，喜歡收藏畫作的貴族則會以卓越的品味把自己的藏品掛滿牆面。

「之前就聽說過他不能喝酒了，沒想到這麼嚴重啊！」

而這間會客室，則是連乍看平凡無奇的家具器皿都採用了迷宮品。

宅邸主人雷伊靠在沙發椅背上，露出不帶譏諷意味的愉快笑容看著坐在對面沙發上的人物，眼神充滿好奇的光彩。

「隊長，好喝嗎？」

「還不錯。」

利瑟爾的口吻比平常更加從容，他把冰涼的玻璃杯從唇邊移開，露出微笑。

他身上穿著全白的祭服，臉上的笑容彷彿帶有不屬於俗世的威光。利瑟爾優雅地把玻璃杯往半空中一遞，一隻手從他身後伸來，理所當然地奪過杯子。

那是伊雷文的手。他坐在利瑟爾指定的沙發椅上，極其自然地被當成了椅子，讓利瑟爾坐在他兩腿之間，心情好得不得了，看起來沒有半點不滿。他一邊盡心盡力地服侍利瑟爾，一邊晃著手上的玻璃杯看向雷伊。

「嗯，事情大概就是我在馬車上說的那樣，你還有問題嗎？」

「沒有呀？」

聽見雷伊稍微攤開雙手這麼說，利瑟爾朝他悠然偏了偏頭。

雙唇勾起笑容，瞇細的紫眸帶著笑意，平時眼中友善的色彩卻沉潛下來，眼神顯得無比銳利。雷伊金黃色的眼瞳透出了喜色。

「這位閣下的醉態還真是迷人。」

壯年男子臉上浮現的笑容充滿愉快犯的味道，不過這答案看來是讓利瑟爾滿意了。

他往伊雷文身上一靠，伊雷文輕易支撐起他的體重，略顯意外地往手上的杯子喝了一口，稀釋到不能稱之為酒的冰涼飲料流過嘴唇。

「隊長，你為啥對那傢伙也有點撒嬌啊？」

伊雷文從利瑟爾肩口探出臉這麼問，利瑟爾原本看著雷伊的視線於是朝他轉了過來。

上次事出突然，伊雷文在混亂當中被惡貴族利瑟爾耍得團團轉，也反射性服從了他的命令，不過現在知道了背後的本意，伊雷文已經天不怕地不怕了。這一次不是他蓄意給利瑟爾灌酒，他沒做錯什麼，因此正盡情地寵愛利瑟爾。

「我什麼時候允許區區的椅子用我的酒杯喝酒了？」

「啊，非常抱歉……」

不過他還是無法違抗利瑟爾就是了。

「哎呀，這種表現是在撒嬌嗎？」

雷伊有趣地說著，端起自己的玻璃杯。

他不打算在大白天喝酒，杯子裡裝的是冰鎮過的紅茶。至於為什麼利瑟爾喝的是稀釋到極限的酒，其實是因為伊雷文想要把利瑟爾維持在喝醉的狀態。

「隊長喝醉原則上會變得完全相反，所以會跟我撒嬌。」

「原來如此。不過我倒是沒有受過利瑟爾閣下寵愛的印象呀。」

「你想被隊長寵喔？」

「真要說起來，應該相反吧。」

喀啦，雷伊晃著玻璃杯中的冰塊，加深了笑意。

無害的笑容足以讓人抱持好感，卻也完美掩藏了自己內心的想法。這是貴族的基礎技能吧，但伊雷文看了只覺得可疑。

他皺起臉來，靈巧地避開利瑟爾的身體，伸手去拿擺在桌上的點心。

「嗯？那麼利瑟爾閣下對劫爾是什麼反應呀？」

「寵他。」

伊雷文簡單扼要地說，拈起一塊巧克力。

正想扔進嘴裡的時候，他注意到利瑟爾的嘴唇微微往自己的指尖靠過來，於是停下了動作。

「哎呀，這待遇真是太奢侈了！」

「是很奢侈沒錯啦。」

什麼意思？聽見伊雷文別有深意的回應，雷伊期待不已地探出身體。

伊雷文把手上那塊巧克力轉而遞向利瑟爾的嘴唇。利瑟爾理所當然地微張雙唇，含住巧克力據為己有，然後心滿意足地向後一靠。伊雷文見狀，臉上浮現淺淺的笑容。

「不過完全被他扯下去實在是……」

「扯下去？」

「啊……扯下深淵？該怎麼說咧，就是——」

他指了指利瑟爾。

「中毒。」

簡單一句話，雷伊聽了立刻理解一切。

他把玻璃杯放回桌上，靠上沙發椅背，蹺起另一隻腳。他看著正以舌尖品嘗甜味的利瑟爾，眼神和雙唇勾起的弧度依然不變。

「雖然很有魅力，還是先容我婉拒吧。」

「大哥躲過了，不過那真的很恐怖，要是第一次碰到，我墮落的機率大概是一半一半吧。」

「話是這麼說，我倒也很想見識一次看看。」

即使聽說利瑟爾喝醉了，雷伊眼中的他仍然高貴得無可挑剔。

雷伊第一次窺見利瑟爾這方面的本領，是在建國慶典的宴會上。氣場清靜高貴，無須任何強制手段，就能使人出於自己的意願跪在他面前，當時利瑟爾的身影至今仍清晰烙印在他的腦海。

「要是大哥在這邊你就能見識到啦。」

「嗯？」

「老實說，我也不覺得隊長喝醉之後會跟你撒嬌，應該是因為我在場，所以讓你撿到了吧？」

聽見伊雷文理所當然地這麼說，雷伊終於將視線轉了過去。

雷伊臉上沒有不悅，反而被挑起了興致似地露出饒富興味的笑容，彷彿刻意接下伊雷文的挑釁一樣。他將交疊的十指擺在腿上，姿態從容，充滿貴族氣場。

「那麼，就讓我沾沾你的光吧。」

雷伊快活地笑道，在笑聲落定之後緩緩開口：

「過來吧，利瑟爾閣下。」

這聲呼喚低沉甜美，帶著壯年人沉穩的聲調。

瞇細的雙眼深處蘊藏著砂金般耀眼的光彩，燦金的虹膜加深了色澤。吸引所有注目的這雙眼睛，正聚精會神地看著唯一一人。

「我比他更能實現你的願望哦。」

換作是對雷伊有好感的淑女，聽了這句話一定無法抗拒。嗓音充滿誘惑，彷彿只要順從這句話將自己交付出去，就連整顆心都能被他的溫柔包裹，是讓人放棄思考的聲音。

「你？」

對此，利瑟爾品嘗著舌尖殘留的甜味反問。

他從伊雷文手中接過玻璃杯，彷彿降下啟示似地開口，平時的沉穩氣質蕩然無存。

「明明不想要卻去求取，興趣真是惡劣。」

雷伊臉上的笑意更深了。

「你所渴望的君王，並不是現在的我吧？」

對於雷伊來說，把利瑟爾的地位置於自己之上，讓他看見了身為貴族的理想。

他並不排斥受到利瑟爾依賴，即使利瑟爾跟他撒嬌，他也會欣然接受。對他而言，服侍一個不需要他人輔佐的王者簡直索然無味，受到自己認同的上位者倚靠才能帶來欣喜。

正因如此，安穩地躲在他庇護之下的利瑟爾，與他的理想可說是恰好相反。利瑟爾並沒有喝醉的自覺，不過還是下意識知道現在自己的狀態與平時不同，因此才會這麼說。

「所謂的理想，非得是永不褪色的美好不可。」

利瑟爾吟詩般這麼說，緩緩偏了偏頭。

他身上的白色祭服隨之晃動，富有光澤的布料沙沙摩擦。

「難道不是嗎？」

「我無法很肯定地說不是呢。」

兩人打趣地這麼說，彷彿在試探彼此，就像玩紙上遊戲時戰略交鋒一樣的氣氛。

不過雷伊不以為意地聳聳肩，緊張的氣氛馬上煙消雲散。伊雷文吊起嘴角露出賊笑，接過利瑟爾的空玻璃杯。

「隊長說他不要跟那麼嚴肅的人撒嬌啦。」

「哎呀，真是嚴格。」

雷伊快活地笑著這麼說，接著惡作劇似地朝利瑟爾使了一個眼色。

「不過我還真有點失望呢，沒想到你覺得我只對身為君王的你有興趣。」

雷伊眨起一隻眼睛說，演技般誇張的小動作與他十分相稱。

雷伊一開始對利瑟爾產生興趣的契機也不是貴族氣質，而是因為利瑟爾在物品委託把意料之外的迷宮品包裝成了最棒的禮品，才讓他雀躍不已。

「我也想要讓平常總是表現得沒有破綻的朋友撒撒嬌呀，你就不能這樣想嗎？」

「拜託別人總該拿出該有的誠意吧。」

「呵呵，要我在你面前下跪嗎？」

聽起來像玩笑話，實則不然，若有必要，雷伊會毫不猶豫地向利瑟爾下跪。

然而，利瑟爾對此只是悠然露出微笑。雷伊打從一開始就不認為利瑟爾會允許他這麼做，因此沒有起身，而是放鬆地坐在沙發椅上等待利瑟爾的答覆。

「我想想……」

利瑟爾故意若有所思地這麼說，毫不掩飾他心裡已經有了結論。

他慵懶地抬起擱在沙發上的手，越過肩膀撫摸身後的伊雷文。

「如果你有辦法讓這孩子點頭，我就答應你吧。」

伊雷文享受著臉頰上的鱗片被撫摸的感受，勾起嘴唇笑了。

他兩隻手臂像蛇一樣纏上利瑟爾的腰，細長的手指和掌心撫過腹部。利瑟爾的指甲責難似地微微陷進他臉頰，傳來麻麻的感覺。

他從利瑟爾單薄的肩膀後方探出臉，赤紅的虹膜上裂縫般的豎瞳緊盯著雷伊。

「沒有破綻的到底是誰啊。」

那副神情就像雙親在守護孩子一樣。

纏在利瑟爾身上的手臂無比慈愛，看著坐在眼前的男人的視線充滿警戒。

「還想趁著人家喝醉的時候把他訓練成自己的人喔？說什麼『在你面前下跪』，有夠假。」

「哎呀，這話是什麼意思呀？」

雷伊露出了任誰都會覺得親切的笑容，伊雷文卻嗤之以鼻。

在剛提到把利瑟爾奉為君王之後出招，手法未免太惡質了。伊雷文知道這是半真半假的玩笑，利瑟爾即使喝醉也不可能聽不出弦外之音，而且正是因為聽懂了，利瑟爾才用這麼隱晦的方式跟他撒嬌，要他代替自己拒絕雷伊。

「可惜喔，隊長說我比較好啦。」

「看來確實如此。」

雷伊哈哈笑道，朝著門外喚了一聲。

桌上的紅茶冰塊已經融化，伊雷文的酒和利瑟爾極淡的酒水也所剩不多。雷伊吩咐進門聽候指示的佣人去準備新的飲品，並為他們追加茶點。

接著他看向利瑟爾，以眼神詢問是否有什麼需要，但伊雷文朝他揮了揮手表示不用。表面上看不太出來，但利瑟爾的身體已經慢慢放鬆下來。畢竟只喝了極少量的酒，醉意無法持久，最後還是睡意占了上風。

「不過，沒想到他會丟給你回答啊。」

在佣人的身影消失在門扉另一側的時候，雷伊壓低音量開了口。

他說的是剛才利瑟爾把整件事交給伊雷文應付的事。在逐漸重回寂靜的室內，伊雷文同樣壓低聲音回答：

「節哀順變啦。雖然平常我都讓給大哥表現，但其實隊長也是很依賴我的。」

「哎呀，原來你會讓給劫爾表現？」

「應該說是機率？只是我和大哥都能處理的時候，隊長會拜託成功率比較高的人而已。」

伊雷文把下巴擱在利瑟爾肩膀上，從近處打量利瑟爾的臉龐。

明明聊到了他的話題，利瑟爾本人卻還是像坐在自家搖椅上一樣事不關己，悠然的姿態和先前喝醉的時候一模一樣。凜然睥睨旁人的眼神依舊，不過目光逐漸不如先前銳利，果然想睡了吧。

「原來如此，這麼一來想必是劫爾比較占優勢了。」

「沒差啊，我也不打算認真去跟那種根本不是人的怪物比。」

「擅長的領域也不一樣吧？」

「如果不問領域喔，那我可厲害了。」

簡而言之，就只是適才適所而已。

哪些事只有劫爾辦得到，哪些事只有伊雷文辦得到，又有哪些事交付給他們都能完成，利瑟爾會精準做出判斷，把事情分派給他們處理。並不只是依據單純的作戰實力，而是配合不同情況做出最妥善的判斷，不受感情左右，是不折不扣的貴族作風。

「隊長這種嚴格的地方，我最喜歡啦。」

「你不要太隨便了。」

被這麼一說，伊雷文放開了環在利瑟爾腰上的手臂，露出心滿意足的笑容。他順勢靠上沙發椅背，利瑟爾於是跟著往他身上靠過去。

「不過都讓劫爾表現就沒意思了吧？」

「也是啦，比例差太多的話。不過這方面隊長會調整。」

伊雷文低頭看向靠在他肩膀上的後腦勺，看著近在咫尺的柔軟髮絲笑了出來。

「這時候只要大聲抗議，隊長還是會關注我，所以我是沒什麼不滿啦。」

伊雷文幾乎不對利瑟爾說謊。

因此這是他的真心話。吵著說自己被劫爾打了、只有自己不住在同一間旅店不公平，這些不滿和抱怨並非全都是裝出來的。

不過如果問他是不是真的那麼不高興，那又是兩回事。只要他願意，他可以毫不在意這些事情，也不再追究，事實上若不是面對利瑟爾，他只會「啊？」一聲就失去興趣。也就是說，他雖然沒有說謊，但確實是故意為之。

「哎呀，這樣吸引他的注意力，很懂得算計呢。」

「反正隊長都知道啊，這只是可愛的小任性好嗎？」

幹嘛講得那麼難聽，伊雷文咯咯笑了出來。

這時，雷伊忽然溫柔地瞇細了雙眼。察覺他視線的方向，以及靜靜在嘴唇前方豎起的一根指頭，伊雷文閉上嘴，支撐著懷裡軟倒的身體，緩緩坐起上半身。

「睡著了喔？」

「還沒有完全睡著就是了。我叫人去準備床鋪吧。」

「不用幫我準備。」

「嗯，你要回去了？」

「哪可能啊。」

在他們小聲交談的時候，佣人輕輕敲門，走進會客室來。

來得正好，雷伊於是吩咐他去準備床鋪，佣人心領神會地迅速把茶和點心在桌上擺好，然後優雅幹練地退出會客室。看樣子客房馬上就會準備好了。

佣人離開之後，伊雷文巧妙支撐著利瑟爾的身體，另一隻手伸向茶點。

「是說你不用工作喔？」

「今天非處理不可的工作都處理完囉。」

這不就是還有不緊急的工作要做的意思？伊雷文這麼想道，不過反正這與他無關，於是他不以為意地拿起三層點心架上的司康，大口咬了下去。

總覺得睡得比平常更沉。

在緩緩覺醒的意識當中，利瑟爾首先注意到的是身體陷在柔軟床鋪裡的感覺，然後是一翻身就能感受到手邊床單和枕頭絲滑舒適的觸感。蓋在身上的被子又輕又溫暖，讓人留戀，他於是把肩膀埋進被窩盡情享受。

在朦朧的意識當中，利瑟爾舒服地進入了準備睡回籠覺的態勢。總覺得腦袋晃得厲害，好像可以睡得更深更沉，再也不起來。

「……？」

忽然，不知從哪裡傳來鋼琴聲。
可能是錯覺吧，他邊想邊停下翻身的動作，閉著不曾張開的眼皮豎起耳朵仔細聽。果然不是他的錯覺，他確實聽到了細小的琴聲。
「（是陛下來了嗎……）」
他勾起掩在被子底下的嘴角，把臉頰挨上枕頭。
旋律隱約傳入朦朧的意識當中，偶爾在某處中斷，像首搖籃曲。
「（總是斷在同一個地方……陛下說不定會失去耐心，開始隨手亂彈呢。）」
不知為何，這是首他沒聽過的陌生曲子，優美的音色洗滌人心，非常適合清朗寂靜的早晨。
旋律宛如細水般流過，在經過同一處的時候總會被擾亂而停下。接著這一小段會反覆幾次，然後從頭開始，又在同一個地方卡住。
「？」
這時候，他忽然察覺一件事。
他從前的學生會為了這種練習曲苦戰不已，已經是好久以前的事了。現在的陛下什麼都能彈，按照當天的心情改編曲子也是輕而易舉，甚至還能即興作曲，興致高昂地彈奏高超炫技的快歌。
利瑟爾微微張開沉重的眼皮，愣愣地打量視野中的景象。
「（……不是老家。）」
因為這張床，他睡糊塗了。

「（這裡是……）」

環顧四周，這是個寬敞豪華的陌生房間。

得先掌握現在的狀況才行。他正想坐起身，便感受到頭腦一晃，他瞬間明白了一切。這種像是鑽進了被敲響的吊鐘一樣的感覺，肯定是喝醉酒失去記憶了。

到底是在哪裡喝到酒的？利瑟爾全無頭緒，失去了平衡感使他無法起身，只好躺在床上，漫無目的地打量房間。

這時候，他發現了伊雷文躺在沙發上的身影。他全身只有髮頂和腳尖分別從毛毯頂端和下方露出來，利瑟爾一瞬間心想自己或許被帶到了他盜賊時代的秘密據點來，不過如果真是如此，這裡的家具未免太齊全了。

佛喀邊盜賊團一向神出鬼沒，從地下商店到中心街都有據點，沒人知道他們到底有多少賊窟。據說他們每個月都以不同地方為基地，而且成員們很少特地回到據點睡覺，彼此之間也幾乎不會見面，受害災情就在無人能掌握他們實際樣態的情況下不斷增加，也難怪群眾聞之色變。

話雖如此，成員們似乎只是愛怎麼做就怎麼做，並不是為了掩人耳目才這麼行動。利瑟爾不會特地打探他們這方面的內情，全都是從伊雷文的閒聊內容中推測出來的，所以並沒有確切的證據，不過他不會刨根究底地去問這些隱私。

「……」

利瑟爾把視線從伊雷文身上移開，轉而審視起房間的細節。

花草紋樣的厚重地毯，低調卻講究的美術品，精緻雕刻的床頭，這裡毫無疑問是貴族的住所。考量到伊雷文願意帶著自己在這裡過夜，剩下的選項只有一個。
「子爵的、宅邸……」
聽見自己沙啞的聲音，利瑟爾轉動視線尋找水杯。
在床邊的小桌上，他找到了玻璃水瓶，正熠熠反射著窗簾縫隙間照進的陽光。一看見水，喉嚨又更乾渴了，他緩緩坐起身。
這時他忽然發現，這次比起之前宿醉的情況輕鬆了不少。或許沒喝下太多酒……正要這麼想的時候，他獲得天啟似地猛然抬起臉來。
「（說不定我的酒量變好了。）」
他略顯蒼白的臉上綻開笑容。
這麼一想，宿醉似乎也沒那麼痛苦了，他開心地將手伸向水瓶。
「……嗯啊，隊長醒啦？」
「早安，伊雷文。」
「嗯——」
這時候，躺平在沙發上的那團毛毯動了動。
好像吵醒他了。睜著惺忪睡眼的伊雷文，從毛毯裡探出臉來。
「還好嗎？」
「比之前輕微。」
「那就好。」
平時剛起床總是臭著一張臉的伊雷文，露出了柔和的笑容。

還真少見。利瑟爾微微一笑，拿起水瓶往玻璃杯裡倒水。透過玻璃杯他感受到冰涼的水溫，柑橘的香氣隱約掠過鼻尖，讓人清醒。

「這裡是子爵家吧？」

「對啊。」

「久違的會面，我居然喝醉酒……真是太失禮了。」

必須向子爵道歉、並表達感謝才行，利瑟爾轉向拉上窗簾的窗戶。

從窗簾縫隙間照進細細一道帶狀的日光，不時飄過的塵埃在光裡閃閃發亮。從這角度和亮度來看，多半是還看得見朝霞的時間，利瑟爾這麼猜測。

去拜訪雷伊尚嫌太早，還是在房間裡再待一下比較好。伊雷文似乎也還不打算起床，把整張臉埋在枕頭裡悶著聲音說：

「他說你醒來想幹嘛都隨意……要吃飯還是需要什麼，都可以跟佣人講。」

「謝謝你。」

伊雷文是為了帶這個口信給他才醒來的吧，一方面或許也是因為擔心他。

喝醉酒還真是抱歉，利瑟爾露出苦笑，將玻璃杯端到唇邊。受到水溫影響而變得冰冷的杯緣碰觸嘴唇，讓他直起了背脊。他將一點水倒進口中。

這麼說來，自己到底是怎麼喝醉的？他清楚感受得到冰涼的水流過喉嚨，落進胃裡，有種連肺部都被冷卻的感覺，利瑟爾呼出一口氣。思緒在這刺激下終於開始轉動，他循線搜索昨天的記憶，接著驀然停下動作。

「（記憶從祭祀儀式的半途就中斷了……）」

他驅使剛睡醒的大腦全力運作，總覺得有股不祥的預感。

在殘存的記憶最後，他在儀式中接下了盛裝聖水的杯子。這是祭司們事前說明過的流程，完全在預料之中，因此他像練習時一樣端起那個杯子，一飲而盡，記憶在此突然中斷。

這也就表示……

「！」

利瑟爾習慣暴露在眾人的目光之中，以此為前提訓練出了優雅的舉止。

這樣的他，卻非常難得地匆匆把玻璃杯往桌上一擱，還發出了小小的叩一聲，彷彿表現出他慌張的心情。但利瑟爾無暇理會，倏地離開床鋪站起身來，低落的平衡感來不及應對他猛然站起的動作，一瞬間天旋地轉，使他踉蹌了幾步。

他趕緊扶著小桌穩住身體，原本應該熟睡的伊雷文唰地掀開毛毯跳了起來。

「怎樣，隊長你怎麼啦？沒事吧？」

「我沒事，不好意思。」

利瑟爾抬手制止似乎隨時都要衝過來的伊雷文，緩緩在床邊坐下。他低下頭，任由髮絲落在頰邊也不伸手去撥，在不好的預感之中下意識把手抵在嘴邊。

「那個……昨天的委託，我們只完成了一半吧？」

「啥？啊……你說儀式？那個有完成到最後喔。」

「這樣呀……」

「好像是那個聖水？裡面有放酒。」

利瑟爾放下心來，同時感到有點沮喪。

由於聖水準備得不多，事前練習使用的只是一般的水。這點沒有任何問題。問題在於，不喝酒的利瑟爾明明分辨得出酒味，卻沒能在正式儀式喝下聖水之前察覺裡面放了酒……不，就算發現了，當下他應該也會做好覺悟喝下去吧。

換句話說，他是因為自己喝下少到連事前告知都不需要的一丁點酒就喝醉而感到沮喪。

「……啊，不過儀式結束之後還需要幫忙收拾對吧？」

「喔，是喔？我直接把你帶來，剩下都丟給大哥啦。」

伊雷文基本上對委託細節興趣缺缺。

「我猜大哥可能就不收拾了吧，交代委託人他們扣掉報酬，或是直接告訴他們不用付錢之類……」

下一秒，利瑟爾臉上的笑容消失無蹤。

伊雷文嚇得肩膀一抖，趕緊閉上嘴。就在他面前，利瑟爾露出了悔不當初的表情遮住臉龐，低垂著臉喃喃自語，聲音沉穩卻帶著強烈的反省：

「喝醉酒，還因此放棄委託……」

利瑟爾全身都表現出一種「我搞砸了」的沮喪，難得看到他這副模樣，伊雷文眨眨眼睛。

不過伊雷文也沒有善良到會對此感到同情。他吊起唇角笑了，彷彿在欣賞利瑟爾此刻的姿態似的，帶著一點揶揄意味瞇細了雙眼，在沙發上盤起雙腿。

「也不用那麼在意嘛，那只是意外啊，意外。反正委託也算是成功了嘛。」
「話雖如此，這也是我的疏忽。」
伊雷文語調中帶著愉悅，不過確實還是在安慰他。
因此利瑟爾並不介意，他呼出一口氣抬起臉來，把落在頰邊的頭髮撥到耳後。
然後，他尋思似地別開視線，幾秒之後「嗯」地點了個頭，看向觀望著這裡的伊雷文。
總之，得先把該做的事情做好才行。他並不打算把犯過的錯誤拋諸腦後，不過待在原地毫不彌補就本末倒置了。反省並不是垂頭喪氣就可以了，從犯錯的經驗當中能夠記取什麼教訓、成就什麼事情才是最重要的。
利瑟爾擅長情緒控管，很快就轉換了心態，這也算是他特有的思考方式。
「『Bouquet・Chocolat』最好的巧克力是哪一款？」
「啊，不然我去幫你準備？我剛好打算要去。」
「謝謝你，那請幫我帶兩份。還有，我想知道昨天那兩位祭司人在哪裡。」
「兩個都要找？」
「我想想……不用了，找姊姊就好。」
「好喲！」
「Bouquet・Chocolat」是伊雷文常常光顧的巧克力專賣店。
他點點頭，然後躺下準備繼續睡回籠覺，反正時間還早，那家店也還沒開。不曉得這種店舖都在幾點開門，利瑟爾疑惑地想著，站起身來。
「隊長？」

「我睡不著了，出去一下。」

「嗯——」

從毛毯中伸出來的手朝他揮了揮。

利瑟爾微微一笑，放慢腳步走向門口，小心不刺激到還有點發昏的頭腦。既然說他可以隨意行動，那麼無論他做了什麼，雷伊肯定都不會責怪，不過利瑟爾也不打算在宅邸裡毫無顧忌地走動。他心懷確信打開門扉，立刻看見了要找的人。

「閣下早安，睡得還安穩嗎？」

「很好，謝謝妳。」

一位女子雙手擺在身前，悄然站在房門邊。

她以優美的儀態彎腰行了一禮，美得連鞠躬角度都彷彿經過計算，靜靜抬起的鵝蛋臉上掛著完美笑容，舉止堪稱傭人的典範。這對利瑟爾來說司空見慣，他沒什麼特別的感慨，只是懷著昨天暴露醜態的歉意向她道了謝。

「如果有需要餐點和浴池，都可以立刻為您準備。」

「這個嘛……我想先請問一下，這聲音是？」

他指向不知從何傳來的琴聲問道，語調柔軟，表示自己這麼問並不是因為受到打擾。傭人聽了抱歉地微微垂下眉毛，抬頭看著利瑟爾。

「是萊納少爺在練習彈鋼琴……」

「啊，果然。先前受過萊納閣下關照，如果不打擾的話，我想去跟他打聲招呼。」

「原來是這樣。」

她安下心似地笑了開來，立刻替利瑟爾帶路。

雷伊的兒子萊納昨晚從騎士學校回來，一聽說利瑟爾來訪，就閃耀著一雙遺傳自父親的金色眼眸說一定要見上利瑟爾一面。身為佣人的她也看見了這一幕，因此知道萊納方面不可能拒絕利瑟爾的拜訪。

客人來訪的消息本來還得再經過幾道正式手續轉達，不過雷伊也吩咐過「盡力達成利瑟爾閣下的要求，不要讓客人感受到任何不便」，就這麼帶他去見萊納肯定不會受到任何責難。

「昨天突然來訪，真的很不好意思。」

「請別這麼說，雷伊老爺這麼高興，我們這些下人也很開心。」

順帶一提，她並不知道面前這位與她對話的穩重男子是個冒險者。

「請您稍候一下。」

兩人來到一扇門前，隔著門板傳來的琴聲比先前清楚許多。

現在萊納彈得相當順利，利瑟爾微笑著垂下眉眼，豎起耳朵傾聽。利瑟爾也學過鋼琴，雖然沒有小提琴那麼熟練，不過也累積了一定的底子。

聽見敲門聲，琴聲戛然而止，房裡的人說了聲「進來」。佣人率先進去稟告，接著過了幾秒。

「啊。」

聽見氣勢洶洶的腳步聲朝這裡接近，利瑟爾悄悄塞住自己的耳朵。下一秒，門扇被猛力打開。

最先映入眼中的是一頭光潤的黑髮，接著是一眼就看得出源自父親的金黃眼眸，在晨光中熠熠生輝。還來不及讚嘆它的美，萊納就帶著滿面的笑容張大嘴巴說：

「好久不見了!!」

「好久不見，萊納。」

儘管塞住了耳朵，活潑響亮的聲音還是讓他頭暈目眩。

利瑟爾露出苦笑，拜託萊納稍微小聲一點。萊納恍然意會過來，帶著體恤的表情深深點頭，接著立刻露出充滿尊敬與好奇的耀眼笑容，請他進了房間。

利瑟爾依言走了進去，佣人行了一禮，消失在門板另一側。

「原來您從阿斯塔尼亞回來了，我昨天從父親大人那裡聽說這件事還很驚訝呢！」

「給你父親添麻煩了。」

「不會的，父親大人看起來非常樂在其中！」

嗓音充滿活力，聽起來一點也不像清晨剛起床。萊納邊說邊替他搬來一張椅子。

這裡比其他房間狹窄，看來是專為修習鋼琴而設的琴房。房間中央只有一架鋼琴，沒有沙發也沒有桌子，只有幾張椅子排列在角落，供講師指導時使用。

萊納拿了其中一張椅子請他坐，利瑟爾順從他的好意坐下，萊納也在琴椅上與他面對面坐下。從他們的角度，可以清楚看見立在譜架上的樂譜。

「你剛才練得有點辛苦呢。」

利瑟爾以眼神往那個方向示意，萊納也瞥了琴譜一眼，不好意思地笑了。

「您聽見了嗎？真是難為情……這類才藝我總是不太拿手。」

萊納掩飾害羞似地摸了摸自己的頸子，忽然察覺什麼似地重新看向利瑟爾：

「該不會把您吵醒了吧！」

「沒有，我是自然醒過來的，倒不如說你的琴聲給了我一段愜意的起床時光呢。」

「您真是太善良了……！」

萊納感動得雙眼閃閃發亮。利瑟爾對他露出微笑，事到如今才覺得自己好像睡太久了。從祭儀的時間推斷，他恐怕睡了整整半天。

「我是被萊納吵醒的」這種話，即使是開玩笑他也說不出來。

「讓您見笑了，我老是彈錯同一個地方。就是太心急了，只想著要快點彈得跟父親大人一樣好。」

「原來子爵閣下也會彈鋼琴呀。」

「是的，父親大人彈得非常好喔！」

萊納挺起胸膛，自豪地這麼說。利瑟爾瞇起眼睛笑了笑，重新看向樂譜。

察覺他的目光，萊納把那些譜疊好遞給了他。利瑟爾把薄薄一疊琴譜拿在手中緩緩翻看，萊納彈不順的那一段正好位於整首曲子一半左右的地方。

「我想你可能聽過類似的建議了，不過……」利瑟爾這麼開了口，觀察著挺直背脊坐在琴椅上的萊納說：

「一彈錯你總是停下來，不過就算多少彈錯一點，我想還是繼續順著彈下去會比較有幫助。不知道曲子後面的走向，會彈得更不確定吧。」

「這我知道……可是每一次都特別介意彈錯的那個地方。」

也就是雖然知道繼續彈下去比較好，卻難以實行吧。

原來如此，利瑟爾闔上樂譜點了點頭，忽然想到什麼主意似地開口。

「要和我一起彈彈看嗎？」

「咦……？」

「聯彈。兩個人一起演奏，即使彈錯了也比較容易繼續下去吧。」

聽見利瑟爾乾脆地這麼說，萊納眨了眨眼睛。

然後，他臉上逐漸染上喜色。萊納心裡壓根不存在「冒險者為什麼會彈鋼琴」這種疑問，打從一開始他就不是以那種眼光看待利瑟爾的。

「當然好！啊，可是您的身體……」

「這點程度的話沒有問題喲。」

「那麼就拜託您了！」

利瑟爾偏了偏頭對他的體貼表示謝意，粲然一笑。

他站起身，把樂譜放回譜架，萊納就眼明手快地把他的椅子搬到了自己旁邊來。看來萊納有過聯彈的經驗，不曉得是和雷伊還是學校裡的同學彈過，利瑟爾不經意地想。

「請你坐在正中央，按照平常那樣彈，我負責高音部分。」

「我知道了。」

「我只用一隻手，比起聯彈感覺更像是伴奏就是了。」

「當然沒有問題！」

利瑟爾在移動過的椅子上坐下，扶著打開的樂譜稍微看了一下。

老實說以利瑟爾的程度，還是很難與人聯彈從未練習過的陌生曲子，不過幸好讓萊納陷入苦戰的只是練習曲。這個程度應該還能應付，他大致瀏覽過樂曲的走向。

萊納也坐了下來，將指尖放上琴鍵。兩名體型絕不算嬌小的男性坐在鋼琴前，身體難免靠得很近，利瑟爾稍微側過左肩，以免干擾萊納右手的演奏，並把右手放上琴鍵。

「可以交給你翻譜嗎？」

「當然可以。您這樣會不會不好彈？」

「不會，你準備好了就開始吧。」

萊納下意識放鬆了緊繃的肩膀。

這是他第一次在這麼近的距離聽見這道沉穩的嗓音，彷彿化解了他所有的緊張。

萊納深吸一口氣，接著緩緩吐氣。手臂隨著肺部縮起的感覺稍微變得沉重，他順從這股感受將指尖沉入琴鍵，開始奏出旋律，像倒映著湖畔綠意的水面一樣和緩。

同一時間，利瑟爾的指尖在琴鍵上彈跳起來，演奏出即興的音符，宛如妖精在無波的湖面上嬉戲。琴音像擴散的漣漪般細細重合在一起，起初使萊納驚訝，但他很快地綻開了笑容，享受和諧交織的旋律。

「很好，就是這樣。」

利瑟爾輕聲說，以免干擾到琴聲。萊納似乎無暇回應。

不過他的嘴角仍帶著笑意，利瑟爾側眼看著這神情，跟著露出微笑。萊納雖然說自己不擅長彈琴，但彈得其實不差，練習確實轉化成了實力，只要持續下去一定可以達到貴族基本修養所需的水準。

「不要趕拍，慢慢彈。」

萊納的專注力非常優秀，恐怕是因為這樣，才特別專注於容易彈錯的那個部分。

隨著最困難的那一小節逐漸逼近，他也越彈越快，利瑟爾把左手放上他的背。

「聽著我的琴聲，專注配合。」

放在背上的指尖替他打著正確的節拍。

旋律慢慢恢復原本平緩的速度，利瑟爾一次、兩次撫過他的背以示讚許。

然後，終於來到出問題的那個小節。

「繼續彈。」

在頓挫的指尖即將停下來的瞬間，一聲柔和的命令制止了他，嗓音甚至令人感到安心。

他幾乎是反射性地繼續彈了下去。就像騎士服從君王從來不會感到半點遲疑，利瑟爾沒有強迫萊納去做什麼，卻讓他順服了自己的指示行動，差點停下的指尖違抗萊納的意願繼續彈奏下去。

「就是這樣，彈得很好。」

溫柔的聲音，讓他錯覺有一隻大手撫摸著自己的頭。

利瑟爾離開主旋律嬉戲般奏出琴音，萊納瞥了他的指尖一眼，一瞬間緊緊閉上眼睛，咀嚼著此刻的幸福。他的雙手流暢地彈奏下去，已經不再笨拙地停下。

樂曲順利彈到尾聲，大喜過望的萊納全心全意對利瑟爾致上感謝，害得利瑟爾頭暈目眩。彈奏完畢之後，兩人很有默契地坐在椅子上聊天，利瑟爾在萊納的請求之下講述在阿斯塔尼亞的見聞，也反過來請萊納聊聊騎士學校的日常生活。
聊著聊著，時間不知不覺過去，敲門聲打斷了兩人的談笑。佣人進來告知雷伊已經起床，萊納準備出門的時間也到了。
「接下來要到騎士學校上課嗎？」
「是的。非常謝謝您，讓我度過了這麼充實的一段時間！」
「我才該謝謝你呢。」
兩人不約而同站起身，這時候，利瑟爾忽然停下剛跨出的腳步。
還好有把腰包繫在身上。在萊納納悶的注目當中，利瑟爾將手伸進腰間的包包，懷著對納赫斯的感謝取出要找的東西。伴手禮果然還是多買幾份備著比較好。
「這是阿斯塔尼亞的紀念品，不嫌棄的話送給你吧。」
利瑟爾遞給他一個尺寸和重量都十分尷尬的木雕人偶。
剛才聽見「紀念品」這個詞整張臉都亮了起來的萊納，伸出手默默接過了那個木雕。人偶比他雙手還大，造型一言難盡，不管擺在哪肯定都格格不入，臉上的表情也不知到底是在笑還是在生氣，看著簡直不可思議到了極點。
「沒想到我可以收到您的紀念品……」
萊納神情肅穆地看著木雕人偶，接著靜靜凝視著利瑟爾說：
「我好感動，謝謝您……！」
他的語氣真誠，充滿感激，好像很高興的樣子，利瑟爾放下心來露出微笑。

畢竟利瑟爾自己也覺得這人偶的美感太小眾了一點。不曉得是納赫斯挑選紀念品的品味正好對上萊納的喜好，又或者萊納純粹是因為收到了禮物而高興，不過無論如何這都是平安符，是能帶來好運的東西，利瑟爾確實是出自於單純的好意送給他的。

「這是擺飾吧。」

「是阿斯塔尼亞開運除厄的擺飾，喜歡的話請拿出來擺放吧。」

「當然！」

萊納露出滿面的笑容點頭，目送利瑟爾離開。利瑟爾在佣人帶領之下，來到了雷伊等待的會客室。

雖然利瑟爾不記得，不過這是昨天他們待過的同一間會客室，雷伊就在房內等著他。

雷伊已經打扮完畢，不愧是將講究門面視為美德的貴族。儘管打扮得一絲不苟，他散發出來的氣質並不惹人討厭，與其說是品味，倒不如說是他本人氣質的展現。

注意到利瑟爾走進室內，笑意加深了他眼角的魚尾。晨光從面向庭院的大玻璃窗照進來，把那頭金髮照得燦然發亮，他把手上那疊紙張隨手往沙發角落一擺，馬上請利瑟爾坐下。

「早呀，利瑟爾閣下，聽說我家兒子受你關照了。」

「早安，子爵。」

利瑟爾順著雷伊的招呼，在他正對面坐下。

佣人替他們準備了紅茶，帶點果酸的甜美香氣溫暖了室內的空氣。利瑟爾感受著指尖的熱度端起茶杯，填滿肺部的茶香彷彿也暖和了他不太舒服的胃。

不過他沒有就口，只是抱歉地看著雷伊，垂著眉說：

「昨天給您添麻煩了。」

「怎麼會呢？一點也不麻煩，沒什麼值得利瑟爾閣下你耿耿於懷的事情。」

雷伊快活地笑著說，語氣不帶半點尖酸，毫無疑問是他的真心話。

那麼，自己要是繼續道歉就太不近人情了。利瑟爾閉上嘴，終於把茶杯端到唇邊。沒有人願意告訴他喝醉酒失憶那段期間到底發生了什麼事，不過這麼看來，自己似乎也沒做出什麼脫序的舉動。利瑟爾放下心來，喝了一口紅茶。

「你是不是還沒用餐？我請人準備點東西吧。」

「不，其實我沒什麼食欲……」

「哎呀，那可不行。」

雷伊顯得有點驚訝，說不定不曾有過宿醉的經驗。

先前建國慶典的宴會結束之後，他們也曾到雷伊宅邸打擾，利瑟爾還記得當時雷伊和劫爾他們一起喝了不少，全程都相當清醒，可見酒量一定很好。

結果，那次只有喝了特別多瓶的伊雷文一個人宿醉。劫爾也一副若無其事的樣子，利瑟爾真是太羨慕他們了。

「子爵很能喝酒呢。」

「是嗎？我也不確定。」

不曉得是沒有自覺，還是不曾跟別人比較酒量。

雷伊尋思似地以拇指撫著下巴，關切地朝利瑟爾這裡看了過來。
「完全不吃東西不太好哦，你吃點水果再走吧。」
「謝謝您，那我就不客氣了。」
「當然不用客氣，儘管跟我撒嬌吧！」
總覺得雷伊的語氣聽起來特別歡迎。
利瑟爾納悶地看著雷伊，不過後者只是露出意味深長的笑容蒙混過去。利瑟爾沒放在心上，他儀態優雅地把手上的茶杯放回桌面，看也沒看杯子一眼，杯底碰上茶碟的時候還是沒發出半點聲響。
他挺直背脊，重新面向雷伊。
「容我再打一次招呼，好久不見了，雷伊子爵。」
「確實是好久不見了，沒有你在的王都真是無聊透頂。」
聽見雷伊面不改色地這麼說，利瑟爾回以苦笑。
身為維護王都治安的貴族之一，「無聊」才是最理想的情況，這不像他該說的話。
「阿斯塔尼亞感覺如何呀？」
「很不錯，非常熱鬧。」
「那你們一定玩得很開心吧。聽說回程坐的也是魔鳥車？」
「騎兵團正好也要到這裡來，好心讓我們搭了便車。」
「我想也是。」

雙方喝著紅茶隨口閒談，交換的這些情報對於某些人來說卻有著難以想像的價值。

不過從他們的態度絲毫感受不到緊張，不帶威嚴，反而笑得開懷，間或夾雜幾句玩笑。即使這是左右國家大事的會議，他們的態度也不會有任何改變，不是因為他們不認真，而是因為這只是理所當然的日常事務。

「你見過沙德了嗎？」

「是的，回程我們在馬凱德停靠了一下。他還是一樣很有精神哦。」

「他就是那種不工作反而全身不舒服的體質，還忙得不可開交真是太好囉。」

現在沙德應該折斷了他的筆尖吧。

不過，蒐集情報是貴族的基本素養，在原本的世界，利瑟爾也會邀請到過遠方的貿易商人和旅行者，以「拓展見聞」為由探問各式各樣的消息。因此包含這方面的意圖在內，他也能享受和雷伊的這段對話。不著痕跡地說出自己想問的情報，時而回應、時而閃躲，兩人聊得非常熱絡，沒有一刻冷場。

就在他們談論著沙德本人聽了一定會咋舌的話題時，忽然有人敲門。

佣人推著推車走了進來，上頭放著兩個玻璃器皿，盛裝著經過精美擺盤的幾種水果。佣人把兩份水果分別擺在兩人面前。

碗裡的果肉新鮮飽滿，酸甜的果香鑽進鼻腔，利瑟爾拿起同時送上來的叉子吃了一口。

「啊，很好吃。」

「那太好了！」

雷伊心情極好地笑著說，接著惡作劇般瞇起雙眼，看著利瑟爾：

「話說回來，聽了你剛才那些話，我有點意見呢。」

「嗯？您是指……」

「只有沙德收到你的伴手禮，不覺得太不公平了嗎？」

如此露骨的催促讓利瑟爾感到有點懷念，忍不住笑了出來。

肯定是確信自己也有一份，雷伊才敢說這種話。即使利瑟爾說沒準備，雷伊頂多只會當作他愛說笑而已。雖然有點好奇他會作何反應，但真的這麼做就太過分了。

利瑟爾將手伸進腰包。眼前的壯年男子一看見這動作，俊美的容顏頓時亮了起來。

「您露出這樣的表情，看起來就和萊納一模一樣呢。」

「常有人說我們長得很像。」

「子爵您自己覺得不像嗎？」

「是啊。那孩子長得很像我妻子。」

雷伊柔聲說。在親人眼中看起來，感覺果然不一樣吧，利瑟爾也露出微笑。

利瑟爾從腰包取出一個色調雅緻、裝飾華麗的盒子，越過桌子遞給雷伊。雷伊伸出手，溫柔地把那個盒子從他手中輕輕拿走。

雷伊問他，可以打開嗎？利瑟爾點頭說，當然。

「太美了，這是領巾吧？」

「是的，我看您常常配戴。」

雷伊把手指伸進盒內，將領巾從盒子裡取出。

他把疊好的領巾放在大腿上攤開，接著伸手解開現在身上那條領巾，以熟練的手勢鬆開別針，將手指伸進打結處，從領口把領巾抽了出來。

「這花樣很少見呢。」

「是以阿斯塔尼亞的紡織布料製成的。」

「啊，原來如此。」

雷伊深深看著那條領巾，眼神甚至讓人感覺到憐愛。

素色布面上的紋樣高雅，卻給人一種陌生的新鮮感。觸感柔軟的布料帶有些許光澤，織在布裡的花紋根據光線角度隱約變換色彩。

「您聽說過嗎？」

「聽說是把魔力和絲線一起織成布料，賦予各式各樣的魔法效果？」

「果然見多識廣。」

「嗯，那麼這個花紋是不是也帶有什麼意涵呀？」

雷伊抬起下顎，把全新的領巾穿過領口，以愉快犯般的眼神看著利瑟爾這麼問。指尖的動作優雅從容，一點也不慌亂，這種眼神顯得和他雍容大度的氣質有點矛盾，卻非常適合他這個人。

利瑟爾看著雷伊將領巾夾裝飾在胸口，露出悠然的微笑。

「是的，願您的心靈永遠獲得滿足。」

「你真是太棒了！」

雷伊感動地展開雙臂，利瑟爾贈送的那條領巾在他身上顯得非常適合。

色彩典雅的布面，將日光下耀眼的金髮、以及享受世間一切的閃亮眼神襯得十分亮眼。

利瑟爾看著那道身影，心滿意足地品嘗著水果的酸甜滋味。

138

無論在哪個國家，農耕都是重要的產業。

帕魯特達爾也不例外。不過王都內部看不見任何農地，幾乎所有耕地都位於王都之外，在王都帕魯特達、商業國馬凱德、魔礦國卡瓦納這三大都市的包圍之下星星點點存在於領地各處。

以農業維生的人民，就居住在這些農村當中，過著與大自然為伍的生活。

「劫爾，你的故鄉也是農村嗎？」

「不是，我們那邊靠山，產的是木柴和工藝品之類的。」

利瑟爾他們在載貨馬車的晃動之中，悠閒地在平原上前進。

天空晴朗，萬里無雲，用來載運蔬菜的馬車沒有車頂，三人坐在貨臺最後方，雙腿伸出車外。怡人的風參雜土壤的香氣，從他們身邊吹過。

「咦，難道大哥會做手工藝喔？」

「哪有可能，我沒天分。」

「畢竟劫爾沒什麼耐心嘛。」

保養武器的時候他從不嫌累，但遇上步驟繁瑣的精細工作就嫌麻煩了。

劫爾不算手拙，不過每個人總有自己擅長和不擅長的事情。利瑟爾看著從貨臺底下延伸出去，在地面上越劃越長的淺淺轍痕笑了出來。

「先前我們和史塔德一起造訪的那個也是農村吧？」
「啊——你說把大哥丟著自己跑掉那次喔？好像是有看到很大片的麥田。」
「所以你才買麥酒給我？」劫爾問。
「難得到了那裡，總是想買個比較像當地特產的東西回來。」
馬車行駛的這條道路並沒有經過正式的整備。
不過，日復一日來來往往的馬車自然踩踏出了一條小徑，清晰地刻在草原上，彷彿在引導旅人前行。這是野生動物也會行經的道路，因此偶爾馬車會顛簸一下，不知是輾到了被踢到路中央的小石塊還是挖掘地面的痕跡，也是這種鄉野小道可愛的地方。
利瑟爾他們屁股底下墊著幻狼毛皮坐墊，因此不必擔心腰痛。拜此所賜，他們還有閒情逸致聽著答答的馬蹄聲，享受這晴朗的好天氣。
「村莊繁榮到那個程度，就有憲兵駐守了。」
逆著和緩的風，利瑟爾回過頭。
他把遮住眼睛的頭髮撥到耳後，往馬車前進的方向看去，車伕戴著老舊狩獵帽的背影映入視野。正悠哉駕著馬的是個老翁，利瑟爾瞇細眼睛笑著開口：
「不過您們那裡，是領主大人幫忙採取對策吧？」
「咦?!咱們這車坐起來不舒服，實在不好意思啊貴族大人?!」
「不會，很舒適哦。」
氣氛很好，兩人的對話卻雞同鴨講。伊雷文打著呵欠喃喃碎念：
「我看這老頭子癡呆了吧……」

「你說誰癡呆啦，啊?!」
「為什麼這句你就聽得到啦!!」
聽著老翁和伊雷文大吼大叫，劫爾把手肘撐在貨臺邊緣，無奈地嘆了口氣。
從王都出發，他們已經搭了一個小時左右的馬車，駕車的老翁一直把利瑟爾當成貴族，就算撇除這點不談，對話也總是三兩句就雞同鴨講。要跟冒險者溝通，村子裡一定有更好的人選吧，劫爾是這麼想的。不過說起來這也沒辦法。
「大概再一小時就到啦，還請再忍耐一下下啊，貴族大人。」
「好的，不過我是冒險者。」
「這麼快就有人接了咱們的委託，真是幫大忙啦。」
「看到委託人這麼高興，我也很開心哦。」
從村子到王都一趟，單程要一個半小時，為了賣出農作物，村裡的居民每隔幾天就要走一次這條路。
就算掛出委託，也不知道什麼時候會有冒險者願意接取。村民還有農務要忙，不可能一直待在王都等候冒險者，因此只有趁著清晨來到王都販賣農產品的時候和冒險者碰頭，才是最確實的辦法。而他們接下委託的這天，來到王都賣菜的正好是這位老翁。
「之前咱們也因為田地被魔物糟蹋，找冒險者來過好幾次，但像您這樣的人還是第一次見到啊。」
馬車伕哈哈大笑，沙啞的笑聲被風吹來。
「這種事很常發生嗎？」

「也沒那麼常有，不過來都來了，也沒辦法嘛。」

老翁的語氣豁達，聽不出憂心忡忡的感覺。

田地被魔物破壞，是農耕必不可免的天災，對他們來說，暴風雨來襲和魔物來襲都一樣，只會感嘆一句「真是倒楣」而已。不過當然，預防處理這些問題，他們是從不馬虎的。

「平常都是怎麼預防呢？」

不知是不是輾到小石塊，馬車猛地顛了一下。

利瑟爾嚇了一跳，不過仍然不以為意地把手撐在身旁，繼續興致勃勃地問下去。

「隊長很喜歡問這種事情欸。」

「比起職業病，倒不如說是興趣了。」劫爾說。

聽見兩側傳來的對話，利瑟爾露出苦笑。

他就是想知道，有什麼辦法。不過確實，他的確是想拿這些資訊到原本的世界參考，被說是職業病他也無從否認。

「擺些驅逐魔物的道具，然後多去田裡巡一巡囉，其實也沒做什麼。」

「巡邏是村民一起輪班嗎？」

「平常是年輕小夥子去巡，不過現在也有憲兵過來幫忙。咱們一通報有魔物出沒，領主大人就派兵來啦。」

「原來是這樣。」

話題奇蹟般地在兜了一大圈之後回到正題。

以那個村落的規模似乎沒有自己的領主，因此應該是有位領主統治著幾座類似的村莊，在需要的時候會派遣憲兵過來幫忙。現在憲兵們也會定期到村子裡巡邏。話雖如此，憲兵的主要職責還是維持治安，派遣幾個人過去就算能趕跑魔物，還是很難真正討伐牠們。

「應該是在冒險者抵達之前撐一下的意思吧。」利瑟爾說。

「都派兵過去了，幹嘛不乾脆多派幾個，直接把魔物殺掉啊。」

「沒有辦法為了一個村莊調派那麼多人手過去呀，而且也不能開啟這種先例。」

要是每次發生類似的事件都派遣大量憲兵處理，總有一天會忙不過來。與其調派不熟悉與魔物作戰的憲兵使用人海戰術，還不如雇用專門對付魔物的冒險者比較實際。從金錢方面考量，肯定也是這麼做比較便宜。

「領主也沒辦法每件事都插手去管？」

「沒錯，就是這麼回事。」

聽見劫爾壞心眼地撇嘴笑著這麼問，利瑟爾毫不退縮地粲然一笑。自己能解決的問題，就得讓居民自己去想辦法，畢竟就算是領主，也無法一一處理領地的所有大小事。在真的需要領主協助的時候，也有完善的體制可以傳達居民的聲音。

「當然，有需要的時候領主也會全力提供協助，到時候就算遭到當地的居民拒絕，我們也一樣會介入。」

「還會有人拒絕喔？」

「還好，很少碰到這種情況。」

劫爾他們點點頭說「也是」，一邊略感意外地想，原來偶爾還是會碰到啊。

風伴隨著青草的沙沙聲吹拂而來，又撫過他們的臉頰離開。利瑟爾他們穿著最上級的裝備，不容易感受到令人不適的寒暖變化，不過穿著短袖的馬車伕已經冷得抖起身體來。

「是說啊，隊長你們那邊沒有冒險者對吧？」

「是的。發生這種情況的時候，經常是找傭兵出手。」

「嗯，好像聽你說過。」

「我認識的傭兵笑著說，這是很好的外快來源呢。」

利瑟爾原本世界的傭兵，在沒有戰爭的時候就狩獵魔物，或是在迷宮裡磨練戰鬥實力。缺錢的時候也經常擔任商人旅途上的護衛、討伐魔物等等工作，與人們生活關係密切的活動比想像中更多。當然，每一位傭兵選擇的工作類型都不盡相同。

傭兵對利瑟爾來說是習以為常的一種職業，因此在這裡沒聽說過讓他有點寂寞。

「喂，冒險者啊，再一下子就到啦。」

「謝謝您。」

其實從出發開始，他們就聽過好幾次同樣的「快到了」宣言，不過這次似乎是真的快到了。

利瑟爾往深處挪了挪身體重新坐好，朝著前進方向望去。一不小心很容易在震動中掉下馬車。

「其他隊伍好像已經到了？」

「不知道是什麼樣的隊伍呢。」

這一次的委託，是利瑟爾他們和另一組隊伍一起接下的聯合委託。

【討伐破壞田地的魔物】是冒險者三不五時就會見到的委託，根據規模不同，公會會分派幾組隊伍的冒險者一起合力解決。利瑟爾選擇這項委託是因為他之前沒有接過聯合委託，感覺可以獲得相當寶貴的經驗。

「有什麼需要注意的嗎？」

「你沒什麼好注意的。」

利瑟爾朝著正把視線投向遠處森林的劫爾這麼問，後者立刻斬釘截鐵地回答。

森林裡有什麼生物嗎？利瑟爾正想湊過去看，前傾的身體立刻被劫爾擋住，用一隻手輕易按回原位。他不以為意地看向另一側的伊雷文，探詢劫爾那句話真正的意思。

伊雷文那頭紅色長髮隨興地垂在貨臺，他把手肘撐在盤起的雙腿上，晃著肩膀大笑。接著把腿往馬車外隨便一伸，刻意撇開視線說：

「怎麼說咧，重要的是那啥，合作精神？」

「我明白了。」

利瑟爾點頭，不再問下去。

聯合委託最重要的就是合作精神。

這麼一想，劫爾和伊雷文都不像會選擇聯合委託的那種人。他們的冒險者資歷豐富，肯定具有相關知識，多半也接過一、兩次聯合委託；劫爾也說他曾經為了找交通工具代步而接下馬車的護衛委託，考量到雇主的心情，當時執行委託的想必不只他一個人。

可是無論怎麼想，這兩人都不太懂得跟別人互相配合，不難想像就算有其他冒險者在場，他們還是一個人單打獨鬥、解決所有魔物的情形。

「難得的機會，希望能好好合作。請另一個隊伍多多指導我們吧。」
「他們會願意嗎……」伊雷文說。
「咦？」
「沒事。」伊雷文喃喃說著抬頭仰望天空，暴露出喉結。
天空還是一樣萬里無雲，要是說青色就是這樣的顏色，所有人都會同意吧。
今天一定會放晴一整天，是最適合冒險的好天氣。

「喔？」
一行人又在搖晃的馬車上坐了一會，風和日麗的天氣引人睡意。
這時，伊雷文忽然注意到什麼似地發出聲音。利瑟爾中斷了和劫爾的閒聊，轉頭去看發生了什麼事，只見伊雷文轉過上半身，面朝著馬車的前進方向，於是利瑟爾也跟著回頭看過去——馬兒的鬃毛隨著步調上下起伏，再往遠處看，一座充滿鄉野閒情的小村莊進入視野。
「啊——真的很有農村的感覺欸。」伊雷文說。
「很漂亮的風車。」利瑟爾說。
「村子比想像中更大。」劫爾說。
幾戶農家周遭，圍繞著廣闊的田地。
馬車緩步前進，駛上耕地之間的小路，在收割前整片金黃色的麥田中間前行。兩座紅磚砌成的小風車立在田間，葉片迎著風緩緩轉動。
風車轉動時偶爾吱嘎作響，紅磚牆上點綴著彩色的玻璃，反射著日光閃閃發亮。是用來驅逐鳥類嗎？利瑟爾邊想邊看著地面上轉動的影子。

「喂——我把冒險者載回來啦——」

馬車伕扯開嗓門喊著，舉起狩獵帽在頭頂上用力揮舞。聽見他的聲音，村民們紛紛從麥田中央、風車小窗、質樸的民房當中探出頭來。聽得見聲音的範圍裡所有的村民恐怕都跑出來露臉了。

「大家一直看我們欸。」

「這裡除了委託以外也不像會有冒險者過來。」劫爾說。

不曉得是在幫忙農務，還是在麥田裡玩耍。

幾個小孩從麥田縫隙中跑出來，保持一段距離追逐著利瑟爾他們的馬車。他們三人面向著後方，因此就算隔著一段距離，還是可以清楚看見那些孩子們的身影。

利瑟爾好玩地朝他們揮了揮手，這時馬車駛出了麥田，開始逐漸減速。

在四周環繞著田園和家屋的一座小廣場上，馬車完全停止下來。不等老翁說什麼，劫爾和伊雷文自動跳下馬車，利瑟爾見狀也跟著踩上一段時間沒有踏足的地面。

「那我去把馬車停好，您等一下啊，貴族大人。」

「我是冒險者喲。」

利瑟爾收起幻狼毛皮坐墊，向仍然有著諸多誤會的老翁道了謝。

他目送著馬車喀答喀答逐漸遠去，然後環顧整座村莊。跟著馬車過來的孩子們一邊嬉笑，一邊跑向老翁牽引的載貨馬車，直接跳上貨臺。

既然叫他們等一下，表示老翁還會回來吧，在那之前他們就沒事做了。

「房子周圍有柵欄，不過田地都沒有圍籬呢。」
「最外圍有用木樁圍起來。」劫爾說。
「你看見了？」
「嗯。」
既然這樣，不如在附近逛逛，三人於是像午後散步一樣邁開步伐。
村民們和睦地說著「來了很不得了的人呢」，眾人的目光如影隨形地跟著他們。不過這點無論走到哪裡都一樣，只要村民們看到他們不覺得失望就沒關係。
「考慮到未來還要開墾土地，也不能圍得太密實呢……」
「嗯，說起來也是沒辦法啦，不過這樣根本就隨便魔物搗亂嘛。」伊雷文說。
沿著麥田前側走過去，慢慢看見了種植其他作物的田地。
培育的農作物五花八門，不過放眼望去沒看見被魔物踐踏過的痕跡。無論是小麥，還是其他或眼熟、或陌生的蔬菜，都在劃定的區塊裡蓬勃生長。
「不知道被破壞的是哪一區的田地？」利瑟爾說。
「這麼說來，也沒看到另一個隊伍。」劫爾說。
該不會是率先抵達的冒險者隊伍，已經把委託解決了吧。
如果真是這樣也很好，不過來都來了，還是想做點事情。就在他們這麼聊著的時候……
「……啊？」
伊雷文忽然不快地皺起眉頭，劫爾一臉訝異，兩人雙雙凝視著同一個方向。
看見他們的手扶著劍柄，利瑟爾也閉上嘴，循著兩人的視線看去。

鋪展在眼前的田園之外是一片草原，再過去就是距離村子最近的森林，除此之外什麼也看不見，更沒聽到任何聲響。到底怎麼了？利瑟爾正想問另外兩人，話還沒出口又閉上了嘴。

迎著風向，似乎聽見了某種奇妙的鐘聲。

「好像有什麼聲音呢。」

「讓人頭超痛的聲音。」伊雷文說。

「要來了。」劫爾說。

原以為是鐘聲的聲音，隨著距離接近逐漸變成了嚇人的爆音。

連續的噪音響徹周遭，聽起來簡直就像拿木棒猛敲鍋底的聲音。

同時地面微微震動，不知什麼東西正在接近。在利瑟爾往那個方向眺望的時候，牠們出現在視野當中。

「喔，是群羊，好少見喔。」伊雷文說。

「這一帶沒見過。」劫爾說。

一群體型巨大的羊，從森林的草木之間跑了出來。

牠們跑過村莊前方，轟隆隆的地鳴聲撼動內臟，簡直就像在逃跑一樣。元兇一定就在那裡，利瑟爾把視線轉向噪音大作的森林。就在這時……

「嘿嘿嘿嘿嘿嘿!!」

幾個人猛敲著手上的鍋子，從森林裡衝了出來，是艾恩他們。

「他們看起來很有精神呢。」

「呃，該說的是這個喔？」伊雷文吐槽。

是以前在利瑟爾的幫助之下，解開迷宮謎題的年輕冒險者們。這麼有活力是好事，利瑟爾露出微笑讚許地點頭，順便心想，自己的隊伍就是缺乏這種元氣啊。

「喔，讓你們久等啦。」

收拾好馬車的老翁回來了。

他彎著長年務農而彎駝的腰，朝這裡慢慢走過來，注意到艾恩他們追著群羊到處跑，老翁「喔」了一聲抬起臉。看見他們繞著從森林被趕到平原上的羊群走動，邊走邊敲著鍋子，老翁「哇哈哈」地放聲大笑。

「我家的鍋子要被敲凹啦。」

「他們在做什麼？」

「那些羊會逃進森林裡啊。一聽說今天你們會來，他們就說要先把羊趕出來。」

原來如此，利瑟爾也看向艾恩他們。

隊伍和以前一樣是四個人，他們猛敲著鍋子，牽制住又想躲進森林的群羊。那些群羊被噪音喝止了幾次之後，或許也放棄了反抗，開始在草原上活動。

「對了，請問遭到破壞的農作物是……」

「喔，就是那個。」

聽見利瑟爾這麼問，老翁伸出布滿深深皺紋的指頭指向田地。

那是一整面的花田。周遭都種著充滿農村感的蔬菜水果，只有那一區開著嬌嫩的花朵，形成了有點不可思議的情景。

「花？」

「這叫做『燈火花』，晚上會發亮。知道的人不多，不過很漂亮喲。」

「啊——是那個喔。」

伊雷文和劫爾都聽過似地點頭。

但利瑟爾從來沒聽說過這種花。他的兩位隊友感覺對花朵的種類根本沒興趣，沒想到居然都知道，也難怪他忍不住感到驚訝。

「是跟冒險者有關係的花嗎？」

「在光線很暗卻不能點火的迷宮，會拿這種花當作光源。店裡也有賣裝這東西的瓶子。」劫爾說。

「還滿貴的喔！」伊雷文說。

利瑟爾聽了恍然大悟，在花田旁邊蹲下。

花朵中心染著淺淺的橙色，花瓣像絲絹一樣薄，花萼像鞣製過的皮革。從外觀看不出詳細的原理，不過會發光應該是因為魔力吧。

農耕和魔力有著密不可分的關係。

土壤中蘊含的魔力是左右作物品質的重要因素之一，土壤魔力不足的時候，農民會以專用的魔道具把魔石磨成粉末撒在田地上。冒險者蒐集到的魔石在市場上也被當作肥料來買賣，村子裡說不定也有利瑟爾他們在某回復藥工房看過的那種磨碎魔石用的機器。

利瑟爾摸了摸花朵根部的土壤。

「是經過精心調配的泥土呢。」

「農民聽到這種讚美真是太高興啦。」

火、水、風、土，各式各樣的魔力參雜在一起，這片土壤經過妥善整頓，是最佳的田地。

老翁張開大嘴笑著說，利瑟爾見狀也露出微笑。在他身邊，沒什麼園藝經驗的伊雷文正興味盎然地把手掌往田裡的泥土上按。鬆鬆軟軟的土壤帶著一點溫度，當伊雷文正感到新奇的時候，距離他指尖幾公分的地方冒出了一條食籽蟲。

「……」

雖然看見無數的食籽蟲在床上蠕動的時候伊雷文會尖叫，但在這種出現蟲子也不奇怪的情況下冒出一隻，倒是沒什麼大不了。

不過這情景喚醒了他內心的創傷，害他面部抽搐了一下。他遷怒似地抓起那條蟲，往站在原地百無聊賴的劫爾一扔，被躲過了。

「喂。」

「我在除蟲啦，你看我多乖。」

他被揍了。

「是不是避免在田地附近使用魔法比較好呢？」

「不會不會，不要直接動到田裡的土就還好。」

在他們旁邊，利瑟爾正在認真跟委託人討論細節。

萬一擾亂了土壤中的魔力應該會造成農夫的困擾，因此利瑟爾才這麼問，不過老翁乾脆地揮揮手表示沒有關係。確實，眼前的花田看起來也不像受到嚴密的管理，應該不屬於需要精細管控魔力的植物吧，利瑟爾瞭然點點頭。

不過也是因為沒受到嚴密保護，這片田地才會被群羊破壞就是了。

「啊，他們往這邊過來了。」

聽到伊雷文這麼說，利瑟爾拍拍手上的沙粒站起身來。

往那邊一看，由艾恩帶頭的三名冒險者懶散地揮著鍋子往這邊走來，剩下一個人則留在原地看守。目前群羊似乎沒有回到森林裡的意思，正如其名，牠們很有默契地聚在一起，在草原上吃著青草。

「能吃草幹嘛不乖乖吃草就好了……」伊雷文說。

「想吃更美味的東西吧。」劫爾說。

「嗯，也是可以理解啦。」

「可能是含有魔力的食物比較吸引牠們？魔鳥也是這樣呢。」利瑟爾說。

吵吵鬧鬧地朝這裡走近的艾恩等人，忽然看著這裡停下了腳步。

從這麼遠的距離看不清表情，不過他們似乎認出了利瑟爾一行人，忽然哇啦哇啦地喧譁起來。

「剛才製造出那麼吵的聲音，群羊也沒有發動攻擊呢。」

「啊——除非真的砍下去，不然牠們不會反擊啦。」伊雷文說。

「不過只要砍了其中一頭，整群就會一起撲上來。」劫爾說。

那真是太難受了。

視野當中的群羊總共有十三頭，體格全都壯得像牛，遭到牠們全體總攻擊很難全身而退。不管怎麼說，以數量取勝還是最強大的戰術。

「體格那麼強壯的魔物，即使設立了圍籬感覺也擋不住呢。」利瑟爾說。
「是啊，不過咱們還是裝了類似的東西。」
在艾恩帶頭之下，年輕冒險者們揮舞著鍋子，直直朝利瑟爾他們跑過來。
利瑟爾一邊揮手回應，一邊看向老翁。老翁以鞋尖輕輕踢了踢腳邊的木樁示意，仔細一看，環繞著田地的木樁之間綁著繩子，繩子上綁著許多小鐘鈴。
「外圍都用警報鈴圍起來啦，雖然趕不走魔物，至少魔物一來咱們就會知道。」
利瑟爾他們一聽，紛紛看向跑過來的艾恩他們。
距離已經很近了，從森林一路跑到這裡，體力還真好。
「那些傢伙絕對會踢到警鈴。」伊雷文說。
「一定會。」劫爾同意。
「警鈴的事我也告訴過那些小哥囉。」老翁說。
「不管，絕對會響。」伊雷文說。
「肯定會響的。」劫爾說。
「不，再怎麼說也……」
利瑟爾正想替艾恩他們說話，就在這時……
「利瑟爾大——」
響亮的警鈴聲傳遍晴朗的天空。
「好痛這啥啊吵死啦!!」
「看吧。」劫爾說。

「就白痴嘛。」伊雷文說。

「沒想到他們這麼全心全意地想著我們……」

看著劫爾無奈到極點、伊雷文全力嘲諷的反應，利瑟爾露出苦笑，出聲安撫正因為響個不停的警鈴而大吵大鬧的艾恩他們。

所有人被帶到了老翁家裡。

利瑟爾他們喝著招待的冰茶，正聊得開懷。

「原來艾恩你們到馬凱德去了呀。」利瑟爾說。

「對啊！不久之前才回到王都這邊。」

「儘管吃，不用客氣。」老翁的妻子端出了親手製作的餅乾。

大盤子裝得滿滿的看不見底，艾恩他們開心地伸手正要拿，結果伊雷文把整個盤子都拉到自己面前，他們只好哭著縮回手。這樣他們也太可憐了，利瑟爾悄悄把盤子推回桌子中央，艾恩一行人就不客氣地吃了起來，也不知道是不是剛才活動過身體肚子餓了。

「啊，對了，我有紀念品要給你們哦。」

「咦，真的可以收下嗎！」

「當然。」

聽見利瑟爾溫柔地點頭這麼說，艾恩他們興高采烈地探出身體。

這可是利瑟爾送的紀念品啊。那個充滿貴族氣息、氣質優雅、看起來高不可攀的利瑟爾，用艾恩他們的詞彙量就只有「高級」一個詞可以形容，這樣的人送的紀念品不曉得會是多好的東西，實在讓人忍不住期待。

「據說有開運避邪的效果，請好好珍惜哦。」

期待在大多情況下都會落空。

艾恩他們無言地看著桌上的木雕擺飾。和它四目相對的感覺真是一言難盡，不對，這真的是眼睛嗎？不知道。是蟲嗎？還是鳥？沒人知道。

就這麼過了幾秒，率先行動的是艾恩。匯聚隊友們的目光於一身，他畢恭畢敬地捧起那個擺飾，輕手輕腳收進皮袋裡。袋子附有空間魔法，先前趁著賺大錢的時候買來備用真是太好了。禮貌地擠出一聲謝謝的艾恩值得嘉獎，不愧是隊長。

「對了，我還是第一次接聯合委託。看到合作對象是你們就安心了。」

「原來是這樣啊，我們接過好幾次了！」

艾恩重新打起精神，誇張地挺起胸膛這麼說，利瑟爾也露出柔和的微笑。

他帶著學生期待老師給予指導的表情，以充滿信任與好奇的語調說：

「請多多指點我們喲。」

「咦……」

艾恩他們不知為何僵在原地。

「可是我們也是啊，那個，也是第一次跟魔法師一起接委託啦！」

「聯、聯合委託也沒有那麼常接到！」

「每個委託的狀況一定也不太一樣……」

「是這樣嗎？聯合委託確實沒有那麼常見呢。」利瑟爾說。

利瑟爾從來沒說過自己是魔法師。

不過周遭所有人似乎都以為他是魔法師了。他確實是以魔力作為戰鬥手段，如有需要也可以只用魔法戰鬥，因此利瑟爾本人不會特別否認這個稱呼。

劫爾邊喝著茶，邊側眼看著利瑟爾。利瑟爾並不是非得隱瞞魔銃的存在不可，應該只是嫌每次都要重新解釋太麻煩而已吧。畢竟關於魔銃，只要說是迷宮裡開出來的，大部分冒險者都會直接接受。沒辦法，誰叫迷宮就是任性。

「喂，講正事。」

「對了。」

被劫爾這麼一提醒，還沉浸在久別重逢氣氛裡的利瑟爾點了個頭，重新轉向艾恩他們。艾恩隊伍的冒險者們也戰戰兢兢地看著劫爾，停下了拿餅乾的手。伊雷文還是繼續照吃不誤，他把自己的茶喝完了，伸手去拿利瑟爾的杯子。

「那種魔物叫群羊對吧？那些就是全部了嗎？」利瑟爾問。

「應該是沒錯。」

「牠們基本上集體行動，趕到離森林那麼遠的地方，應該不會漏掉。」

萬一漏掉一隻，就無法解決農田被破壞的問題。

為什麼沒有進入森林狩獵，卻能夠肯定沒有遺漏呢？就在利瑟爾疑惑的時候，坐在他旁邊的劫爾這麼補充說明。利瑟爾聽了恍然大悟，把視線轉向窗外，確認這次的目標。

每次白色的羊隻慢吞吞地想往森林走的時候，就有人敲響鍋子嚇阻。

「那麼，接下來就只要討伐牠們就可以了呢。」

聽見利瑟爾斬釘截鐵地這麼說，艾恩一行人嘴角抽搐。

老實說，他們根本沒有自信只靠著自己對付那些群羊。雖然稱作羊，但牠們體型跟牛隻一樣巨大，朝外彎曲的犄角又粗又長，這麼重量級的魔物還會十幾隻一起發動猛攻。

「呃，這個嘛……我們本來是覺得可以一隻一隻把牠們引出來，先割破喉嚨讓牠們沒辦法叫同伴，然後個別擊破……」

「果然用這種方式比較確實嗎？」利瑟爾說。

咦，艾恩隊伍忍不住面面相覷。

他們原本以為，一刀一個人就可以輾壓那些群羊了。艾恩他們毫不掩飾略顯失望的表情，利瑟爾他們倒沒把對方的反應放在心上，繼續談下去：

「雖然似乎要花上一點時間。」

「欸——這賭太大了吧？萬一在割喉之前牠就叫了，那你不就完蛋？」伊雷文說。

「我看你這傢伙意見那麼多，最好是拿得出多厲害的戰術啦！」

「哈，雜魚就會亂吠。」

艾恩踢開椅子猛地站起身來。其他隊友本來也要照做，但在那之前利瑟爾提醒了一聲「這裡是別人家哦」，於是他們正要抬起來的屁股又慎重地坐回原位。

利瑟爾對著心有不甘地扶起椅子的艾恩讚許地點頭，又制止了露出嘲諷笑容搧風點火的伊雷文，然後看向劫爾。不全是因為實力，而是因為他想聽聽全場討伐過最多魔物的冒險者的意見。

「真的像伊雷文說的那樣嗎？」

「嗯。一、兩隻還行，多到那個數量就有困難了。」
「那麼艾恩，這一次我們再想想其他辦法吧。」
「好喔。」
艾恩沒規矩地一屁股往椅子上坐了下去，二話不說地點頭。
剛才他也不是真有什麼不滿，倒不如說這是冒險者的預設反應吧。
乖乖服從劫爾的判斷，也很符合冒險者實力主義的心態。假如這次的合作對象不是利瑟爾他們，艾恩隊伍的提議多半已經被採納了。冒險者天天都在風險中作戰，對這種碰運氣的戰法習以為常，不過要是聽從其他隊伍的提議，事後分配報酬的時候免不了要吃虧。
「喂。」劫爾開口。
「是！」
「是的大哥！」
但艾恩他們早就忘了這些原則。
他們精神抖擻地回應劫爾，幹勁滿滿地想知道這次要採用什麼戰術。
「你們能應付幾隻？」
「咦？」
「我問你們，一次同時能對付幾隻。」
艾恩他們抬起眉毛，面面相覷，然後有點遲疑地小聲商量起來。
幾隻？一個人負責吸引一隻的注意力，另外三人合力圍毆一隻，這樣就是兩隻。三隻有點勉強。不不，如果一人、一人、兩人這樣分成三組……不不不，兩個人怎麼可能打贏一隻啦。還可以敲鍋子啊。可是……

「啊！」

艾恩突然抬起臉，窺探著利瑟爾的臉色說：

「跟魔法師一起接委託啊，該不會那個，可以幫我們放個強化魔法之類的……」

「臉皮有夠厚——」伊雷文說。

「是問你了沒啦，啊?!」

原本看到艾恩期待的眼神而偏著頭感到納悶的利瑟爾，聽他這麼一說有趣地笑了出來。

由於劫爾他們沒有這方面的需求，利瑟爾都忘了。不曉得魔法師是不是普遍都會以強化魔法支援同伴，不過無論如何，利瑟爾都沒有理由拒絕。

「可以呀，有需要嗎？」

「就拜託你了大哥！」

「哇靠有魔法欸！」

「哇喔，我好興奮啊！」

艾恩他們吵吵鬧鬧地說是魔法、是魔法耶，看來真的沒有跟魔法師一起接過委託。看他們那麼期待，利瑟爾有點擔心魔法的效果會讓他們失望。

「那三隻沒問題!!」

而且還毫不遲疑地依賴從沒體驗過的強化魔法，艾恩他們在各種意義上讓他人很擔心啊。

「那我們負責十隻。沒問題吧？」劫爾說。

「呃……好？」

「把牠們分成十隻和三隻兩群。」

「我知道了。」利瑟爾說。

這感覺也沒有什麼戰術可言，在艾恩他們還跟不上這段對話的時候，利瑟爾已經二話不說點了頭。就這樣，作戰順序在利瑟爾他們三人的主導之下敲定。

「萬一波及到村莊就糟糕了。」

「那隊長，你在那方向弄個保護牆？」

「就這麼辦吧。最擔心的是被群羊逃掉，這要怎麼預防？」

「牠們不會跑，不用擔心。」劫爾說。

艾恩隊伍也聽得懂利瑟爾他們在說什麼。

利瑟爾先用某種方式把群羊分成十隻和三隻的兩群，並展開魔力護盾，防止牠們衝進村莊。然後劫爾、伊雷文以及艾恩他們分別對付各自分配到的羊隻。

最後一個階段最重要，卻計畫得最含糊，這真的沒問題嗎？儘管這麼想，當被問到能不能執行的時候他們也只能點頭，這是冒險者的骨氣。

「喂，艾恩……」

「以利瑟爾大哥他們的實力……」

「既然他們說做得到就沒問題吧，大概。」

「有道理。」

艾恩隊伍毫無根據地相視點頭，並且毫無理由地接受了這個提案。

反正強化魔法很讓人期待嘛。做出這種結論的他們，也是跟戰術沒什麼緣分的人種。

「喔，要開始啦？」

「是不是進屋裡躲起來比較好哇？」

「沒關係，魔物要過來的時候我會擋住，好奇的話可以在這裡觀戰哦。」

「那就看看好了。」

「小哥你是不是貴族呀？」

「不是哦。」

「好大隻的羊啊……」

比起村莊更靠近田地這一側的田間小路上，農村的村民們已經將利瑟爾團團圍住。

時間差不多的時候，他們一動身，不知不覺間村裡的男女老少都興味盎然地聚集過來。這不會妨礙他們討伐魔物，而且在旁邊參觀一點也不危險，因此利瑟爾只請他們不要跑到田地另一側去，其他就隨村民們自由活動。

眼前一整片的田地再過去就是草原了。十幾隻群羊聚集在那裡，劫爾他們和艾恩隊伍分別站在白色羊群的兩側，各就各位。

「貴族小哥，戴著這個吧，不然頭頂會曬得很燙喲。」

「謝謝您。」

好心的老婆婆把草帽借給利瑟爾，利瑟爾感謝地戴上。

然後就看見伊雷文捧腹大笑。也沒有那麼不適合吧，這反應太失禮了，利瑟爾邊想邊朝著正在玩後空翻的艾恩他們揮揮手示意。

所有隊員很有精神地對他揮手回應。他已經施展了強化魔法，從那一瞬間艾恩他們興奮喧鬧的樣子看來，效果並沒有辜負他們的期待。幸好他們沒有覺得跟想像中不一樣。

「強化魔法會不會不舒服呀——」

「不會——！」

利瑟爾把手圈在嘴邊大聲問，立刻聽到艾恩他們興奮到爆炸的聲音這麼回答。有時候被施了強化魔法的人會頭暈。利瑟爾只知道有這樣的可能，沒有實際見過類似情況，看到艾恩他們沒有感到不適就放心了。

「欸欸，強化魔法是什麼呀？」

「是讓身體變得更強壯的魔法喲。」

「真好哇，這樣做起農務一定更輕鬆。」

「那邊那兩個人也變強了嗎？」

「那邊的人不用再變強了沒關係。」

聽見少女指著劫爾他們好奇地問，利瑟爾微笑回答，接著凝視羊群。

該怎麼分成十隻和三隻兩群呢……利瑟爾偏著頭，評估該從哪裡把羊群分開。魔物並不會呆站在原地不動，利瑟爾打量著慢吞吞走動的羊隻，選定位置之後抬起手臂。

他的手臂筆直伸向前方，一把魔銃平行飄浮在手臂旁邊。

從艾恩他們的方向看過去，魔銃完全位於死角，不過四周看熱鬧的村民全都看見了。

「貴族少爺，那是什麼呀？」

「請稱呼我為冒險者。待會會發出很大的聲音，怕吵的人請把耳朵塞起來哦。」

幾秒鐘之後，魔銃發出尖銳的爆裂音。

同時，站滿群羊的地面開始搖晃。隨著每一聲槍響，土地或隆起形成高牆、或下陷形成溝渠，在近處看著這情景的艾恩隊伍發出歡呼聲。

「好厲害，好久沒看到魔法啦！」

「這啥聲音啊，是放魔法的聲音？」

「應該是吧？」

即使在迷宮寶箱裡開出火槍，都有人會嫌它沒用，直接丟在原地不帶走。

只有重視形式的收藏家才會蒐集這種東西，幾乎沒人使用這種武器，在場的人們也都沒聽過槍聲。艾恩他們再怎麼樣也想不到現在聽見的就是槍聲，而且還是那把槍扭曲了他們眼前的大地。

土地發出雷鳴般的重低音，把羊群分成兩半。目擊這一幕的艾恩隊伍一邊興奮地爆笑一邊拔劍，土牆阻擋之下，一轉眼他們已經看不見劫爾和伊雷文所在的位置了。

大地轟隆隆地隆起，下陷、下陷，然後又隆起。

靜靜冒出一座魔鳥雕像。

大地轟隆隆地下陷，然後又隆起、隆起，再隆起。

艾恩他們忍不住多看了一眼。

「剛才好像很自然地冒出了一座奇怪的雕像……」

「是利瑟爾大哥在開玩笑嗎？」

「反正也有阻擋的效果，應該沒差吧……？」
在凹陷大地的另一側，他們從土牆縫隙間看見伊雷文大爆笑、劫爾一臉無奈的表情。
他們無從判斷利瑟爾是不是故意的。雖然疑惑魔法為什麼會產生出意料之外的結果，但艾恩他們對魔法也不熟悉，只覺得「魔法可能就是這樣吧」。
終於，轟隆聲停止了。
地面似乎還在餘音中晃動，三頭群羊被留在艾恩他們面前。
牠們把魔法視為攻擊行為，正噴著鼻息，羊蹄踩踏地面。
「好耶我們上!!」
「「「喔!!」」」
體能狀態絕佳，劍刃輕盈，斬擊威猛有力，強化魔法真是好東西。
他們邁開的腳步穩穩踩踏地面，承受著迎面而來的風衝向群羊。
看起來沒什麼問題，利瑟爾看了一會艾恩隊伍和群羊交戰的情形點點頭。
說到底，劫爾他們沒有出言阻止，就代表艾恩他們說「可以負責三隻」並不是吹牛。所以這次鬆散的作戰計畫才得以付諸實現，不愧是C階的冒險者。
「左邊那兩個小哥好強啊。」
「明明有十隻。」
村人們佩服地說。他們已經採取觀戰態勢，坐在一邊吃起午餐來。
村民們至今也雇用過很多冒險者了，似乎還是覺得劫爾他們的實力值得感佩。利瑟爾也看著劫爾他們穩健地削減群羊數量，驕傲地綻開了笑容。
順帶一提，利瑟爾還沒展開魔力護盾。長時間、大範圍展開足以擋下群羊那種重量級衝刺的護盾很耗費體力，因此他打算等牠們真的逼近的時候再施放。
「右邊的小哥很有活力，真不錯。」
另一方面，獲得強化魔法加持而嗨到極點的艾恩他們，正充滿幹勁地往群羊砍過去。
「喝——！」
揮劍。
「哈——！」
揮劍。
「嘿——!!」
致命一擊。
「「唔喔喔喔喔——!!」」
打倒了第一頭羊，他們發出歡天喜地的戰吼。
「強化魔法是不是會讓頭腦變笨啊，貴族小哥？」
「應該是沒有那種效果……」
利瑟爾和老太太納悶地看著這一幕。
就這樣，在村民們悠哉觀戰的同時，群羊的數量不斷減少，大約經過十分鐘，劫爾他們就收拾掉自己負責的那十隻羊回到村裡了。再過二十分鐘，艾恩隊伍勝利的戰吼也響徹了整片草原。

利瑟爾一行人順利完成委託，在眾人送行之下搭上馬車，由村民載他們回到王都。回程村民為他們派出了兩輛馬車，兩個隊伍各搭一輛，邊搭車邊享用村民塞給他們的豐盛午餐，是段悠閒又愉快的旅程。

順帶一提，群羊的犄角好像可以當作素材。利瑟爾他們本來把那些羊丟著就要回去，艾恩隊伍吵吵鬧鬧地阻止他們說「這太扯了！怎麼可能！」，沒有選擇悄悄獨占素材，可以看出他們都是個性耿直的人。

村民說羊肉可以拿來做醃肉，因此所有人總動員，把那些羊全都搬回了村莊。

這是把群羊堆到推車上搬運的勞力工作，利瑟爾也理所當然地推著一臺手推車準備幫忙，結果村民理所當然地對他露出「你在這做什麼」的表情說：「啊，我來就好。」然後極其自然地拿走了他的推車。無法理解。

「委託辛苦了。」

「謝謝你，史塔德。」

「總之報酬先交給你就可以了嗎？」史塔德問。

「可以嗎？」利瑟爾問艾恩。

「好喔！」

利瑟爾他們一同來到冒險者公會，辦理委託結案的手續。經過各種確認之後，史塔德把利瑟爾和艾恩這兩位隊長的公會卡交還給他們。

冒險者接取聯合委託的時候，首先就會為了該由哪一隊的隊長主導而起爭執，但利瑟爾和艾恩之間完全沒有這種劍拔弩張的氛圍。說起來艾恩他們屬於脾氣比較火爆的類型，不過面對利瑟爾表現出這種態度也是很合理的，在史塔德隔壁納涼的某職員深深點頭。

「久等了。」

「謝啦。」

「喂，艾恩。」

一回到同伴們圍坐等候的桌邊，艾恩就被自家隊友叫了過去。

「怎麼啦？」看見隊友們默默朝他招手，艾恩好奇地湊過去，聽見隊友壓低音量說：

「他們那邊剛剛拜託我們啦，說利瑟爾大哥沒分配過報酬，希望我們先讓他分分看。」

「喔，他也說這是第一次接聯合委託嘛。」

艾恩摸了摸剛吃過午餐卻已經開始飢餓的肚子，朝利瑟爾看去。

利瑟爾正和劫爾他們開心地說著什麼，一邊把史塔德交給他的報酬金擺放在桌上的墊布上。一、二……數算硬幣的手指頭連指甲尖都工整勻稱，不愧是利瑟爾大哥啊，艾恩在心裡讚嘆。

這時他注意到一件事。本來在這個時間點，他們應該睜大眼睛緊盯著另一個隊伍，以免對方偷拿報酬才對。現在艾恩自己完全沒有這方面的戒心，他的隊友們也一樣，但他卻不覺得哪裡奇怪，答案已經很清楚了。

「我想說利瑟爾大哥也不會虧待我們，剛剛就先跟他們同意了。」

「嗯，知道啦。」

艾恩他們至今接過好幾次聯合委託。

其中從來沒有哪一次沒為了報酬爭吵。哪一個隊伍主導報酬分配都是絕對不被允許的，好不容易各自派出隊長協商，雙方也會在一秒之後開始對罵。

然而，艾恩他們現在完全忘了這回事。

平常爭奪報酬的標準流程實在太難跟利瑟爾聯想在一起，再加上這一次的事態發展跟平常相差太多，反倒讓他們冷靜下來。沒辦法，對方畢竟是利瑟爾嘛。

「這個嘛，伊雷文好像替我拜託過你們了，那麼首先就讓我來分配看看吧。」

利瑟爾以沉穩的嗓音這麼說，謙虛得彷彿在說「在下不才請多指教」。

從整個氣氛開始，就跟冒險者原本分配報酬的情況差了十萬八千里。但在場沒人吐槽，利瑟爾也就判斷沒有問題，繼續這段討論。雙方隊員們或坐或站，各自隨性地圍在桌邊，桌上擺著幾枚銀幣。

「金額剛剛好可以分成七等分，不過……」

艾恩他們聽不懂利瑟爾在說什麼，瞬間呈現「？？？」狀態，但因為沒有表現在臉上而被忽略了。

「我也做了各種功課，知道這種時候好像不是均等分配。」

伊雷文板著一張撲克臉，努力裝出嚴肅的表情，但全身都抖個不停。

一開始提議要讓利瑟爾分配報酬的就是他。一定憋笑憋到快內傷了，劫爾瞥了他一眼，無奈地嘆了口氣。但伊雷文提議的時候，完全沒有加以制止的也是劫爾。

不知是覺得利瑟爾想分配就讓他試試看，又或者是等著看好戲，或許兩者皆有。

「艾恩，你們隊伍率先進到村子裡，不但先跟村民們溝通好，還把群羊從森林裡趕出來，幫了很大的忙。」

「沒有啦，過獎了過獎了。」

老實說，艾恩他們提早行動本來是為了搶占報酬，這下卻不好意思地揉著鼻子否認起來。本來他們早該把這件事當作自己的功績大肆宣揚才對。

「不過，也要考慮到我們隊伍打倒的群羊比較多。」利瑟爾說。

艾恩他們沒有怒嗆「現在這樣講是要居功就對了啦」。

因為這是事實。只差一兩隻就算了，但這次可是差了一倍以上。

他們也沒有牽制對方、討價還價的意願了，畢竟說這句話的是利瑟爾啊。

「雙方都很努力了，所以我想對半分應該差不多吧。」

突然分得很隨便。

艾恩他們不敢置信地盯著利瑟爾瞧。不是啊，還有強化魔法呢？分開羊群的功勞呢？還有利瑟爾他們到底需不需要第二個隊伍幫忙的問題……啊，原來如此，所以才好心分了三頭羊過來啊。太感謝了。

「所以說，艾恩你們的隊伍有四個人，我們這邊三個人……」

利瑟爾毫不猶豫地把墊布上的銀幣分成左右兩堆。

兩邊的比例正好是四比三，結果兜了一圈居然回到一開頭七等份的結論。太扯了，利瑟爾以外的所有人都默默看著隱隱反射光線的銀幣。

對半分，不是應該兩個隊伍各拿一半嗎？為什麼這時候會考慮隊伍人數？是「所有人都很努力了」的意思嗎？原來如此，好像越想越合理了，既然利瑟爾這麼說那就是這樣吧。但願全人類都得到幸福。

利瑟爾胸有成竹地從銀幣上移開指尖。

「這樣分配如何呢？」

「感覺不錯啊。」艾恩說。

自從當上冒險者以來，這是艾恩他們第一次懷著這麼和平的心情取得報酬。

幾天後，另一項聯合委託。

「你們也不過就跟我們同階而已，有什麼資格叫我們聽話？啊?!」

「哈啊?!什麼叫做不可能幫其他隊伍強化?!利瑟爾大哥都幫我們放了！」

「你們憑什麼分配報酬！根本沒經過我們同意——!!」

和平的心情已經消失殆盡，路人目擊了艾恩他們恢復原狀，朝氣蓬勃地接取委託的模樣。

139

在氣氛騷然的冒險者公會當中，男人被他眼前的人物奪去了所有目光。

「你說我的階級嗎？」

外貌沉穩高雅，溫柔的聲音卻一反他給人的印象，牢牢吸引全場的注意力。瞇細的一對紫晶色眼睛清澈高潔，舉手投足不發出半點聲響，不可思議地讓人移不開視線。但只有臉上的笑容充滿自負，幾乎違背他外貌予人的印象。

在男人面前，那雙薄唇帶著與笑容同樣的驕傲開啟。

「B階。」

男人睜大雙眼。

「呃……、……有點微妙……呃呃呃實在驚訝不起來啊。」

說厲害確實很厲害，但又不足以讓人嚇一大跳。

倒不如說，B這種階級跟眼前這位沉穩男子散發出來的大人物氣場不太相配，讓人聽了很難信服。

看見對方露出「為什麼？」的納悶表情，男人更無法釋懷了。

事情的開端發生在不久之前。

利瑟爾他們一如往常接了委託，剛從迷宮回到公會。

三人一起穿過公會大門，難得各自喘了口氣。因為來不及在離峰時段完成委託，再加上迷宮的位置使然，回程的馬車擠得要命。

「今天的迷宮很不好攻略呢。」

「必須解除陷阱的迷宮真的很麻煩欸。」

「總比被壓成肉醬好。」

今天去的「機械機關迷宮」有著許多大規模陷阱，迷宮中充滿裸露的巨大齒輪和金屬零件，風景充滿懷舊的美感和樂趣。但是機械結構的規模越大，陷阱的複雜度和難度也會成比例上升。

解除步驟繁多到有一次劫爾嘗試用蠻力把齒輪停下來，不過迷宮希望挑戰者用正規方式攻略，不可能放任他為所欲為，因此蠻力完全起不了任何作用。沒辦法，誰叫迷宮就是這樣。

「公會到了這個時間果然很擁擠呢。」

「接下來才是人最多的時候。」劫爾說。

「反正櫃檯空著就好啦。」伊雷文說。

冒險者們在迷宮裡大鬧一番之後，也想早點把麻煩的手續辦完。

因此公會裡大多數的冒險者早早完成了結案手續，要不是在等候報酬發放，就是在討論今天該到哪裡喝一杯。冒險者不管做什麼事情手腳都很快，利瑟爾直到現在還是偶爾會感到佩服。

「我們今天要不要也去喝一杯呢？」

「喔，好啊好啊！」
利瑟爾他們排進史塔德面前的隊伍，一邊討論接下來的計畫。
雖說是隊伍，他們前面也只有一組冒險者，而且史塔德辦事很有效率，馬上就會輪到他們了。
「你別喝酒啊。」劫爾說。
「我不會喝的。」
「怎樣，隊長你還在反省喔？」
「我的確在反省，不過就算沒在反省也不會喝酒的。」
看不出利瑟爾臉上有任何沮喪，不過「正在反省」這句話所言不假。
劫爾他們隨口應了一聲表示理解。在他們看來，利瑟爾根本不必這麼在意這件事，但既然當事人無法接受也沒辦法。更別說他們也明白，利瑟爾介意的不只是給委託人造成了困擾，也不只是公會對他的評價因此降低。
「如果是我個人接的委託也就算了，那可是隊伍一起接受的委託呀。」
沒想到利瑟爾還滿介意這種事的。
他不喜歡看到別人的風評因為不合理的原因而降低，如果那個原因在於他自己，這點會表現得更加明顯。劫爾他們也知道，利瑟爾給予他們相當高的評價，其中不帶任何偏袒成分。
劫爾什麼也沒說，只是嘆了口氣。伊雷文則是愉快地勾起嘴角，湊過去打量利瑟爾：
「哎呀，如果說這是身為隊長的責任，那你這樣想也沒有錯啦。」

「謝謝你的指導。」

看著利瑟爾柔和的笑容，伊雷文瞇細雙眼開口，隱約露出比唯人更銳利的尖牙：

「不過，原來隊長覺得我們是有可能因為這種小事就失去價值的雜魚喔？」

挑釁的笑容，煽動人心的深沉嗓音，但利瑟爾只是有趣地露出笑容。

他朝著伊雷文湊近的臉頰伸出手，指背撫過他臉上的鱗片，摸了一次就離開。伊雷文臉上挑釁的神情立刻消失無蹤，換上一臉滿足的表情退了回去。

「我知道不可能，也知道你們完全不介意。只是考慮到這次的事發原因，我自己想要反省而已。」

「想反省就隨你高興。」劫爾說。

「請讓我這麼做吧。」

太介意的話劫爾他們會不高興，所以利瑟爾正在適度反省中。

「是說隊長，原來個人的委託失誤了你不會介意喔？」

「我會反省，不過不太會介意。」

看著排在前面辦理結案手續的隊伍放低姿態，努力說服史塔德在報酬上讓步，利瑟爾乾脆地這麼回答。這答案讓劫爾和伊雷文都有點意外。

委託失敗的時候，利瑟爾也會追究原因，好好反省改善。他會對委託人感到抱歉，也會盡力彌補；不過事情過去就過去了，他會立刻轉換心情，不會太耿耿於懷。

「我不覺得自己凡事都能做到完美，冒險者的工作才沒有那麼簡單呢。」

這個人就是會說出這樣的話啊。路過他們後方的冒險者裝作沒聽見，頗為滿意地喃喃這麼說。
「實際上我也放棄過幾次委託。」
「那還不是因為你老愛選那些奇怪委託。」劫爾說。
當然，利瑟爾也是懷著「既然接了就要達成」的志氣接下委託的。
可是有些時候再怎麼努力也沒用，具體來說，像是為了尋找遺跡主題的畫作而潛入迷宮，結果只開到米諾陶洛斯的畫作。看運氣的委託常遇到這種情況。
這時候公會卡上會留下委託失敗的紀錄，不過利瑟爾不介意。
「是說放棄委託我也遇過啊，大哥一定也有吧？」
「嗯。」
「這我倒是猜得到。」利瑟爾說。
劫爾和伊雷文都是很有個性的人。
在全看委託人臉色的冒險者工作當中，僅憑實力不可能當上模範生。從劫爾他們不以為意的態度看來，放棄委託似乎也不算特別罕見。
「下一組請往前。」
聊著聊著，一道淡然的聲音請他們前進。
在他們之前辦理手續的那群冒險者們走向一旁的桌子，看起來心情不錯，報酬交涉應該是成功了。史塔德雖然有著絕對零度的稱號，但並不是霸道蠻橫的人，只要冒險者言之有理，他也會毫不猶豫地為了他們去跟委託人要錢。
「辛苦了。」

「你也辛苦了，史塔德。」
史塔德面無表情地點點頭，然後抬頭目不轉睛地看著利瑟爾。
察覺他的視線，利瑟爾忍不住笑了。在那對玻璃珠般映照不出感情的眼睛注視之下，他伸出手，摸了摸史塔德的頭髮，然後替他把耳際的頭髮撥到耳後，史塔德立刻散發出高興的氣息，讓人錯覺有朵小花砰地從他背後飛出來。當然，這只有利瑟爾看得出來，看在另外兩人眼中只是史塔德面無表情被摸頭的詭異情景。
利瑟爾他們把公會卡交給了一臉滿足的史塔德。
「這次的委託是【取得機械機關迷宮的齒輪】，請繳交你們找到的迷宮品。」
「好的。」
利瑟爾從腰包取出一個小玻璃匣，放在櫃檯上。
潔淨無瑕的透明匣子底部鋪著黑色帶有光澤的墊枕，上頭擺著一枚金色齒輪，齒輪下方縫有一塊刻著「No.142」字樣的小金屬牌。
「我真的不懂齒輪愛好者欸。」伊雷文說。
「這應該是一種收藏家精神吧。」利瑟爾說。
這種齒輪只能從「機械機關迷宮」的寶箱取得。
所有齒輪都附有編號，造型精美，許多人因此爭相收藏。玻璃匣、編號牌都不是利瑟爾準備的，由此可見迷宮有多麼講究。
「不過隊長剛才還說委託失敗怎樣怎樣，卻選了這種百分之百靠運氣的委託，更讓我不懂……」

「早該習慣了。」

說得也是。聽見劫爾拐彎抹角的贊同，伊雷文喃喃自語完點點頭。

「保存狀態很好，公會這邊會支付全額報酬。還有其他問題嗎？」

「沒有，謝謝你。」

史塔德抬頭看著利瑟爾幾秒鐘，確認真的沒有問題。

接著便著手為他們準備報酬。除了委託人必須親自確認的情況以外，支付報酬原則上都是基於公會職員的判斷。冒險者能立刻拿到現金當然非常感激，不過商業公會的職員要是知道這個制度，肯定會露出不敢置信的表情盯著他們看。

「一共是五枚金幣，請點收。」

「這雖然是C階的委託，報酬卻很豐厚呢。」

「想收藏的人夠多的話，差不多都是這價格。」劫爾說。

這類型的物品委託，通常只有已經持有所需迷宮品的冒險者才會接取。

而且這一次有兩個齒輪收藏家同時掛出委託。雙方在委託告示板上彼此競價，報酬每天節節高升，冒險者們一直抱著看好戲的心情旁觀，等待價格升到頂點。

直到最近，冒險者們才判斷報酬金額升得差不多了，開始接取「機械機關迷宮」的委託，準備順道尋找齒輪。沒想到今天利瑟爾就只因為「想看看那個齒輪長什麼樣子」的理由接了那個委託，還運氣好開到了齒輪。

周遭眾人的感想是，這也沒辦法嘛。畢竟是全憑運氣的委託，大家也沒什麼好不服氣。

「分成兩枚、兩枚、一枚，猜拳決定吧。」利瑟爾說。

「輸的拿一枚?」伊雷文問。

「偶爾換成贏的人好了。」利瑟爾說。

後面沒人排隊，利瑟爾他們當場迅速猜完了拳。

結果是劫爾同時猜贏他們倆，獲勝了卻得吃虧到底是什麼道理?贏得一點也不開心。

「現在方便占用一點時間嗎?」

在一旁淡然看著他們猜拳的史塔德忽然開口。

正確來說，是朝利瑟爾開口。劫爾、伊雷文依序拿走托盤上的金幣，利瑟爾在最後拿起剩下兩枚，一邊點頭說：

「沒問題，有什麼事嗎?」

「我想討論一下讓你升階的事情。」

利瑟爾眨了一次眼睛。

接著開心地綻開醉人的笑容。

劫爾和伊雷文瞥向他，觀察他的反應。兩人並未擺出理所當然的態度，也沒有半點懷疑，只是帶著愉快的神情，迎接利瑟爾來到自己這一邊。

「我不久前才剛放棄委託呢。」

「這件事我有納入考量。考慮到你在阿斯塔尼亞的實績，我認為已經有資格升階了。」

史塔德一邊把劫爾和伊雷文的公會卡放上托盤遞給他們，一邊這麼說。

在B階以前，冒險者的升階資格由職員評定。升上一般稱為「高階」的A、S階必須經過公會長核可，不過目前利瑟爾的階級還是可以由史塔德決定升階的階段。

「你的迷宮通關數、魔物討伐數，和高階冒險者比起來也算是相當優秀。雖然這些不見得是你一個人的成績，那邊那兩個人的影響可能比較顯著。」

不帶溫度的視線瞥向他們兩人，伊雷文哼笑一聲，劫爾不予理會。

「與委託人的關係也非常良好。唯一的缺點，就是整體而言護衛委託的數量太少。」

「是誰說不想讓他接那種委託的啊。」伊雷文說。

「工作和我個人的心情無關，白痴給我閉嘴。」

除了業務上的需要，史塔德不會顧慮他人的感受。

他從不說謊，不打迷糊仗，直率是他的優點也是缺點，總是只說真心話。到了現在，他也一樣不希望利瑟爾接取委託人主導色彩較強的護衛委託。可是同時，他也知道利瑟爾認可他身為公會職員的價值，他不會在公務上有所偏頗。

因此才產生了這種矛盾，不過光明正大地承認實在很有史塔德的風格。

利瑟爾有趣地笑了，他把掉到頰邊的頭髮撥到耳後問：

「即使如此，你也判斷我擁有升階的資格了，對吧？」

利瑟爾詢問似地偏了偏頭，史塔德目不轉睛地凝視著他。

「先前的聯合委託當中你負責保衛村莊，雖然不是護衛委託，但我也聽說在其他類似狀況你都能採取有效的應變措施。」

「上次倒是沒有輪到我上場。」

利瑟爾露出溫煦的微笑這麼說。在隔壁偷偷豎起耳朵聽的公會職員心想，利瑟爾就是會說出這種話的人啊。或許不是謙虛，只是講出事實，不過和其他冒險者比起來態度真的是天壞之別。

大多數的冒險者總是意見一堆，三天兩頭催著職員問「怎麼還不讓我升階」、「為什麼還不能升階」。也有不少冒險者是經過這樣大肆宣揚自己的戰功，公會才開始評估提升他們的階級。

要是利瑟爾對於升階完全沒興趣，那就是個不知進取的冒險者了，不過看他臉上高興的表情就知道並非如此。

「（不公道的讚賞他不需要嗎……也難怪他跟史塔德這麼合得來。）」

自己不滿意的部分，即使受人稱讚也高興不起來。

至於自己已經滿意的部分，由於自己內心有了答案，也就不需要旁人讚美了。

職員回想著他那位完全無法靠著諂媚、討好、過剩的讚賞來拉攏的同事，深深點頭。

「因此，我認為你具備升階的資格。」

史塔德是個誠實的人。

基於公會職員的判斷，他明確地這麼說，不帶任何偏袒成分。

「你覺得如何呢？」

「當然好，麻煩你了。」

聽見職員這麼問，沒有哪個冒險者會說不。聽見利瑟爾毫不遲疑地同意，史塔德也點點頭，把留在自己手邊屬於利瑟爾的公會卡插進魔道具。

利瑟爾在一旁看著他辦理一連串的手續，毫不掩飾高興的神情。伊雷文見狀，忽然略感意外地開口，他以前也見證過利瑟爾升階的瞬間，不過……

「隊長，你之前是也很高興沒錯啦，不過有這麼開心嗎？」
「不知道呢，這次可能特別開心。」
當然，升階都值得高興。利瑟爾補上這麼一句，露出微笑：
「因為B階對我來說是特別的。」
聽見利瑟爾面不改色地這麼說，伊雷文和史塔德同時瞥向同一個人。
位於他們視線另一端的是劫爾。他意想不到似地低頭看著利瑟爾，難得露出措手不及的表情，一瞬間之後又無奈地把視線轉往別處。
劫爾眉間的些許皺褶絕不是因為不悅，同為一丘之貉的兩人注意到了。
「……這樣手續就完成了，請取回你的卡片。」
「謝謝你。」
「你看，隊長，一樣的顏色欸。」
一想到換作自己站在劫爾的立場會有什麼感覺，特地吐槽簡直像自掘墳墓。
於是伊雷文和史塔德佯裝沒發現，一人遞出辦完手續的公會卡，另一人則拿自己的公會卡擺在利瑟爾的卡片旁邊。
利瑟爾手中的卡片閃耀著象徵B階的顏色。
「終於追上你們了。」
「也沒催你。」劫爾說。
「你說過要我趕快追上哦。」
利瑟爾有趣地這麼說著，把卡片收進腰包。

然後他心情極好地轉向劫爾他們，臉上帶著沉穩甜美的笑容。

「今天一起去喝一杯吧。」

「……嗄？喔，好啊……」

不久前似曾相識的對話不知為何又重複了一次，伊雷文困惑地點頭。

「還要去買厲害的裝備。」

「你還想要什麼更厲害的裝備……」

穿著一套堪稱最上級的裝備說什麼呢？劫爾無奈地嘆了口氣。

「要是有人找我打架，我也會一個人迎戰。」

「可以的話請你不要理會。」

看見利瑟爾在奇怪的方面表現得自信滿滿，史塔德淡然懇求。

這該不會……他們三人注視著利瑟爾。眼角綻著笑意，嘴角的弧度帶著滿滿自豪，話比平常稍多一些，空著的手閒得發慌似地撫摸史塔德。看樣子利瑟爾非常高興，他正以一貫沉穩冷靜的風格全力表達喜悅。這是冒險者理所當然的反應，但這樣的利瑟爾實在太罕見，看起來反而有點突兀。

「史塔德，你今晚要不要一起來？」

「當然好。」

史塔德被摸得心滿意足，面無表情地點頭。

利瑟爾高興就好，劫爾他們採取旁觀態勢。劫爾他們也不是不開心，這是值得慶祝的好事，他們甚至一反常態地感到有點自豪。只是沒想到利瑟爾高興成這樣，他們的注意力全被吸引過去了。

「雖然在實力上沒有跟你們平起平坐的實感，不過只是擁有同樣的頭銜，也已經很開心了呢。」

「這個嘛……哎呀算了，隊長恭喜──」

「謝謝你。」

對於自己的隊伍擁有階級外的實力這點，利瑟爾缺乏自覺。

公會大廳裡的冒險者越來越多了，一直擋在櫃檯前也不太好，三人於是動身準備離開，並告訴史塔德晚點見。

「晚上也邀請賈吉一起來慶祝升階吧，我請客。」

「為什麼你老愛請客……」

他們邊聊邊走向公會門口，這時……

「公會的眼光真是越來越差了。」

忽然有人在他經過的時候語帶嘲笑地啐道。

利瑟爾停下腳步往那邊一看，幾個剛完成委託回城的冒險者站在那裡，帶著諷刺的笑容看他。來得太及時了，利瑟爾整張臉都亮了起來。

換作是平常，利瑟爾早就不以為意地走出公會了，因此在他停下腳步的那一刻，劫爾他們早已察覺他的想法。

而且他們也知道利瑟爾是個說到做到的男人，於是跟著他停下腳步。

「你的階級是拿錢買的啊？」

「太厲害了吧，要不要分享一下花多少錢才買得到？」

利瑟爾看向劫爾，後者瞥了那些男人一眼之後點點頭，彷彿在說隨他高興。

利瑟爾看向伊雷文，後者伸出指頭「砰」地比了個開槍手勢。

利瑟爾對此搖搖頭，伊雷文表現出明顯的不滿，不過最後還是心不甘情不願地同意了。

這段比手畫腳的期間沒人說話。這些傢伙在做什麼？眾人的視線匯聚過來。

「喂，你有沒有在聽！」

「別擔心，我有在聽。」

聽見男人們煩躁地怒吼，利瑟爾心平氣和地回答。

對方不禁閉上嘴。要是利瑟爾也怒吼回來，爭執肯定會越演越烈；用尋常的態度表示肯定，反而讓人不知該作何反應，尤其對冒險者來說更是如此。

利瑟爾有點苦惱地把手指放在唇邊，自顧自地說：

「我沒有什麼接下戰帖的經驗……」

沒見過的冒險者增加了，果然更容易被人纏上呢，利瑟爾甚至覺得有點懷念。

畢竟這次遭人挑釁的人物不太尋常，周遭人群並沒有起鬨，而是靜觀其變。他該不會真的要打吧？圍觀群眾的目光一下子匯聚到他身上，公會大廳鴉雀無聲，時間彷彿停止。

「啊。」

利瑟爾想到什麼好主意似地發出聲音，靜止的時間開始流動。

「『有種跟老子去外面算帳。』」

然後又靜止了。

劫爾無言低頭看著利瑟爾，伊雷文哀嘆似地雙手掩面，史塔德凝視著利瑟爾，彷彿忘記該怎麼眨眼睛。至於跟他對峙的那些冒險者，根本失去了所有戰意。一般找人打架根本不會發生這種悲劇吧，群眾投以同情的目光。

全場只有利瑟爾一個人一副志得意滿的樣子，這時他也注意到氣氛有點奇妙。來找碴的男人們僵在原地，利瑟爾來回看著他們和半開搖晃的公會大門。有什麼地方不太對勁。

「那個，去外面……我說錯了嗎？」

在利瑟爾的預測之中，那些男人應該氣勢洶洶地叫囂著跑到外面準備打架才對。

假如對手不是利瑟爾的話，確實如此。在場所有人都知道的真相，只有利瑟爾一個人渾然不知。現場這種尷尬的氣氛不是任何人的錯，人生太難了，一名職員忍不住流下同情的淚水。

「哈哈哈！」

忽然，一陣響亮的笑聲將尷尬的氣氛一掃而空。

「這場架就換我來打，怎麼樣啊？」

像坑道深處遙遠的風聲一樣低沉的嗓音，輕快的語氣。

利瑟爾靜靜朝聲音的方向看去，一名快四十歲的冒險者正從圍觀的人群之間走出來。他身上的防具滿是經久使用的痕跡，感受得到他長年累積的豐富實戰經驗。胸甲經過巧妙設計，不妨礙活動，皮製護手在手腕的部分已經彎折出細小的龜裂和摺痕，這些都是冒險者典型的裝備。

他手上提著一把長槍，槍柄靠在肩上，槍尖裹著布條，但仍然持續散發出銳利的氣息。

「可是，來挑釁的是他們……」

「還是取消好了。」

那些男性冒險者齊聲辭退。

「隊長快跟他們說取消要收取消費，海削一筆。」

「可以收錢嗎？」

「太落井下石了吧。」劫爾說。

利瑟爾沒再阻止，目送那些冒險者垂頭喪氣地離開。

沒有成功接下戰帖真不好意思。利瑟爾知道是自己說的話使對方喪失了戰意，一定有哪邊做錯了，可是照著其他冒險者的方式回答應該不會有錯才對啊。

利瑟爾邊想邊重新面向那位朝這裡走來的冒險者。

「你考慮得怎麼樣？」

對方說著，聳起肩膀頂了頂槍柄。

「願不願意接受前輩的考驗啊？」

從容不迫的笑容，充滿強者的氣場。

利瑟爾微微一笑，不動聲色地觀察對方。要是就這麼打起來，自己多半沒有勝算，可是對方看起來也不像主動下戰帖欺負弱者的那種人。

「不跟劫爾過招沒關係嗎？」

「這個嘛，我確實最想跟他交手。」

利瑟爾試著這麼問，對方乾脆地肯定了他的猜測。
那位冒險者哈哈大笑，瞥向劫爾，雙方視線只交會一瞬間，劫爾立刻嫌煩似地撇開目光。
「只是你旁邊那位一刀，不管我邀請幾次都不肯答應。」
冒險者遺憾地聳聳肩膀，喪氣地搔著後腦勺的頭髮。
接著他停下手，目光灼灼地緊盯住利瑟爾。那是雙野獸般好戰的眼睛，享受賭上性命的驚險戰鬥，經過長年日曬的粗糙嘴唇緩緩勾起笑容，挑釁似地催促利瑟爾回答。
「可別拒絕我啊，這是你接下的戰帖，就算宣戰的人換了一個也一樣。」
「要我代替一刀上陣，對我來說實在承擔不起呀。」
聽見利瑟爾惡作劇似地瞇細雙眼這麼說，劫爾嘆了口氣。
就戰鬥能力而言確實如此，但劫爾還是忍不住覺得怎麼可能。他知道利瑟爾是真心這麼想，所以不會出言糾正就是了。
「根本滿嘴歪理嘛。隊長你要是不想打，就不要理他。」
「不，我不是不想打。」
伊雷文毫不掩飾看對方不順眼的態度，湊過肩膀來這麼說。
伊雷文的肩膀碰觸到他的，彷彿在敦促他拒絕，利瑟爾微微一笑，要伊雷文稍安勿躁，後者於是鬧彆扭似地退了回去。利瑟爾露出苦笑，重新觀察那位冒險者。
站在他眼前的冒險者看起來實力不凡，從知名度可以推測他不屬於S階，肯定是A或B階的高階冒險者了。同階級的冒險者不一定擁有同等實力，要是直接開打，利瑟爾很可能吞敗，雖然他不太介意打輸。

「我可以跟隊友商量一下嗎？」

「請便。」

對方刻意表現紳士風度，伸出手掌這麼說。他渾身散發著冒險者粗野不羈的氣質，這動作卻不可思議地適合他。

周遭眾人看著這一幕心想，「這不是正常的開打方式啊……」利瑟爾在眾目睽睽之下轉向劫爾他們，營造出一股秘密作戰會議的氛圍，但對話內容全都聽得一清二楚。

「這場輸贏對我來說無所謂，可是……」

「啊，原來隊長你不介意喔？」

「實際上也打不贏。」劫爾說。

「對吧。」利瑟爾說。

劫爾瞥了冒險者的槍尖一眼。

利瑟爾確實擁有公會認可的B階實力，但如果只用魔法應戰，最多只能和對方打到平手，武器的相性太差了。

「可是被打到鼻青臉腫未免太……」

鼻青臉腫，看熱鬧的群眾無言看向利瑟爾。

緊接著，大家的視線不約而同轉向手持長槍的冒險者。當中有欲言又止的眼光，也有苦惱而感到不妥的眼光，一部分則是帶著警告意味的眼光，那位冒險者在眾多視線施壓之下不禁嘴角抽搐。

「哎唷不可能啦，跟魔法師打架還認真的話根本就等於虐殺嘛。」

伊雷文語調開朗地這麼說，臉上帶著不變的笑容抬起下顎。

一個呼吸的沉默。他刻意從利瑟爾看不見的角度瞥向冒險者，嘴角揚起嗤笑。

「你說對吧？」

豎瞳緩緩收縮，雙眼彎成笑弧，帶著摸不清底細的危險氣息。咧開笑容的嘴邊露出尖牙，充滿與聲調天差地遠的嗜虐感。

那是強力的牽制，同時也是熟練的恐嚇，憑著視線就能完全封鎖某些人的行動。那名冒險者輕鬆地笑了笑，抬起一隻手回應。

「隊長你看，他也說會手下留情。」

「那我就放心了。」

伊雷文立刻換回只為利瑟爾露出的那種笑容。簡直過度保護，劫爾輕嘆了口氣。一方面也是因為伊雷文本來想反對利瑟爾跟人打架，結果利瑟爾罕見地高興到沖昏頭，害他沒辦法強烈反對，所以才拿那名冒險者出氣。

說到底，假如對方不懂得控制力道，劫爾他們早就把利瑟爾帶走了。

「擅長長槍的戰士看起來都好強大，納赫斯先生也是。」利瑟爾說。

「啊……實力也正好不相上下。」劫爾說。

「你說他和納赫斯先生嗎？」

利瑟爾一面佩服，一面回想起那位愛照顧人的副隊長。

直到現在，他仍然能鮮明回想起納赫斯的身影。他讚美魔鳥，訓斥他們，被亞林姆四處使喚，摸魔鳥摸個沒完，還在利瑟爾生病的時候照顧他；他是旅店主人的朋友，無微不至地照料魔鳥，給了利瑟爾品味絕妙的紀念品，還跟魔鳥開心享受空中散步的樂趣。

「納赫斯先生很強大呢。」

「呃，我知道隊長你想說什麼。」

納赫斯要是聽見了，一定會露出五味雜陳的表情。

利瑟爾對此毫無所知，下定決心似地點了個頭。一聽說對方和納赫斯實力相當，他莫名覺得這位冒險者一定會好好跟他過招，雖然只是個印象。

「那麼我會努力應戰的，都升階了嘛。」

「你真的很開心啊。」劫爾說。

「非常開心。」

利瑟爾光明正大地回答，接著回頭看向冒險者。

對方晃動著長槍，維持原先的站姿看著這裡。站姿隨便的他稍微直起背脊，挑起一邊嘴角笑著動了動嘴唇說：

「商量好了嗎？」

「是的。能夠請你跟我比試嗎？」

「這才像話嘛。」

冒險者氣勢威猛地回道，邁開腳步準備朝大門走去。

剛要踏出第一步，他想起什麼似地回頭看向利瑟爾。

「對了，你是升上哪一階啦？」

然後就是這章開頭的對話了。

儘管歷經各種衝擊，此刻男性冒險者還是站在公會門口轉動著肩膀。裹住槍尖的布條沒有拆下，畢竟這只是比試，他不打算讓對手受到不必要的傷害。他的對手似乎說這是打架，那還真希望他表現出打架該有的樣子。

「這有什麼規則嗎？」利瑟爾問。

「啊……不危害到周遭就行了吧。」劫爾說。

「總之隊長抱著殺死他的心態直接上沒問題。」

「我知道了。」

知道個頭。

利瑟爾不知為何正在接受打架教學，圍觀的大批冒險者們不禁吐槽。

這位男性冒險者邀請利瑟爾過招，可不只是因為一時興起。幾乎沒人知道利瑟爾個人的實力，有不少冒險者對他的資歷半信半疑。假如這一次比試，利瑟爾展現的實力不足以擔任一刀的隊長，從今天開始眾人看待利瑟爾的眼光馬上就會改變。

只會依附隊友的人不可能獲得冒險者們的承認，無論是再怎麼善良的大好人都一樣。

「擋住街道了呢。」

「這附近的人都習慣了啦。不說這個，隊長你要打就瞄準眼睛和喉嚨，特別是喉嚨。」

「我會努力的。」

指導者的殺意未免太濃厚了吧，男性冒險者不甚贊同地偏了偏頭。

「那把長槍有魔力反彈的效果。」劫爾說。

「是這樣呀？得小心一點才行……」

對方掀底牌沒在客氣的啊，男人乾笑。

總覺得利瑟爾應該要真的吃了一擊再來驚訝才對，不過以武器相性而言，他確實太占上風了。男人轉動頸子，骨頭喀喀作響，他看著猛點頭認真接受教學的利瑟爾。

一看就是個氣質高雅的人，肯定連一次跟人揮拳打架的經驗也沒有。

「話說回來，有時候你一個人行動也會被纏上吧。」劫爾說。

「隊長你不是都會把他們打得滿地找牙嗎？跟那個一樣啦。」

「那些都是實力不如我的對手呀，假如碰到比我強的人，我會避開的。」

卻有著一定程度的自負，膽敢斷言跑來找碴的人都不如他。

這才對嘛，男人加深了笑意，握緊靠在肩上的長槍，站直了原先偏向一邊的身體，朝下的槍尖指向利瑟爾他們。

「好啦，差不多談夠了吧？」

「是的，讓你久等了。」

在隊友的鼓勵聲中，利瑟爾緩緩走向前，在男人面前站定。

微笑的臉龐沒有外行人的亢奮和緊張，站姿就像在路上跟巧遇的舊友打招呼一樣自然。膽識合格了，男人舔了舔嘴唇，雙手握住槍柄。

下盤微微蹲低，擺出架式。

「第一擊讓給你，儘管轟過來吧。」

「話是這麼說，不過我也不會火力那麼強大的魔法。」

利瑟爾苦笑著說完，忽然閉上嘴，帶著柔和笑意的眼瞳凝視男人。

男人緊盯著那道身影往前一躍。同一時間從地面伸出一隻土爪，狠狠收緊，足以撕裂片刻之前還在那裡的獵物，在抓空之後發出吱嘎作響的捏碎聲。

冒險者、路人和看熱鬧的群眾發出了近似悲鳴的歡呼，這時男人已經揮出長槍，利瑟爾設下的魔力護盾發出高亢的聲響碎裂。

「喔，你很熟悉魔抗武器嘛。」

槍尖被理應粉碎的護盾擋下。

眼見護盾以槍尖為中心，顯現出蜘蛛網狀的魔力裂痕，男人立刻拉開距離。

「有連續使用的限制，對吧。」利瑟爾說。

「功課做得很認真喔。」

男人露出兇猛的笑容，重新架起長槍。

能夠割裂、貫穿魔法的「魔力反彈」效果並非萬能，使用後必須經過短暫時間才能再次發揮性能。這段延遲時間相當短，但在實戰當中構成了無法輕忽的差距。

因此利瑟爾才能展開雙層結界，擋下男人銳不可擋的槍尖。

「這場戰鬥有意思。」

「深感榮幸。」

利瑟爾手臂一揮，好幾支火焰箭矢出現在他背後，直往男人射去。

男人一一砍斷、避開火焰箭，往地面一蹬，再度逼近利瑟爾。發動其他魔法時無法同步展開護盾，男人從自家隊伍的魔法師那裡這麼聽說過，這是絕佳的進攻時機。
「可別就這麼結束啦。」
男人揮舞一隻手臂刺出長槍，發出劃破空氣的風聲。
毫不留情往前突刺的槍尖前方，他看見一雙緊盯著這裡、片刻不曾別開視線的眼睛。
那雙高潔的眼眸愉快地瞇起，露出無邪的笑容。
「請你賜教了。」
利瑟爾抽身後退一步。
這動作不足以避開長槍的攻勢，男人繼續往前刺出長槍，緊接著挑了挑眉。
黑色的長槍從利瑟爾的影子裡飛了出來，兩支槍尖瞄準他的雙腳射來，男人收回剛踏出的腳步避開，並收回長槍猛地一揮。黑槍應聲消散，但利瑟爾的攻勢不只這樣。
「厲害……！」
男人正後方隆起一道土牆，把原想緊急後撤的他擋在原地。
他往後瞥了一眼，視線轉回前方時利瑟爾的指尖已經揮舞完畢。不像冒險者的勻稱指尖上纏繞著水鞭，化為柔軟的利刃攻向男人脖子，意圖使他身首異處。男人伏下身躲過這一擊，眼前的地面上緊接著冒出土爪，瞄準他雙眼抓來，男人以手甲將之擊碎，背後傳來水鐮破壞土牆的聲音。
「魔法可以這樣連著放喔？」
「我從來沒見過這種事……」
男人在內心同意圍觀群眾的感想，愉快地站直身體。

同時逼近利瑟爾。他揮出長槍試圖破壞魔力護盾，這次果然還是被擋下了。毫無破綻地同時兼顧防禦，本領確實高明。男人拉開距離，幾道風刃從近在咫尺的距離劃過他眼球前方。

「你也太忠於隊友的建議了吧……！」

執拗地瞄準眼睛和喉嚨攻來，沒有半點遲疑。

「劫爾他們說，反正不可能打中你，所以盡量瞄準沒關係。」

「確實躲得過，但很恐怖啊。」

被打中必死無疑，雖然躲過了還是讓人心驚肉跳。

話才剛說完，兩、三發風刃像野獸一樣朝他的喉嚨撕咬過來，男人悉數躲過，喘了口氣之後腳尖輕叩地面幾下。他的氣場陡然一變，帶上一股霸氣。

享受一場遊戲般的笑容依然沒變，全場的氣氛卻肅然緊繃起來。

「我及格了嗎，前輩？」

「是啊，當然及格，恭喜你。」

看見利瑟爾高興地笑了開來，男人加深了笑意，屈身往地面一蹬。

比剛才的速度快了幾個檔次，男人揮開襲來的魔法，槍尖貫穿了第一層魔力護盾。他並未就此住手，反而順勢迴轉長槍，槍柄尾端往殘餘的護盾上一敲。

護盾被打破，發出玻璃碎裂般的聲音崩解。

「護盾也不是萬能的。」

「一擊就打破了，前輩真厲害。」

男人揮出長槍。利瑟爾身邊已經沒有任何保護，這個距離不可能躲開。
男人確信如此，使出足以輕易擊飛利瑟爾身軀的一擊，結果卻出乎意料。
「什麼？」
他瞪大眼睛。長槍穿過了理應具有實體的利瑟爾。
同時，眼前沉穩的身姿消失不見，利瑟爾出現在幾步之外，面朝這裡，身後帶著數個魔法陣。男人嗤笑一聲。
「Pierce（穿刺）。」
所有魔法陣一同發出白熱的光芒。
魔法陣裡伸出無數光槍，瞄準了男人的眼睛、喉嚨、雙腳、心臟攻來，男人舉槍一一迎擊或避開，沉著冷靜，不帶半點焦躁。只要掌握魔法陣在哪裡，也就是光槍出現的確切位置，對於男人這種位階的冒險者來說不難抵擋。
不過戰況十分驚險，對手的實力超乎想像，男人猙獰地睜大眼睛。
「可惜啦！」
魔法陣已經用盡，對手近在眼前，男人將槍尖後引，準備貫穿那具單薄的身體。
然而，即將敗北的利瑟爾態度依然從容。他不是無法理解戰況，也並未放棄；他明白一切，臉上卻仍然帶著平靜的微笑。
下一刻，兩個隱藏的魔法陣倏然出現。
一左一右，緊隨在利瑟爾身後。青色外套散發光芒，在風裡翻飛，純白的長槍從法陣中出現，直指男人咽喉。男人並未撤回逼近對手的步伐，一閃身從光槍之間躲過這一擊。

「原來是這麼回事。」

男人簡直想笑。

要不是身在每個瞬間都是緊要關頭的戰鬥當中，他肯定已經高聲笑了起來，在極度亢奮之中捧腹吶喊著太愉快、太愉快了，這種戰鬥讓人無法自拔。

近在他眼前的利瑟爾，根本不把即將貫穿自身的槍尖放在眼裡。

利瑟爾將手掌橫放在脖子前方，掌心朝向男人，那隻不存在半道傷痕的手心裡出現一柄純白的光刃。同樣帶著神聖光芒的光槍仍在場上，槍尖在男人頸後交叉，斷了他的退路。

接下來就像斷頭臺一樣，光刃會滑過雙槍，砍下他的頭顱。

「來吧，看誰出手更快。」

「還請手下留情。」

利瑟爾白金色的髮絲在風中翻舞，男人握槍的手掌浮出青筋。

圍觀群眾之間爆出一陣歡聲。

直到最後，利瑟爾都不曾閉上雙眼。

一把劍擋下了即將貫穿他肩膀的長槍（不過槍尖裹著布，就算刺下去應該也只會感受到強力衝擊而已），利瑟爾按兵不動，視線掃過劍刃。劍身偏細的大劍，是他再熟悉不過的武器。

「謝謝你。」

「嗯。」

大劍擋在他身前，彷彿禁止對手再越雷池一步。

利瑟爾循著劍身看去，視線掃過劫爾那身黑衣，停在那雙銀灰色的眼瞳，看見劫爾確認似地瞥了他一眼。利瑟爾道了謝，聽見隊友淡然回應。如果可以，他並不想挨痛，因此很感謝劫爾替他擋下這一擊。

「隊長，你沒事吧？」

「沒事，沒有受傷哦。」

伊雷文不知何時站在他身側，多半是跟劫爾一起出手想攔阻對方吧。

伊雷文微微皺著眉頭，從頭到腳把利瑟爾看了一遍，確認他真的沒事。明明不必特地確認也知道自己沒受傷呀，利瑟爾覺得他有趣，不過這份心意讓他很高興，因此沒多說什麼，只是伸手摸了摸他的額頭，像要撫平眉間的皺褶。

「喂喂，不是說『打架也能一個人迎戰』嗎？」

大劍以感受不到重量的動作緩緩放下。

劍身另一側，抱著長槍的男性冒險者哈哈笑著這麼說，一邊撫摸著自己沒被砍成兩截的脖子。果然最後的魔法也被擋下來了，對方沒使出全力依然獲勝，利瑟爾可說完全吃了敗仗。

「只有最後那一下，你就當作送我的吧。」

「哎，最後那一擊我也不小心用了力。」

男人對劫爾說了聲謝謝他出手阻止，接著心滿意足地呼出一大口氣。

「哎呀——能一對一打到這樣的魔法師，我第一次遇到。」

「可以問問你交手後的感想嗎？」

「嗯？這個嘛……」

他把長槍靠在肩上，仔細打量利瑟爾。

周遭看熱鬧的群眾逐漸散去，路過的行人帶著點殘存的興奮回到日常生活，冒險者們則一邊討論著利瑟爾他們這場戰鬥的細節一邊離開。

「不愧是天天看著一刀他們，你的眼睛很利。」

「啊，真的嗎？」

「是啊，你的視線也追得上我的槍尖吧？」

男人咧開嘴，爽朗地笑著這麼說，利瑟爾也高興地露出純真的笑容。

畢竟劫爾他們眼中「辦得到也是理所當然」的範圍太廣了，平常不太會稱讚他。利瑟爾自己也時常切身感受到實力不足，而且劫爾他們不是老師而是隊友，他一次也沒產生過「好想被他們誇獎」的想法，不過那是兩回事。受人稱讚總是很讓人開心。

「話說回來，不詠唱還可以連續發動魔法真的很厲害啊，你是怎麼辦到的？」

「那是因為開戰之前你給了我不少時間，我把術式預先做好存放起來了。」

「哇，原來還有這種方法，其他魔法師要是也照做就好了。」

哪可能啊，圍觀群眾中正要離開的魔法師聽了默默嚇到倒彈。

理論上確實辦得到，只要你的頭腦能勝任非常細緻的魔力操控、擁有高超的集中力，還可以同時進行諸多運算就可以了。這方面已經不是魔法師功力如何的問題，根本就像叫學者把一隻大熊舉起來一樣強人所難，那些沒當過魔法師的人什麼都不懂。

「總之，能跟你交手太好啦。」
「我的表現足夠代替一刀嗎？」
「哈哈，這是跟一刀對打也體驗不到的戰鬥，多謝你啊。」
忽然間傳來呼喚男人的聲音。
看來男人的隊友們似乎在等他，男人揮揮手，扯開嗓門回了句「馬上來」。男人指尖輕敲著靠在肩上的長槍，用尋常的語氣開口，不帶什麼施恩圖報的意思：
「跟你那些隊友比起來，我們算不上什麼大人物，不過我們還會在王都待上一陣子。要是發生什麼事不要客氣，儘管找我們幫忙。」
「謝謝你，有需要的話就麻煩你們了。」
「好、好，包在大叔我身上。」
男人低頭看著這裡的雙眼流露出信任，看來自己獲得了對方的承認，利瑟爾感慨地點點頭。男人見狀也有趣地點了個頭，接著利瑟爾突然想起什麼似地，帶著惡作劇般的神情偏了偏頭。
「下一次交手，不知道能不能讓你拿出真正的實力呢。」
「嗯？」
男人微微睜大眼睛，接著撇嘴露出好戰的笑容。
「這個嘛，彼此彼此囉。」
男人揮揮手，朝著等待他的隊友們走去。
目送那道寬廣可靠的背影離去，利瑟爾開始著手整理被弄得有點凹凸不平的地面。收拾善後是一切的基礎，雖然他不擅長整理東西，這方面的善後倒沒什麼問題。

「隊長，第一次打架感覺怎麼樣啊？」

「幾乎稱不上打架吧。」劫爾說。

「是沒錯啦。」

「有點緊張呢。」

三人邊閒聊邊把街道恢復了原狀。差不多該走了，他們邁開腳步。

他們經過的時候，引來比平常更多的騷動和目光，行人當中也有許多冒險者在內，投來的視線只有佩服，沒有半點失望，利瑟爾身為冒險者最重要的一場比試以最好的結果圓滿落幕。

不過利瑟爾他們並不知情，只是邊聊著今晚要去哪一間酒館邊走向旅店。

當天晚上，某間有著酒吧氣氛的酒館。

「恭喜你升階。」

「所以說史塔德，語氣不要這麼冷淡嘛，應該要更……算了。利瑟爾大哥，恭喜你！」

「謝謝你們。」

「才剛升階就看到有人找你打架，我也嚇了一跳。」

「那你至少也露出嚇一跳的表情吧，這個面具臉。」

「白痴給我閉嘴。」

「咦，打、打架？那個，利瑟爾大哥你沒受傷吧……！」

「沒有哦。雖然輸了，不過沒有受傷。」

「太好了……不過利瑟爾大哥居然打架，那個、之後也會發生類似的事情嗎？」

「不，除非對方先出手，否則應該不會吧。我接下戰書的技術好像不太好，而且擋在路中間、魔法又把街道弄得亂七八糟，實在讓我非常抱歉。」

「你的重點是那個？」

140

一名男子走在王都的小巷裡。

他彷彿背負著世上所有的悲痛，喪失了所有自信一樣，走路時縮著身體，視線左右游移，看起來非常怯懦。他一直低垂著頭，每跨出一步，綁在側邊中等高度、自然鬈的長馬尾都隨著步伐晃動。

「你還好嗎？看起來很沒有精神。」

一道溫柔嬌豔的聲音叫住他，男人停下腳步。

這裡是王都的暗巷深處，憲兵也無法輕易涉足。無法在陽光下行走的人們在此暗中活躍，好幾名賣花女占據狹窄的巷道作為巢窟，等待客人上鉤。

這說話的女子也是其中一人。

「遇到什麼討厭的事情嗎？」

男人佇立原地，垂著頭不說話，女子嬌柔的手臂伸向他。

纖細的手指輕輕碰上肩膀，男人依然紋絲不動。觸碰他的先是指尖，接著是手心，然後整隻手臂環住他，女人把整個身體靠了上來。濃豔的色香彷彿真的化作香氣，從女人緊貼著他的肌膚上散發出來。

「我也是。」

甜美如甘露的聲音悄聲耳語。

男人的身體冷得讓女人嚇了一跳，但她不動聲色地露出微笑，像戀人一樣把自己的臉頰靠在男人身上。窈窕的身體裹在輕薄鮮豔的布料底下，溫暖了男人冰冷的身軀。

男人什麼也沒說，只是忍耐著什麼似的，帶著一貫沉痛的表情低垂著臉龐。

「拜託嘛，只要今晚陪陪我就好了，也不需要你付錢。」

女人紅得醒目的嘴唇，緩緩湊近男人耳邊。

細聲軟語像孩童的悄悄話一樣可愛，聲音卻豔得使人聯想到無法抗拒的毒。

「一起忘記討厭的事情吧？」

但凡是男人都會下意識被這誘惑的聲調牢牢吸引，說出這些話語的嘴唇彎成笑弧。

以女子的身分，她本來不應該待在這種地方。她出身富貴人家，成長過程中要什麼就有什麼，從小被雙親呵護長大。她背棄了這一切，不時像這樣來到後街。

在這裡，她能獲得的只有一點刺激，和焦灼身心的快感。這就夠了。除此之外她別無所求，想要的東西她全都擁有。她歌頌人生，偶爾逼迫他人為她犧牲，視之為娛樂的一部分。

女子不再說話，只是露出蠱惑的笑容，伸出精心保養的手，敦促男人走向近處的一扇門。男人低著頭，像沒有意識的人偶一樣挪動腳步。

女人反手打開黑褐色的陳舊木門，被搖曳燈火照亮的房間出現在眼前。狹窄的房裡只有油燈和最低限度的行李，以及一張鋪好的床。一片寂靜當中，傳來不知何處流洩出來的嬌喘聲，異樣的空間讓人錯覺自己置身在名為「女人」的怪物胃裡。

女人鎖上門，老舊的鐵鎖發出嘰嘎聲。

「不用害怕唷。」

她走近呆站在房間正中央的男人，像戀人一樣依偎到他身上，雙手纏著他的手臂，緩緩走向床鋪和他一起坐在床沿，身體貼近得不留縫隙。

男人綁起的長髮滑過肩膀落下。

「我想好好看看你的臉。」

女人伸出手，寵愛地觸碰男人的臉頰。

手掌往上撫摸，撥開髮絲，她終於見到男人的臉龐。一如男人散發的氣息，他臉上的神情也悲痛萬分，但五官輪廓還不差。女子豔紅的嘴唇勾勒出魅惑的笑容，往低垂著頭的男人靠近。

「我只有一個請求。」

她主動撥開男人的頭髮，露出底下的耳朵，距離近得口紅隨時會印上男人的耳廓。在感受得到吐息的距離，她輕聲說出甜美的願望。

「請你像戀人一樣，溫柔地抱我吧。」

女人把手放在男人手背上，隔著一層布料挑逗地撫摸。像引誘，也像一種催促。男人撇開的視線終於轉了回來，目光顫動地看著女人。

「戀、人……？」

「嗯，是呀。」

對著初次與她四目相對的男人，女子露出嫵媚的笑容。

男人近在咫尺的眼瞳混濁至極，陰暗而絕望，滿載著憎恨與嘆息，幽深得彷彿原封不動地映照著他曾經窺視的深淵。後街本來就是這種人聚集的地方，對這位女子來說沒什麼好怕，這也不過是增加刺激的一種要素罷了。
一陣陣顫慄竄上背脊，女子視之為快樂的預兆。
「戀人、什麼的……我、我才沒有，那種價值……」
「不會的，你很有魅力呀。」
聽見男人顫抖著聲音這麼說，女人以不帶半分溫柔的甜美嗓音如此耳語。
偶爾來點懦弱的男人也不賴。只要順勢贊同對方所說的話，對這種男人表示好感，他們就會輕易上鉤，溫柔地抱緊她，類似的男人她已經交手過好幾個了。
「你要有自信呀。」
「這、這種事，我怎麼能……」
男人的目光慌張地飄移。
「我很喜歡個性低調的人唷。」
「什、什麼低調，他、他、他們都說我很煩……」
女人把身體靠了過去，豔紅的唇瓣湊近男人缺乏血色的嘴唇。
「內向不就代表你很謹慎嗎？是很棒的優點呀。」
「……」
即將相碰的嘴唇停止靠近，男人的雙手握住了女子纖細的手腕。
女子露出陶醉的笑容，動作熟練地順著男人推她的力道倒向床鋪。塗著和唇膏同色指甲油的指尖在半空中游移，她屈起伸在床鋪外的雙腿，從腳跟處脫下鞋子。
在油燈搖曳的火光之中，她彎起的腿靠近男人骨感的腰部。

「沒想到你這麼霸道，這點也很有魅力唷。」

雙手被按在床單上，女人的笑意更深了。

男人的長髮搔過臉頰。接吻的時候感覺很礙事，女人心想。

「————……麼……」

「咦？」

男人忽然喃喃說了些什麼。

女人仰望男人，那張臉逆著光顯得特別陰暗，混濁的雙眼也更加幽深。

「你說什麼？讓我聽聽你說話呀。」

女人敦促道。男人繼續蠕動嘴唇。

「為、為什麼，說那種，好、好過分、好過分、好過分、好過分，把我、太過分了……」

這人是怎麼了？女人奇怪地仰望男人。

男人的雙眼看著虛空，儘管俯視著被他按在床上的女人，眼中卻空無一物，只有一片黑暗。他的世界裡，現在除了他以外什麼也沒有。感覺不太對勁。

女人試著反抗，想掙開雙手，但抓著她手腕的力道並未放鬆。

「硬是說什麼自、自信那種不可能的話欺、欺、欺負我，明明我、最討厭這種事了，為、為什麼，說那種、優點什麼的，強迫我，好過分，還說沒想到、好過分，為、為什麼說這種話，我、我、我不懂，好恐怖……」

「等一下，不要、好痛……！」

女人的手腕被握得吱嘎作響。

然而，無論女人如何掙扎都沒有意義，從男人軟弱的外表無法想像他有這麼大的力氣，恐懼湧上她心頭，那是對於異類的恐懼。直到這時女人終於察覺，剛才讓她背脊發顫的不是快樂，而是惡寒。

「一、一定是瞧不，啊哈，瞧不起我，我、我早就知道了，一定是這樣，像我這種人、啊哈哈，變、變成怎樣都無所謂……」

「咿，不要、不要……！」

悲痛欲絕的男人臉上浮現歪曲的笑容。

徹底壞掉、扭曲面部肌肉扯開的那種笑容，使得他眼眶裡的淚水看起來都漆黑混濁。女人壓抑住抽動不穩的呼吸，用盡全力掙扎。

「啊哈，我明明，沒、沒、沒有那種，價值……」

忽然間，女人的一隻手獲得了自由。

她使盡全力推開男人的身體，趁著男人失去平衡的時候迅速起身，想從男人身邊逃開。踩下床鋪的裸足踩到了小石塊，但女人沒有餘力感覺到痛。

她眼中只有那扇房門。她猛力甩動仍然被抓著的那隻手，彷彿要把手臂扯下來似的，強撐著被石塊刺破的腳掌使勁想站起來，總之她拚盡了全力。

這是人生中第一次，她賭上性命全力掙扎。

「妳要去哪裡？」

絕望染上女人的臉龐。

被抓住的手腕骨頭發出吱嘎聲，她也張開赤紅的嘴唇發出高亢的悲鳴。

「妳、妳看，妳明明說、說要讓我忘記討厭的事情，騙子，太過分了，還說、說、說要聽、好過分、聽我說話，啊哈，果然、都是騙我的，還想丟下我、去哪裡，好過分、好過分，啊哈，我、我都知道，都是因為我是廢物，啊哈哈、啊哈……啊啊啊啊啊啊啊!!」

男人用足以讓肩膀脫臼的力氣猛地一扯，把女人拉回床上。

女人被狠狠摔在她夜夜引誘男人、享受快感、沉浸於自我墮落的這片聖域。

聽見男人悲鳴般的哭叫，女人渾身顫抖，豔紅的嘴唇只能斷斷續續發出沒有意義的聲音。

「好過分好過分好過分明明說要讓我忘記卻一直說這種過分的話!!瞧不起我瞧不起我瞧不起我瞧不起我都是因為妳討厭我!!」

男人吼得彷彿要把整個肺都吐出來，女人拚命說著否認的話。

我沒有那個意思，對不起，我沒有瞧不起你，對不起。我愛你，你看，我這麼愛你，你愛怎麼抱我都可以。爸爸救我。所以放過我……

「咿！」

男人的悲鳴突然停止，女人忘記怎麼眨眼似地睜大了眼睛。

女人盈滿淚水的眼睛映照出鈍重的銀光，那是把鋒利森然的短刀，反射著油燈的火光。

她顫抖的肺竭盡全力發出悲鳴，聲音到了喉頭就支離破碎，只斷續漏出不成聲的慘叫。

「你、你別這樣，最喜歡你，我最喜歡你了，一點都不討厭你呀，所以……」

「騙子。」

男人伸手堵住女人的嘴，力氣大得能捏碎她下顎。

一滴水珠啪答落在那隻手掌上，是悲痛得整個人都支離破碎的男人眼中流下的淚水。淚水流入指縫，滲進女人赤紅的嘴唇。

「Please call me "Trash".（不要肯定我。）」

好苦。女人茫然這麼想，看著刀刃朝自己揮下。

「啊……」

打開房門看見眼前的情景，長劉海遮住雙眼的青年這麼嘆了一聲。

聽到這聲音，蹲坐在血泊之中的男人把手中的短刀抱在胸口，渾身痙攣似地發著抖。他的身體下方是鮮血染紅的床單，一具遺體被無數小刀釘在那裡。

青年瞥了一眼除了臉部以外已經不成人形的遺體，脫力似地往牆上一靠，又深深嘆了一口氣。是自己做錯了什麼嗎？渾身沾著別人鮮血的男人怯懦地問：

「為、為什、為什麼，這裡……」

「總之你先給我消失。」

青年立刻回答，男人的肩膀又抖了一下。

「啊、啊，我、什、什麼也、沒……」

「貴族小哥要過來了。」

男人瞪大眼睛，倒抽了一口氣。

他雙手緊緊握住抱在胸前的短刀，彷彿抓著最後一線希望。在充斥血腥味的狹小屋內，青年嫌煩似地閉上嘴，揮著手試圖驅散氣味。男人茫然看著他的動作。
「他接了委託。」
青年開口，伸手指向遺體。
「來找人。」
渾身是血的男人劇烈顫抖起來。
他的視線焦急地游移，好像不知道該看哪裡、該看什麼才好，跌跌撞撞地從床上站起身，腳步踉蹌地退後兩、三步，血紅的液體從手上的小刀滴落，在地板上留下斑點。
「我、我，不是、不是故意的，我不……」
「所以我才叫你趕快消失。」
青年也沒料到，那位氣質清靜的冒險者要找的人居然成了這副德性。
佛剋燙盜賊團毀滅之後殘存的八人當中，青年是最早從阿斯塔尼亞回到王都的一位。在他斟酌著什麼時候該去打聲招呼的時候，忽然聞到一股血腥味，他懷著不好的預感過來一看，發現眼前這個男人不知何時也抵達了王都。然後就到了現在。
「你被貴族小哥看見是最麻煩的狀況。」
「……！」
男人面無血色，垂頭喪氣地垂下雙手。
綁在側邊的長髮遮住他向著地板的臉龐，男人踏著沉重的腳步走過青年身邊，在剛走出門口時停下腳步。天空和他的眼眸一樣陰暗，卻美麗得他的眼瞳無法比擬。
「那、那個人也，好、好恐怖……」

男人喃喃說完，轉眼間消失無蹤，彷彿剛才沉重的腳步只是錯覺。

青年無所謂地看著他消失，接著瞥了室內一眼。連內臟都被攪爛的遺體散發出腥臭味，空氣裡瀰漫著一股奇異的熱氣，對他來說這一切習以為常，他沒什麼特別的感觸。

青年沒多想什麼，留著微開的房門從現場消失無蹤。熟悉的三道說話聲正逐漸往這裡接近。

他們接到某貴族的委託前去尋人，找到人的時候卻只見到一具遭到虐殺的遺體。

「很懸疑呢。」利瑟爾說。

「不過那是後街欸，發生這種事沒啥稀奇啦。」

「所以我不就說了嗎？貴族的委託就是麻煩。」劫爾說。

「可是我沒有仔細逛過後街……」

他們找到搜尋對象的遺體並向公會報告，已是昨天的事情。

今天，利瑟爾他們再度在公會集合。他們獨占了一張桌子，悠閒地看著冒險者們爭相搶奪條件優渥的委託，這是每天早上都會在公會上演的熱鬧光景。盡可能爭取更好條件的態度值得學習，不過被大家挑剩的委託也很有特色，利瑟爾以不使用椅背的標準儀態坐在椅子上，看著冒險者們這麼想。

至於他們為什麼在這裡？因為一大清早他們就被叫了過來，天還濛濛亮的時候，冒險者公會的傳信人員就全速跑到旅店來找人。

「除了地下商店以外的地方，隊長好像沒逛過喔。」

「其實是這樣沒錯。」

「想去隨時可以去啊。」劫爾說。

「沒有什麼事卻特別跑到那裡閒晃，感覺好像不太對。」

既然如此，不如打著「尋人委託」這個冠冕堂皇的藉口好好在後街逛逛……這就是利瑟爾接下這委託的目的。

平常散步說走就走，然而想在後街的深處散步可是相當困難。陌生暗巷裡潛伏著什麼人，踏進別人的地盤又意味著什麼……不懂這些潛規則恐怕小命難保，聽說就連習慣出入後街的人也只會走在自己熟悉的路線上，不會隨便闖入陌生巷道。

要是只為了散步帶著劫爾他們在那裡亂逛，難保不會被奇怪的人物盯上，利瑟爾還想光顧地下商店呢。因此昨天他藉著搜索的名目，盡情享受了後街的探索之旅。

「所以你滿足了？」劫爾說。

「滿足了，那裡真的是很刺激的地方。」

「雖然白天完全沒人。」伊雷文說。

「只有夜晚特別熱鬧，這點也很有風情呀。」

昨天也在探索過程中碰上了一些駭人的事件，不過看來利瑟爾相當滿足。

一部分也是因為事前先從伊雷文那裡聽說了搜索對象的情報。既然目標是自願待在後街，他們就沒有必要特別趕著找人，因此這次沒有依賴地下人脈，而是以冒險者的身分一石二鳥地滿足了搜索和散步的目的。

「那也不枉費我們被委託人刁難了。」

劫爾揶揄似地撇著嘴這麼說，利瑟爾聽了也露出困擾的微笑。

今天他們被叫來的原因正如劫爾所說。女兒被尋獲的時候只剩下一具遺體，身為父親的委託人居然堅稱這是冒險者的錯。

「我們還特別去幫他找人欸，煩死了。」

「一定是失去女兒太過痛心了吧。」

「要是單純的遷怒倒是小事。」劫爾說。

「真的。」伊雷文說。

劫爾和伊雷文嫌惡地皺起臉來。這是有原因的。

這項尋人委託本來是以匿名的方式張貼。既然委託人找的不是憲兵而是冒險者公會，應該不是什麼嚴重的事情，利瑟爾他們這麼想著，按照委託單上「詳情請詢問公會職員」的指示問了史塔德，結果史塔德沉默了一會，把他們帶到另一個房間，告訴他們：委託人是貴族，搜索對象是他長時間在後街流連的女兒。

『委託人本來交代，解釋過後就不要給冒險者拒絕的權利。你們要接嗎？』

史塔德直截了當地把這個不可外傳的消息告訴了他們。

簡單來說，委託人是想託人保護夜夜在外遊蕩的女兒，但事情萬一傳出去恐怕有辱家名，知道內情的人越少越好，所以只允許一組冒險者得知詳情。

這當然是位相當重視面子的委託人，之所以沒有求助於憲兵也是同樣的理由。這樣的人想把女兒死亡的責任推到冒險者身上，背後的打算自然也很明白了。

「一直都是我們引誘她出去遊蕩？到最後終於下手姦殺她？」伊雷文說。

是聽錯了嗎？路過的冒險者忍不住多看他們一眼。

「這種事怎麼可能有人相信啦。」

「也沒必要讓人相信吧。」劫爾說。

「這樣有什麼意義啊？」

「有呀，這種說法有和沒有可是大不相同哦。」

明知道真相卻佯裝不知，察覺了對方真正的用意卻還是接納了表面上的說詞，這些對利瑟爾而言都是家常便飯。只要對他敬愛的王不構成侮辱或危害都無所謂，他也沒那個空閒一一去揭穿他們。

「假如真的不是遷怒的話怎麼辦？」利瑟爾問。

「什麼怎麼辦？」

「對方可能會想收買我們，或是殺人滅口吧。」

利瑟爾這麼問道，一邊看著伊雷文斜蹺起椅子，靈巧地搖來搖去。

收買或滅口那一方的動機他能理解，不過不知道冒險者面對這種事會採取什麼態度。察覺利瑟爾提問的用意，劫爾他們別開視線思索。

「啊……收買確實有可能，不過幾乎沒有冒險者會接受。」

「嗯啊，風險太大啦。」

確實如此，利瑟爾點點頭。

背負殺害貴族的汙名換取一大筆錢，這交易一點也不划算。很多人以為冒險者都見錢眼開，不過他們愛錢歸愛錢，平時天天賭上性命在迷宮裡冒險還是磨練出了高超的危機管理能力。

凡是累積了一些工作經驗的冒險者，在與貴族談判的時候絕不會鋌而走險……雖然在迷宮裡還是常常冒險就是了，這畢竟是他們的本性嘛，沒辦法。

「殺人滅口就不太可能啦。」伊雷文說。

「除非對方是無可救藥的傻子。」劫爾說。

「是因為對公會有所顧忌嗎？」

「是啊，冒險者被冠上冤罪殺害，公會不可能保持沉默。」

公會雖然保持公平公正的立場，但基本上還是站在冒險者這一邊。

而且假如公會放任這種暴行，肯定會失去其他冒險者的信任。冒險者時常在各國轉移據點，一旦公會失信，恐怕導致大批冒險者出走、從王都公會消失的慘況。

「而且王都公會和憲兵還有合作關係。」

「啊，原來如此，畢竟憲兵的領導者是子爵呢。」

憲兵團由擁有子爵爵位的雷伊率領。不知道這次提出委託的貴族爵位高低，不過不太可能是子爵完全無法出手的階級，利瑟爾也猜測對方的地位並不會太高。

既然如此，對方就不可能採取強硬手段，否則弄個不好整個家族毀於一旦，就不只是維護家族名譽的問題了。

「不好意思，讓你們久等了。」

正當利瑟爾他們和睦地聊著駭人聽聞的話題時，史塔德的櫃檯業務告一段落，走過來對他們這麼說。

「辛苦了，史塔德。」

「不會，不好意思一大早麻煩你們過來。這邊請。」

史塔德帶著他們來到接取這次委託時使用過的小房間。在冒險者來來往往的大廳，畢竟不方便光明正大談論這種事，利瑟爾他們於是聽從指示，一起前往會客室。

三人各自在沙發上面對面坐下，只有史塔德一個人站著。

「所以咧？」

坐在利瑟爾身邊的伊雷文把頭撐在大腿上，挑釁地催促史塔德發話。

史塔德的背脊挺得筆直，以不帶溫度的視線不屑地瞥了他一眼，沒有回話，而是把目光轉向利瑟爾柔和的臉龐。

「有一件事要告訴你們，只是單純的報告，請你們聽聽就好。」

史塔德這麼說道，那雙漠無感情的眼睛直盯著利瑟爾。看見利瑟爾表示理解似地瞇起眼笑了笑，史塔德視之為允許的信號，再度張開雙唇說：

「尋人委託的委託人，要求公會今天就把你們移交過去。」

「移交啊……」

獨自坐在對面的劫爾環起雙臂，慵懶地往椅背上一靠。

沙發椅發出細微的吱嘎聲。利瑟爾和伊雷文不知為何愉快地討論著「果然是要收買我們」，劫爾嘆了口氣。儘管察覺了史塔德說這只是報告的用意，他仍然開口問：

「你們怎麼應對？」

「委託已經完成，沒有義務繼續聽從委託人的指示。如果你們不願意過去，那麼就按照既定流程，由公會負責處理這件事。」
我想也是，劫爾百無聊賴地點點頭。
既然如此，就看利瑟爾怎麼決定了。劫爾朝著正與伊雷文交頭接耳的隊長努了努下巴，敦促他回應，把決策的責任全部丟給了他。劫爾自己隨便怎樣都無所謂。
「這個嘛……」
察覺他的催促，利瑟爾把指尖抵在唇邊思索。
「所謂的移交是指？」
「對方說會派人過來接你們。他們好像不理會公會方面的回應就擅自決定了，因此我想迎接的人應該已經在路上了。」
語調和他「絕對零度」的稱號一樣冰冷，直率地傳達了無視使者也無所謂的意思。
從這說法聽起來，負責應對的想必不是史塔德，可能是其他職員或是公會長吧。瞭解史塔德性格的人都會說這決定真是太明智了。
「那麼，就看使者的態度決定吧。」
利瑟爾乾脆地說完，便站起身來。
劫爾和伊雷文毫無異議地跟著起身，史塔德也果斷點點頭，走在前面帶領他們離開會客室。在剛才那張桌子坐著等應該就可以了。
「使者大概什麼時候會到？」
「只聽說清晨就會來，詳情我不清楚，不過應該不需要等太久。」
這也難怪，萬一冒險者把內情四處散播就糟糕了。

對方一定很想早點封住他們的嘴，從對方無視公會意見直接派遣使者的做法也看得出來。

「我知道了，那麼就再跟你們借用一下……」

借用一下桌子，利瑟爾話才說到一半。

一行人穿過公會內部的走廊，回到櫃檯的時候，馬匹的嘶鳴聲傳入利瑟爾耳中，正是拉緊韁繩停下馬車時會聽見的那種聲音。

四人停下腳步，望向公會大門。

「會是什麼樣的人咧？」

「別玩得太過火。」劫爾說。

「那就要看對方怎麼出招啦。」

伊雷文可是把態度囂張的對手凌虐致死還會感到愉悅的那種人。

此刻他臉上嗜虐的笑容帶著幾分期待，劫爾意思意思忠告了他一句，然後低頭看向利瑟爾。

這個習於看透他人的男人，到底為什麼選擇答應對方的邀約？使者該諂媚奉承才好，還是該擺出傲慢的架子才對，這就連劫爾他們也沒有答案，甚至有點同情那位尚未見面的使者了。

不過，他們只有一個想法：希望對方好好娛樂利瑟爾，僅此而已。

一行人站著等了一會兒，前來迎接的使者終於打開了公會大門。

出現在門口的身影出乎所有人的意料。華麗的服飾彰顯出他的身分，純潔的臉蛋顯示他在優渥的環境長大，好奇地環顧公會大廳的模樣與他的年紀十分相稱。站在那裡的人物，是個年幼的小男孩。

男孩似乎發現了什麼，可愛的小臉頓時綻開華貴的笑容：

「啊，爸爸！」

站在男孩視線彼端的人是利瑟爾。

在場的冒險者們都把頭搖得像鐘擺一樣來回看著他們兩人，公會職員也一樣，史塔德則是面無表情地凝視著利瑟爾，背後劈下一道落雷。

男孩跨著小步開心地跑近，也沒有減速就直接往利瑟爾腰上一抱。利瑟爾恍然大悟似地接住他，摸了摸男孩小小的腦袋，回應他那雙從腹部高度仰望過來的大眼睛。

「好久不見了！」

「好久不見，你看起來很有精神。」

男孩一臉幸福地享受被摸頭的感覺，這時利瑟爾忽然抬起視線。

先不管周遭一臉震驚地看著這裡的群眾，利瑟爾感受到近處扎得令人生疼的目光，往那邊一看，史塔德像人偶一樣動也不動，目不轉睛地凝視著他。

利瑟爾伸手碰觸史塔德的臉，就這麼揉了揉他單薄的臉頰。直到這時候，史塔德才終於眨了一下眼睛，他恢復神智真是太好了。

「他是？」

「我們之前接過騎士學校的委託對吧？是那時候認識的孩子。」

「為什麼……」

「我想說我有這年紀的孩子好像也不奇怪，所以就請他試著喊了一下。」

在利瑟爾解釋過後，史塔德坦然接受了這件事。

他眨眨眼睛，把利瑟爾觸碰臉頰的手掌放到自己頭上，利瑟爾笑了開來，摸了摸他的頭。史塔德似乎滿足了，像個大師一樣煞有介事地點點頭，接著以職員身分採取見證人的立場。

利瑟爾見狀也放下心來，重新低頭看向抱著他的男孩。

「你是自己一個人過來的嗎？」

「是的。我聽說你們回到王都了，能見到面真的太好了！」

「呃……嗯？是那時候的小鬼喔，結果你幹掉他們了沒？」

「那個呀，我在搬運要用在洞底的長槍的時候，被萊納學長發現了……結果就被罵了，說要我用什麼殺傷力？小一點的陷阱……」

當時男孩因為個子嬌小而被同儕調侃，因此展開復仇行動。

眾人從那起事件窺見了利瑟爾的魔法本領，也是因為和男孩的邂逅緊接在後頭的關係，劫爾和伊雷文難得都記得這號人物。外表看起來天真純潔又稚嫩，卻毫不遲疑地對敵人展開兇殘的復仇……確實讓人印象深刻。

男孩惋惜地把臉埋在利瑟爾腹部，在利瑟爾摸了摸他的頭以示安慰之後，露出了花朵綻放般的笑容抬起臉來。

「不過這一次我成功挖了地洞，還往裡面灌水，好好嘲笑了他們！」

男孩軟綿綿的臉頰染著淺淺紅暈，笑得無比可愛，反差過大的言行使得周遭所有人大感混亂。
「成功湮滅證據了嗎？」
「沒有，失敗了。」
當時給過男孩建議的劫爾這麼確認道。男孩抱歉地抓緊了利瑟爾的衣服，把臉頰抵在腰帶的金屬扣環上，享受著冰冷的觸感開口：
「他們一直吵著說『死矮子快放我們出來』，我想說要快點把他們埋起來。挖出來的土我有好好留在旁邊，本來想用鏟子把土填回去的，可是實在太重了……」
「啊——也難怪，你年紀還這麼小嘛。」伊雷文說。
「如果挖得很深就更難填滿了。」劫爾說。
利瑟爾原以為他們要湮滅的是地洞的證據，結果人好像也包含在內。
利瑟爾佩服地眨眨眼睛，一瞬間心想，讓男孩和劫爾他們混在一起，說不定對他的教育不太好。不過看見男孩高興的神情，他又覺得算了。
「在我手忙腳亂的時候，萊納學長就跑過來，說這樣有殺傷力不可以……」
揮汗挖掘地洞，努力凝聚魔力，把水灌進洞裡。
萊納也相當欣賞男孩為了報仇鍥而不捨的毅力，最後似乎決定把嘲笑男孩的同學和試圖報復的男孩雙方都訓斥一頓，就當作雙方扯平了。為了避免之後發生什麼嚴重衝突，萊納在背地裡悄悄注意他們，結果沒想到真的發生了活埋事件，因此他全速趕過去，正經八百地說教了一番。
「沒有人再取笑你了吧？」利瑟爾問。

「是的，完全沒有了！」

那不是廢話嗎？周圍偷聽的群眾紛紛心想。

但大家什麼也沒說，只覺得太恐怖了，不太想接近這個男孩。

「啊，對了！」

這時候，男孩想起什麼似地從利瑟爾身邊退開一步。

「我是來迎接冒險者的。」

「你負責過來嗎？」

「是的。我想說，到這裡說不定能遇見大哥哥你呀。」

男孩害羞地縮著肩膀低下頭，視線往上窺探著利瑟爾，模樣相當可愛。

簡直像個生來就要受到所有人喜愛的孩子，用可愛的外貌讓對方放下戒心、絆住對方，讓對方徹底聽從自己的願望。這孩子很懂得展現自己的魅力，看見男孩純真無邪的可愛模樣，利瑟爾微微一笑。

他觸碰還抓著自己衣服的小手，溫柔地握進掌心，感受到男孩也輕輕回握。

「那你來得真巧。」

「咦？」

「你是來迎接我們的吧？」

男孩愣愣地張著嘴仰望利瑟爾。那張臉龐逐漸染上明朗的笑容，他開口想表達喜悅，卻又察覺什麼似地立刻閉上嘴。

男孩垂著眉掃視利瑟爾一行人，看起來不太高興，帶著些許憎恨的神情嘟起嘴唇說：

「那就表示，那個臭老頭居然想把大哥哥你們……」
「啊，你知道這次找我們過去的原因了？」
「是的。那隻老狸貓想做什麼，我都知道得一清二楚！」
男孩露出燦爛的笑容，開心地捏著大人觸碰著自己的手指。
然後他惋惜地放開了手。男孩出身貴族、受貴族教育長大，現在更是與眾多貴族子弟一起在騎士學校念書，因此儘管年紀還小，仍然很懂得察言觀色，只是有時候會故作無知。
所以男孩知道，劫爾他們是因為看他還是個小孩子，才放任他為所欲為；而且也注意到絕對零度那張面無表情的臉，從剛才開始就猛盯著他瞧。世上有些人得罪不起，凡事還是該順勢而為，就像不該忤逆魔力的流向一樣。拿捏分寸很重要。
「所以說，死掉的是你姊姊喔？」
「是的！」
聽見伊雷文口無遮攔的提問，男孩維持著一貫可愛的笑臉點頭。
那表情看起來甚至有點開心，不像偽裝也不像逞強，利瑟爾微微偏了偏頭。不過看來這件事無須避諱，於是利瑟爾也開口嘗試蒐集情報。
「姊姊過世了，你不覺得寂寞嗎？」
「完全不會！反正我很討厭她。」
劫爾和伊雷文投來「貴族真恐怖」的眼光，真是冤枉啊。
不，這確實沒冤枉某些貴族就是了。利瑟爾露出苦笑，朝著天真笑著的男孩伸出手，裹住他柔軟的臉頰。男孩眼中盈滿笑意，好像覺得有點癢，那隻稚嫩得拿不起劍的小手觸碰利瑟爾的手，把臉頰蹭了過去。

「她很歇斯底里，動不動就打我，還會欺負比自己更漂亮的女生。很恐怖喔，她說她讓那些被盯上的女生再也出不了房門，還尖聲大笑呢。」

劫爾他們的視線再次轉向利瑟爾。貴族的名譽大受損傷。

「而且她一碰到喜歡的男人就一直靠過去，明明有未婚夫了還每天晚上出去勾引男人，這種人就叫做臭婊──」

男孩說到這裡猛然打住。

他抬起視線看著利瑟爾，又斜眼瞅了瞅劫爾和伊雷文，然後粲然一笑：

「就叫做花蝴蝶對吧？」

「你真的很討厭她呢。」利瑟爾說。

「是的，最討厭了！」

史塔德不動聲色地靠近，抓住利瑟爾垂在男孩頰邊的袖子。

利瑟爾注意到了，於是為史塔德理了理公會制服的領口以示安撫。史塔德滿意地回到原本的位置，雖然一樣面無表情，卻好像背後飛出小花一樣心滿意足。

「既然你在騎士學校念書，你上面應該還有兄姊吧。」劫爾說。

「有一個和狸貓老頭同一個模子印出來的哥哥，還有另一個姊姊！」

「不是那個被捅得稀巴爛的姊姊？」伊雷文說。

「原來她被捅得稀巴爛了呀？這我知道，這叫做因果報應！」

男孩對死去的姊姊似乎真的沒有感情。

家庭環境果然很重要呢，聽見男孩說得事不關己，利瑟爾深有感慨地心想。既然當事人不覺得這有任何問題，他也不打算評論這是好是壞，只是再次感謝在原本的世界疼愛、守護自己的人們。

「大姊跟那種花蝴蝶才不一樣，她是我最喜歡的姊姊。」

男孩露出驕傲自豪的笑容，是他發自內心的表情。

談論父親和哥哥時飽含輕蔑的雙眼，此刻充滿了單純又孩子氣的光輝。

「她有一點點嚴格，卻非常非常溫柔。現在已經嫁出去了，過得很幸福喔！」

「看來她找到了很好的對象呢。」

「對呀，我也最喜歡姊夫了！」

男孩把手背在背後，挺起胸膛高興地這麼說，利瑟爾也瞇起眼笑了。

一問之下才知道，原來是姊夫先對男孩的姊姊一見鍾情。那麼家族地位比較高的應該是對方了，否則男孩口中像「老狸貓」一樣的父親不太可能允許他們兩人成婚。

「那個、所以說，家族的名譽怎麼樣都沒有關係……」

男孩努力抬頭仰望利瑟爾，把頭歪向一邊說：

「大哥哥，我不想把你帶回去。」

利瑟爾以沉穩的眼神回應男孩苦惱的目光，就這麼直視著他。但男孩不曾別開視線，儘管不安地動了動雙腳，臉上還是不動聲色地掛著笑容。

不愧是騎士候補生，前途無可限量。利瑟爾這麼想著，緩緩開啟雙唇。

「家族風評不佳，你在學校不會受到排擠嗎？」

「應該會被人議論吧，但沒有關係！」

「弄個不好說不定會被抄家哦。」

「大姊說過，萬一家裡出了什麼事，她可以當我的監護人。」

既然男孩連這種事都考慮到了，他們拒絕同行也不太有心理壓力。該怎麼辦呢？利瑟爾看向劫爾他們。一人揮揮手，丟給他全權處理，像在說「隨你高興」；另一人露出刻意的笑容，像在說利瑟爾愛怎麼做就怎麼做。利瑟爾也想聽聽他們的意見，但反正這兩個人也只說得出「好麻煩」這種評語吧。這不是拒絕，只是單純的感想。

「啊，不過……」

這時候，男孩忽然不好意思地補了一句：

「那頭老狸貓看到大哥哥會露出什麼表情，我倒是有點想看看呢。」

「有道理欸。」

伊雷文傾向了同行那一派，一行人就這麼決定赴約。

馬車載著利瑟爾一行人，行駛在中心街區。

越過了環繞著中心街區的外牆，穿過熱鬧的外圍地區之後，街上的行人越發稀少。他們來到林立著氣派宅邸的街區，馬車伕讓馬匹緩步行走，望著向後流逝的景色，端正的姿勢卻從來不曾鬆懈。

過一會兒，車伕在接近目的地的時候逐漸減速，在一扇華貴的大門前將馬車停了下來。

他率先下車，將臺階放在車廂門下方，然後才打開車門。
首先下車的是男孩，他所效命的家主的兒子。接著是一位氣質清靜的貴人，走下臺階的模樣看起來實在太過習以為常；然後是絕對強者，以及一頭紅髮鮮豔到彷彿有毒的獸人。冷汗不知不覺滑過車伕臉頰。
「喔，這不是比中年美男家還大嗎！」
「真要說起來，是子爵的宅邸太低調了。」利瑟爾說。
「是喔。那大哥你家咧？」
「只記得占地很大，具體多大我不記得了。」
這是冒險者的對話。
沒錯，這些人居然是冒險者，怎麼會有人相信呢？被貴族傳喚，帶到陌生的地方，待會即將進行重要的會談，他們對於被叫來的原因一定心裡有數，肯定也察覺到了即將降臨在自己身上的災禍。然而他們談天的模樣看不出任何壓力或戒備，態度輕鬆自在，游刃有餘。
在馬車伕面前總是露出純真神情的男孩，往帶頭的那個冒險者走近。
「大哥哥，請往這邊走。」
「就麻煩你帶路囉。」
「包在我身上！」
熟悉的小小身影，正表現出陌生的一面。
年僅十歲的男孩稚嫩而可愛，雖然時常表達出對家人的厭惡，但馬車伕所熟知的他仍然充滿了孩子氣。此刻男孩卻表現出足以象徵騎士學校的姿態，之所以給人這種感覺，或許是因為男孩挺直了背脊面對眼前這位該展現騎士禮儀的對象，又或許是因為男孩努力追逐理想的精神吧。

「今天那個你說是人渣的哥哥不在喔？」

「我想他應該在家裡某個地方吧！」

一行人穿過裝飾過多的寬敞玄關，走在鋪著地毯的走廊上。

他們吸引了所有佣人的注意力，每次擦身而過、目送他們走遠，所有人的視線都悄悄追隨。這些人的存在感強烈到他們不得不如此，佣人們紛紛絞盡腦汁，想推測出這些客人的身分。

「你的母親呢？」

「這個嘛，應該在歇斯底里哭叫，要不然就是去了愛人那裡！」

「跟過世的那位姊姊很相像呢。」

「非常！」

一行人在走廊上拐了一次、兩次彎，來到一扇特別巨大的門前。

響起男孩敲擊門環的聲音。門一打開，室內有個福態的男人傲慢地坐在沙發椅上，隔壁有個瘦得像鐵絲的女人，帶著忌恨的表情在那裡等待。兩人一看見兒子帶來的人物，便錯愕地坐直了身子，準備站起來迎接。

「這一次謝謝您們的招待。」

聽見這句話，兩人勉強按捺住動作。

他們今天叫來宅邸的只有冒險者，僅憑著這點，兩人硬是做出了「對方是冒險者」的結論。雖然難以置信，但若不這麼想，他們就成了對區區冒險者鞠躬哈腰的小丑了，這種事他們無法忍受。

可是對方風雅的笑容、優雅的儀態，甚至是不經意吸引目光的小動作，都讓他們想起偶爾受邀進到王宮時，看見的那些擁有貴族爵位的男女也高不可攀的大人物。

兩人一時間理不清思緒，朝男孩投以「這是怎麼回事」的責備目光。

然而，男孩沒有對上他們的視線，眼中只有剛才走進房內的那三個人。

「請坐！」

男孩若無其事地請對方坐下，那些冒險者們跟著坐了下來。

一身黑衣的絕對強者帶著銳利的眼光蹺起腿，雙臂環胸。劇毒的紅髮男子毫不掩飾臉上的嘲笑，不拘禮節地把頭撐在沙發扶手上。氣質清靜的男人，則在那兩人之間靜靜坐下。

忽然間，黑衣男把身體側向清靜男子，在他耳邊說了些什麼。清靜男子臉上的微笑加深了一些，略微點頭表示知道了。坐在正對面的兩人聽不見他們說了什麼。

「那麼，就讓我們進入正題吧。」

紫晶色的眼瞳轉向這裡，身為家主的男人覺得那一瞬間彷彿有好幾秒那麼漫長。

「方便請教這次找我們過來有什麼事嗎？」

嗓音無比柔和，足以吸引旁人的思緒，男人這才回過神來。

坐在他身邊的女人，也下意識閉上自己差點在衝動之下張開的嘴巴。面對女兒的死亡，她原本歇斯底里地哭叫個不停，本應也對於來到宅邸的冒險者大吼大叫，那張嘴現在卻一句話也說不出來，彷彿嘴唇被縫上一樣閉得死緊。

男人戒慎恐懼地看向自己的兒子。

「你到底把什麼人帶來了……」

「就是父親大人指定的冒險者呀？」

他親生的兒子衝著他粲然一笑。

笑容純潔無瑕，惹人憐愛，但一向仰慕著自己的男孩，此刻看起來卻判若兩人。

一股難以解釋的恐懼湧上男人胸口，他的心跳漏了一拍，一滴汗從頰邊流到下巴。

「你到外面去。」男人對兒子說。

「可是我想待在這裡……」

「你聽話。」

「我知道今天要談什麼事情，絕對不會打擾父親大人的，拜託！」

小兒子的外表看起來比實際年紀更加幼小，男人平常總是對他百般溺愛。

只要男孩擺出可愛的模樣撒個嬌，爸爸什麼東西都會買給他，還約好了如果有人在男孩成為騎士的道路上成為阻礙，無論是誰爸爸都會幫他除掉對方。關於後者，目前男孩還不曾請求他動手就是了。

「……那你不可以插嘴喔。」

「好的！」

一瞬間看起來判若兩人的男孩，似乎又恢復成了平常那個可愛的兒子。

這讓男人放下心來。再加上妻子也一起拜託他，說孩子被拒絕太可憐了，男人於是同意讓兒子留下。只是男孩沒有跟父母坐在同一張沙發，反而站到冒險者們的沙發旁邊，讓父親略感到不對勁。

男人斥之為錯覺，重新轉向坐在眼前的那些冒險者。

「這次找你們來，無非是為了……」

才剛開口就覺得口好渴。

室內的空氣緊繃，讓人難以啟齒。

「為了我女兒的事。你們為什麼沒有早點找到她？」

「您的意思是，這是我們的過失？」

「要是你們早點找到人，也不會發生這種事。」

清靜男子緩緩偏頭，將一縷滑落頰邊的頭髮撥到耳後。

舉手投足沒有半分冗餘，優雅得令人毛骨悚然，男人移不開視線。

「關於這一點，我們無從辯駁。」

對方乾脆地回以肯定。

坐在清靜男子身邊的兩名強者面不改色地把視線轉向他。

「對此我們感到非常遺憾。憲兵一定已經動員所有人力在搜尋犯案的兇手了。」

柔和的微笑當中，唯有那雙紫水晶般的眼睛無比鮮明。

眼瞳映著水晶吊燈閃爍的光線，每一次眼皮掩起再睜開，那雙眼睛的顏色總顯得有些許不同。每當低垂的眼睛捕捉到自己的身影，一想到眼睛深處蘊藏的高貴色彩正對著自己，總在男人心中激起奇妙的亢奮。

對著這樣的人，有誰說得出這種話呢？

我女兒會死掉都是你們害的，為了彌補過失，不准你們對外洩漏我女兒跑去外面賣春的事。對外我準備說是女兒被你們姦殺了，所以你們就拿著這些錢，趕快給我從這裡消失——這種話怎麼說得出口？這是男人身為貴族唯一殘存的自尊。

他早已習慣嫁禍給別人，面對眼前氣質高潔的男子，卻一句話也說不出口。男人艱難地吞了口口水，想滋潤乾渴的喉嚨，然而沒什麼效果。

「要、要是女兒的事情被你們隨便說出去，我們會很困擾……」

他只能勉強擠出這句話。

「是的，考量到您的立場，那是當然。」

看見對方微微一笑，男人終於鬆了一口氣。

他心裡壓根沒有浮現「區區的冒險者懂什麼」這種想法，男人的氣勢早已被自己招待的客人壓過，無從注意到這有多麼不尋常。

「這方面就按照您的要求，這次委託的內情我們絕對不會外傳。當然，今天的這場會談也一樣。」

「好、好。」

「憲兵的訊問已經結束了，當時我們照實說出發現遺體的情況，也說了我們是接到委託才去找人，這點還請您理解。不過基於保密義務，我們並沒有透露委託人的情報。」

男人只是一個勁點頭，他也只能這麼做。

彷彿等待什麼似的，他不經意看向身邊，他的妻子正睜著一雙哭得紅腫的眼睛，兩眼發直地盯著對面那三人猛瞧。男人又怎麼可能不知道箇中原因，只是他對這女人的感情也沒有深厚到想出言責備。

「你們要多少封口費？」

「錢就不需要了。」

對方悠然瞇細雙眼這麼說，男人頓時也懂了被這雙眼睛抓住心思是什麼感覺。

「憑著口頭約定，還不足以贏取您的信任嗎？」

有人面對這道嗓音還能給出否定的答案嗎？

男人茫然若失，無力地搖了搖頭，允許他們退下，試圖勉強保住家主的威嚴。他的兒子負責領路，冒險者們乾脆地離開，直到目送他們的背影走遠，男人仍然愣愣看著房門。他的私兵在隔壁房間待命，現在無疑是下令他們動手的最佳時機。

然而自始至終，男人還是沒能發下號令，直到腳步聲逐漸遠去，仍然呆坐在原地。

「呵呵，啊哈哈哈哈、咳咳，哈哈哈！」

男孩笑到嗆到，利瑟爾苦笑著把冰茶遞給他。

無論是馬車從宅邸載他們回到公會的途中，還是劫爾說要去迷宮而離開的時候，還是伊雷文饒富興味地看著劫爾離開、然後自己也不知道跑去哪裡之後，男孩一直咯咯笑個不停。

男孩看到了期待的情景就好，反正伊雷文也非常滿足的樣子。

「不好意思……呵呵！」

「你還好嗎？」

「一回想起來我都會忍不住笑出來！」

男孩抹掉笑出來的眼淚，張口含住麥管。

剛才他笑到咳個不停，讓人搞不清楚他到底在笑還是咳到喘不過氣，所以利瑟爾才邀請他在回宅邸之前一起喝點東西，看來這決定是對的。

男孩已經喝完了自己的飲料，幸福到有點心不在焉地吸著利瑟爾的那杯冰茶。此時此刻，父親的醜態肯定還在他的腦海中不斷重播，雖然利瑟爾只是以冒險者身分去跟委託人見了一面而已，根本沒有其他目的。

「好了，你差不多該走囉，否則馬車伕會擔心的。」

「好！」

這裡是公會附近的咖啡店，從陽臺的座位上，可以看見一輛馬車停在不遠處。

那是這一帶相當少見的高級馬車，同時也能清楚看見馬車伕在那裡一邊照顧馬匹、一邊往這裡偷瞄。對馬車伕來說，必須悉心呵護的少爺和冒險者兩人獨處，一定讓他擔心得不得了。

看來已經聊太久了，利瑟爾於是出言催促。男孩依依不捨地看向利瑟爾，含著吸管、視線往上窺探他臉色的模樣，彷彿象徵著該受人守護的存在一樣惹人憐愛。

「以後還能見到你嗎？」

「如果有緣，一定會再見面的。」

礙於身分立場，他們見面的機會總是不多。

不過利瑟爾仍然回以最大限度的肯定，男孩聽了頓時抬起臉，幸福地紅了臉頰。男孩笑得有點得意，這笑容不太符合他外表給人的印象，卻相當適合這個人。

「我很期待！」

男孩跳下椅子，開心地向利瑟爾道別之後就離開了。

利瑟爾看著他走向馬車，在上車之前回過頭來用力朝這裡揮了揮手。利瑟爾也微笑著揮手回應，那道嬌小的身影便踏著愉快的腳步登上馬車。

那輛在市街顯得過於氣派的馬車緩緩轉動著車輪開動，逐漸消失在利瑟爾的視野當中。看點書再回去吧，利瑟爾拿出一本書，就在這時……

「殺、殺掉他，比較好嗎……」

有人拋來一個問句。

不久前男孩坐著的位置上，不知何時坐了一個男人。他臉上帶著悲痛的神情，彷彿背負著世間所有不幸般低垂著頭，自然鬈的頭髮綁在側邊中等高度的位置，動作的餘波使得那束紮起的頭髮緩緩滑落他肩膀。

利瑟爾毫不在意地打開書本，開始瀏覽紙面上的文字。

「那、那、那個小孩，還有、啊，他們整個家族，要、要我怎麼處理、都可以……」

利瑟爾沒有反應。

男人嘴角抽動，露出難看的笑容。

「你、你生氣了嗎，果然……可、可、可是，我不知道你們在找、啊、啊哈，我不是故意的……」

利瑟爾沒有反應。

男人把頭越垂越低，額頭隨時都要碰到桌面。

「為、為什麼，一句話都不說……為、為什麼，為什麼，怎麼會，我這、這麼努力，都這麼努力了，為什麼對我這、這麼過分……」

利瑟爾沒有反應。

男人喘著氣，肩膀上下起伏，繼續說個不停。

「好、好過分，為什麼，太過分了，為、為什麼生氣，說話啊，啊、啊哈、哈……」

利瑟爾沒有反應。

在桌子底下，男人握緊了手中那把粗獷的短刀，刀尖劇烈顫抖。

男人逐漸抬起低垂的臉，不看對方的臉部，只是緊盯著眼前的肢體。他的身體頓時緊繃，同時思緒和身體陷入無法控制的狀態，刀尖停止顫抖。

「既然你這、這麼、討厭我——」

「你……」

對方忽然出聲，男人的肩膀痙攣似地猛跳了一下。

他抓住救命繩索似地緊緊握住手中的短刀，視線慌亂地左右飄移，一次也沒有讓利瑟爾的臉進入視野。對於男人而言，自身以外的一切都是恐懼來源。

「你很有自信呢。」

男人瞪大眼睛。

到底看見、聽見自己的什麼才會這樣想，才說得出這種話？男人完全無法理解。這個人是在調侃他、故意逗他玩，還是在說謊？這些行為全都讓人恐懼，這些話能夠撕裂、扭曲男人的內心，他再也無法維持理智。

尤其利瑟爾一開口，這彷彿就是無庸置疑的真實一樣。利瑟爾的話語高貴而純潔，彷彿能夠顛倒黑白，所以才可怕，最可怕了。他明明不希望人家這麼說，利瑟爾卻這樣給他貼標籤，好過分，好過分，好過分，好過分好過分好過分好過分好過分好過分好過分——

「你一定認為自己有被我討厭的價值吧？」

「……咦？」

男人一時間沒聽懂這話是什麼意思。

但他想了想馬上就明白了，同時體內深處開始發燙。

「啊、啊……」

他雙手掩面，滿臉通紅。

動作彷彿在嘆息，不過此刻男人感受到的無疑是羞恥。

利瑟爾以外的任何人要是這麼說的話，男人一定會哭喊著「太過分了」，並舉起手中的短刀。

但利瑟爾是個例外。男人不曾見過利瑟爾討厭誰，也無法想像這種事發生；利瑟爾不會在可能惹他討厭的對象身上多費心思，因此也不會被激起厭惡的情緒。面對這樣的人，男人卻以為只有自己一個人能被他討厭，對方當然會說他很有自信了。

男人羞恥得無地自容，這一瞬間，他的悲痛被羞恥心掩蓋。

「啊、對、對不、對不起……」

「沒關係喲，你只是有點誤會而已。」

利瑟爾終於從書本上移開視線，對他露出無奈的微笑。

男人實在太抱歉了，強烈的羞恥心遲遲沒有消退，他整個人縮在椅子上，遮著臉龐的雙手和桌子底下都不見那把短刀的影子，就好像它化成煙霧消散了一樣。

男人從手指的縫隙間看見利瑟爾的指尖，與頁面上的白紙黑墨相映。

「……Don't call me "Trash".」

男人呢喃的懇求，在被任何人聽見之前便消散於空氣中。

他早已知道，能滿足他矛盾願望的，正是他心目中最可怕的人。

「欸……」

「今天我見到了那位綁側邊馬尾的精銳盜賊，很久沒看到他了。」

當晚，利瑟爾向來旅店玩的伊雷文提起這件事。

「和他對話的時候只要走錯一步就會輕易丟掉小命，讓人緊張得心跳加速呢。」

「那傢伙不管說什麼都會跳針吧？」

「他是很愛惜自己的人呢，『為了自我保護而貶低自己』的傾向特別極端。」

「想跟他好好說話還比較可笑咧。」

「我今天也稍微無視了他一下。伊雷文，你平常都怎麼應對？」

「看他開始滿口廢話的時候就把他打昏。」

「原來如此，很有效率。」

利瑟爾不太可能辦到，因此往後還是會適度地裝作沒聽見吧。

141

賈吉的商店也收購迷宮畫作。

不過除非有客人指定「如果看見某某類型的畫作請幫我保留」，否則這些畫作就像迷宮書籍一樣，不會擺在這間商店的貨架上販賣。賈吉認識專門買賣迷宮畫作的畫商，會留待畫商來訪時整批賣出。

寶箱開出畫作的機率本來就不是特別高，因此拿畫作來鑑定的人也不多，在畫商來訪之前暫放在店裡不會占據多少空間，不過賈吉會小心保管。

「嗯，這些就是全部了吧……」

這一次總共收購了五幅畫作，賈吉把最後一幅畫包裝妥當，終於喘了口氣。

畫商一行人到這間店裡來露臉是前幾天的事。他們之後還會拜訪幾家店，告知他們來到王都的消息，然後算準商人們準備好買賣的時間再次登門。他們千里迢迢從商業國來到王都可不只是為了收購畫作，同時也帶了幾幅畫在身上，準備到權貴要人的宅邸去推銷。

一個商機都不放過，堪稱天下商人的楷模。

「（他們也說過，有貴族大人特別喜歡跟他們買畫……）」

有不少貴族喜歡迷宮畫作。

迷宮畫作的價值與普通畫作稍有不同，不過可說是藝術意味最濃厚的迷宮品。比起畫風喜好，人們往往更重視迷宮畫作的價值有多高，具備相關知識的畫商在推銷時特別有幹勁。

這種迷宮風景有多少價值、畫中的冒險者又有多少知名度，面對沒有這方面知識的貴族，能夠講出多少稀有賣點、把價值抬高到什麼程度，全看畫商的手腕。

那位畫商曾經高興地說，王都有一位眼光特別好的貴族，不曉得是誰呢？賈吉偏著頭，邊想邊把畫作斜靠在工作檯腳邊。

「……啊。」

一直起身，工作檯上的一張傳單無意間映入眼簾。

那是畫商拿給他的單子，說要他參考看看。賈吉拿起傳單低頭一看，發現那是活動宣傳，色彩鮮豔的插圖引人注目。看完傳單內容，賈吉「嗯……」地沉吟著看向斜上方。

自己還要顧店，無法參加，不過他知道有人會對這活動感興趣。

「（下次光臨的時候問他看看吧。）」

賈吉露出軟綿綿的笑容，環顧店內，想著該把這張傳單貼在哪裡。

這裡是王都中心街前的廣場。

廣場中央的噴水池傳來柔和的水聲，鋪得整整齊齊的石磚紋樣賞心悅目。某劇團不時會在這裡舉辦公演，建國慶典也是在這裡宣告開幕，王都民眾都對這座廣場相當熟悉。

平時就有商人在廣場擺攤做生意、街頭藝人在這裡演唱，是個人群聚集的地方。今天的廣場比平常更加熱鬧，男女老少臉上都帶著開心的笑容。

「『大彩繪祭！參加繪畫體驗拿獎金！』喔，獎金多少啊？」伊雷文說。

「嗯……上面沒寫呢。」利瑟爾說。

「那就表示沒多少吧。」劫爾說。
利瑟爾他們身在這熱鬧的人群裡，完美融入其中。
廣場各處擺著簡單的椅子，利瑟爾一行人也坐在椅子上，伊雷文看著賈吉給他們的傳單，晃了晃那張紙，然後「喏」地還給利瑟爾。
今天不用執行委託，因此三人都穿著日常便服，氣質比冒險者打扮的時候更容易親近，完全是休假模式，不過這樣的他們也並不稀奇。
「也就是獎金不重要，希望大家一起畫畫同樂的意思吧。」利瑟爾說。
「也是啦。」伊雷文說。
看著嬉鬧的孩童跑過眼前，利瑟爾像享受日光浴的狗狗一樣瞇起眼睛。
有許多民眾和他們三人一樣，參加活動是為了體驗繪畫，獎金倒是其次。主辦方好像還準備了職業畫家講評指導的服務，利瑟爾重新看了看放在大腿上的傳單。
「而且獎金說不定也值得期待哦。」
「啊？」
「你們看。」
利瑟爾指著傳單一角，伊雷文喀答喀答晃著小椅子靠了過來。
劫爾也把上半身湊近一看，上頭寫著「王都冒險者公會聯合舉辦」的字樣。
「啊——你是說公會可能會準備特別的獎品喔？」
「這麼說來公會確實也貼著同樣的傳單。」劫爾說。
就像阿斯塔尼亞的冒險者公會舉辦各式各樣的活動，增進冒險者與國民的交流一樣，王都也致力於提升冒險者的形象。畢竟冒險者行徑粗野，常常造成民眾困擾，甚至產生了「冒險者災情」這樣的詞語。不過眾所周知，王都的冒險者和其他地方比起來相對安分，因此也不曾造成太大的問題。

話雖如此，民眾的評價當然越正面越好。這次的活動也是其中的一環，公會本來就會收購迷宮品，與畫商之間有合作關係也不奇怪。

「不過我也畫不出有辦法得獎那麼厲害的畫啦。」

「我也一樣。」利瑟爾說。

「我也是。」劫爾說。

「伊雷文手很巧，我以為你很會畫畫呢。」

「沒有欸，完全不會。」

和煦的涼風吹過廣場，拂動三人的頭髮。

利瑟爾他們漫不經心地看著廣場，有一句沒一句地閒聊。聚集在這裡的人群正如劫爾所說，零星可見冒險者的身影，似乎是看到了張貼在公會的傳單而過來玩。

不過當然，他們都沒有穿戴裝備，所以利瑟爾也不太確定。脫下裝備的冒險者只是體格壯碩、作風有點高調的普通大哥，不知從哪裡買來方便邊走邊吃的食物，邊吃邊大聲喧鬧。

「啊，好像要開始了！」

在利瑟爾折起傳單的時候，伊雷文忽然催他們看前面。

利瑟爾循著他的視線看向廣場上的噴水池。一個拿著筒狀擴音器的男人顧盼自若地環視周遭，他的儀態端正，穿著做工良好又方便活動的衣服。

這應該不是負責評畫的畫家，而是主辦的其中一位畫商吧。從剛才就看到他們幾位忙著準備畫材，看來終於完成了前置準備。

「啊，是史塔德。」

「公會怎麼不選個態度和善一點的傢伙……」

他們看見史塔德在和拿著擴音器的男人說話，應該是因為公會共同主辦這次活動的關係。

聽見劫爾無奈地這麼說，利瑟爾在心裡一面抱歉一面表示贊同，公會還有更適合這種場合的職員才對。雖然史塔德的工作表現值得信賴，但要在這類活動上負責炒熱氣氛，對他來說還是難以勝任。

公會這次派史塔德過來，背後到底有什麼用意？在利瑟爾思考的時候，那位男性畫商拿起了擴音器。

『欸——大家好，謝謝大家今天一起來共襄盛舉！』

配合現場熱鬧的氣氛，男人以活潑輕快的語調打了簡單的招呼。

接著，他開始說明這次活動的流程。首先，每位參加者必須購買一組作畫所需的畫材，按照指定題目創作，先畫完的人可以先接受畫家講評。最後的評選結果預計在正午時分發表，同時頒發獎金。

現在廣場上也有許多小販擺攤，就算提早畫完要待到中午，也不愁無處打發時間。規劃得真不錯，利瑟爾佩服地點點頭。

「公會做了不少安排呢。」

「攤位全都是他們張羅的吧。」劫爾說。

「公會有好多奇怪的人脈喔。」伊雷文說。

攤販答應參加，應該代表對雙方來說都有利可圖吧。

在三人輕鬆閒聊的時候，畫商講解的聲音戛然而止。集在場所有人的視線於一身，畫商露出俏皮的笑容，緩緩舉起一隻手開口：

『好了，就讓我們發表今天的主題吧！』

就在這時。

好多披著斗篷的人影突然從各個角落出現，有的穿過參加者們走到中央，有的從噴水池後面冒出來，全都聚集到畫商面前排成一列，人群間頓時一陣騷動。

「喔……」

「嗯？」

伊雷文喃喃發出聲音，帶著隨時都要吹起口哨的神情。怎麼了嗎？利瑟爾一臉納悶。

他還來不及問，坐在另一側的劫爾簡潔扼要地拋來答案：

「女人。」

也就是說……利瑟爾轉回正面。

這時畫商把擴音器貼在嘴巴上，深吸了一口氣。

『今天要求各位創作的主題是，「女性」！』

他激昂地宣布：

『來吧各位，請用你們的雙手，畫出絕世美人看了都會赤著腳逃跑的美女吧!!』

眾多的斗篷同時掀起，整座廣場響起熱烈的歡呼。

從斗篷底下，出現了一個個精心打扮的美麗女子。她們顧盼生姿，笑靨如花，揮著手回應那些存在感特別強烈的粗獷歡呼聲。

『她們非常爽快地答應擔任我們今天的模特兒，絕對不可以對她們毛手毛腳喔。當然，今天的主題是「女性」，不一定要畫我們現場的模特兒也沒關係。可以畫自己家人溫馨的畫面，也可以畫可愛的寵物，或是理想中的自己，請各位參加者好好享受繪畫的樂趣！』

這一瞬間，利瑟爾他們終於知道為什麼史塔德會被選為這場活動的負責人。

看到美女登場，每個男人都心花怒放，而且還有個冠冕堂皇的搭訕理由：我是在邀請人家當模特兒啊。冒險者職場上陽盛陰衰，就算沒真的動手，還是難免起點色心。

不過……利瑟爾環顧廣場。鼓譟的男人們當中，有些人已經亢奮到歡天喜地地舉起拳頭歡呼，不用說也知道那些是冒險者。

「大家很開心呢。」

「未免開心過頭了。」劫爾說。

「只能花錢找女人玩的傢伙真的很拚命欸。」伊雷文說。

換言之，史塔德在這裡有威嚇作用。

這是光明正大追求美女的好機會，不過再怎麼大膽的冒險者也不敢在絕對零度的眼皮底下拋開理智為所欲為。當然，必要的時候即使對方不是冒險者，史塔德也會毫不留情地加以制止。

「喂。」

「啊，他發現我們了呢。」

聽見劫爾喊他，利瑟爾往那邊一看，站在畫商身邊的史塔德正目不轉睛地看著這裡。

利瑟爾朝他揮揮手，史塔德的動作就頓住了，拿筆的那隻手稍稍抬起一下，又什麼也沒做就放了下去。他還是老樣子，利瑟爾有趣地笑了出來。史塔德看了，散發出一股心滿意足的氛圍，又繼續回頭處理業務去了，雖然從頭到尾都面無表情。

『那麼，就請各位好好體驗繪畫吧！哎呀，等一下，先領取畫材再去邀請模特兒！』

畫商的講解一結束，人群頓時喧鬧起來。

純真的孩子們嘩地跑去購買畫材，還保有童心的冒險者們也嘩地全力衝刺。有些男人不想被貼上色鬼標籤又想邀請到心儀的美女，於是裝腔作勢地快步走過去。剩下的人們則以溫暖的目光看著前面那些人，悠哉地跟在後頭。

「我們可以等到人群消化之後再去嗎？」利瑟爾說。

「嗯。」劫爾說。

「好喲——」伊雷文說。

「用具的價格也比平常優惠很多呢。」

「那當然。」

「哈哈，隊長你看！開始有階級差異啦。」

溫暖的陽光底下，三人維持自己的步調，繼續悠閒地坐在椅子上。

伊雷文笑著指了指一個方向，利瑟爾朝那裡看過去，美女們已經被前來邀約的小朋友包圍了。

「大姊姊，我想要畫妳！」
「好呀，那就請你多多指教囉。」
美女被幾個小孩子團團圍住，笑容燦爛奪目。小孩子真吃香，周遭的男人們不禁遠目。不帶色心的純真是他們最強的武器，對方有沒有其他企圖，女人一看就知道了。
「嗯……不是我的菜，下一位。」
「還可以下一位的喔?!」
另一個地方，馬上就有冒險者跑去找心儀的美女卻被要求換人。
不過當冒險者們哀求說「拜託妳通融一下嘛」、「會把妳畫得超正的」，美女的反應似乎也不壞，看來堅持一下還是有辦法的。在他們周遭，果然還有其他遭到拒絕就拉不下臉繼續糾纏的男人，正眼神遙遠地望著虛空。沒錯，不採取行動就沒有機會。
「真的是階級差異啊。」劫爾說。
「那些小鬼很強欸。」
「這就是男人展現本領的時候了。」利瑟爾說。
三人各自說出感想，這時候伊雷文忽然把肩膀靠了過來。
怎麼了?利瑟爾一轉過去，就看見那雙調皮的眼睛轉向他，試探似地緩緩瞇細，嘴唇則勾起挑釁的弧度：
「隊長，你會挑哪個女人啊？」
說悄悄話般的語氣中透出愉悅，利瑟爾偏著頭微微一笑。
「這個嘛……」

利瑟爾不帶猶豫地環顧那些女性模特兒，目光無意間停留在映入視野的柔順頭髮上。

他瞥了面帶賊笑看著他的伊雷文一眼，雖然沒有那方面的意圖，還是開口回答：

「應該是那位有漂亮黑髮的女生吧。」

「喔——有點意外欸？隊長喜歡那種氣質獨特的美人喔？」

「不錯呀，感覺很好畫。」

是那方面的考量？劫爾和伊雷文都不禁凝視利瑟爾。

分不出他是真心這麼想，或者只是隨口敷衍他們，實在很符合利瑟爾一貫的作風。兩人沒再吐槽，不用想也知道再問下去利瑟爾也只會四兩撥千斤地閃躲過去。

「那你們呢？」利瑟爾問。

「啊……那邊那個露腿的，感覺很好畫——」伊雷文說。

「最右邊那個高䠷的，感覺很好畫。」劫爾說。

兩人露骨地點名了兩個身材姣好的美女，利瑟爾恍然點點頭。

依樣畫葫蘆的理由完全不可信，不過可以確定的是那兩個女生確實符合他們的審美。雖然還得加上「如果要找女人玩」的前提，但也跟利瑟爾想像中他們兩人的喜好一致。

「啊，人潮消化得差不多了呢。」

不知不覺間，購買畫具組的人潮慢慢減少了。

畫材販賣有好幾位工作人員負責，利瑟爾往那邊一看，正好和幫忙結帳的史塔德四目相對。利瑟爾在正要起身的時候接收到史塔德制止的目光，於是又坐了回去。

史塔德把幾人份的畫具抱在腋下，肩上背著裝滿炭筆的背包，筆直往這裡走過來。那些東西都有一定重量，他的腳步卻依然穩健，不愧是史塔德。

「辛苦啦。」伊雷文說。

「兩人份的畫具對嗎？」史塔德問。

「三人份，麻煩你了。」利瑟爾說。

伊雷文有口無心的慰勞被史塔德完美無視，利瑟爾他們各自把一枚銀幣交到史塔德手中。

「史塔德，你不畫畫看嗎？」

「是的，大家都說我畫出來的東西像五歲小朋友畫的。」

利瑟爾隨口一問，卻得到意想不到的回答。有點好奇。

利瑟爾他們沉默看著史塔德。後者察覺了他們的意思，於是慢條斯理地找了個簡單的平面墊紙，拿起炭筆默默畫了起來。炭筆摩擦紙面的聲音大約持續了一分鐘。

「畫好了。」

「比想像中更像五歲小孩畫的欸。」

「不是畫得好不好的問題。」

「讓人忍不住露出微笑呢。」

畫的應該是在利瑟爾他們身後曬太陽的貓咪吧，這倒是看得出來。他們一看就懂了，以前說史塔德畫畫像五歲小朋友的那個人完全沒有惡意。

這不是繪畫能力的問題，只是怎麼看都像五歲小朋友的作品。

「老實說畫作的好壞我也無法分辨，想畫的人再參加這次活動就好了。」史塔德說。

「那你怎麼會出現在這裡？」
「我是抑止力，有任何問題嗎？」
老實說，史塔德也不太明白自己的畫和迷宮畫作有什麼差別。
他出現在這裡頗有跑錯棚的感覺，要是跟負責講評的畫家聊起繪畫，對方肯定會抓狂吧。利瑟爾不著痕跡地交代史塔德，非必要盡量不要跟那位畫家交談。
史塔德把那張貓咪畫作隨手摺好，收進口袋，接著他似乎看見什麼似的，渾身突然散發出危險的氛圍，伴隨著寒冰碎裂的「啪喀」聲，周遭溫度開始下降。
「我有事要忙，先走了。」
「好的，請加油哦。」
史塔德迅速把三人份的畫具組塞給劫爾，然後目不轉睛地盯著利瑟爾看，直到利瑟爾揮揮手跟他說「慢走」，才心滿意足地離開。往史塔德前進的方向看去，可以看到幾個冒險者不曉得起了什麼糾紛。
過沒多久，不知從哪裡傳來慘叫聲，不過利瑟爾他們絲毫不以為意，自顧自地開始準備畫圖。史塔德交給他們的畫具組當中，有一張偏厚的畫紙、薄薄的木製畫板、一支炭筆，以及木製的小調色盤。
「顏料呢？」
「在噴水池前面，你看那裡。」
利瑟爾所指的方向，有幾個木桶和大瓶子擺在噴水池邊緣。
裝滿顏料的瓶子五顏六色地一字排開，瓶子裡插著長柄小杓，參加者可以到那裡自由拿取喜歡的顏色。已經開始著色的小朋友拿著杓子挖取顏料，啪答啪答地把顏料滴到石板地上。

主辦方早已預期這種狀況，因此瓶瓶罐罐底下都墊著沾滿顏料的墊布，但孩子們甚至把顏料弄出了墊布的範圍，感覺清理起來相當麻煩。

「不曉得幾年沒畫畫了。」劫爾說。

「大哥居然有畫過，我反而比較驚訝欸。」

「怎麼可能一次也沒畫過……」

確實如此，但是……利瑟爾和伊雷文拿著畫具，一臉無法釋懷。

直到現在，他們還是不敢相信劫爾曾經度過和平又普通的孩提時代。小時候的劫爾一定皺著眉頭、一臉嚴肅地畫圖吧，利瑟爾邊想邊鼓起幹勁，架起畫板。

「那麼，我們就去邀請模特兒……」

一抬起臉，就看到眼前有個身穿工作服的美女，正使出渾身解數擺出性感姿勢。

「……」

「……」

「啊。」

劫爾沉默不語，伊雷文被噁心到倒彈，利瑟爾眨了一下眼睛，然後微微一笑。

褪色的連身工作服包裹著傲人身材，再往上看則是紮起的豐盈金髮和一張鵝蛋臉。臉上好勝的表情相當適合她，身上隨風吹送而來的藥草香味也很有她的風格。

「好久不見了，藥士小姐。」

「好久不見啦知性小哥！我倒是不久前剛見過你啊！」

梅狄在他們眼前搔首弄姿，彷彿在說「來吧！快畫我吧！」。堂堂昭告天下說自己喜歡知性沉穩系男子的梅狄，在王都的一間小工房學習製作回復藥，對自己的慾望非常誠實，總是毫不諱言利瑟爾就是她的天菜。伊雷文口中的「肉慾系」女子就是她了。

從腳邊的空箱子看來，她應該是剛送完貨正在回程路上。在這裡逗留沒關係嗎？利瑟爾雖然這麼想，還是迎向她螫人的視線，對這次久別重逢表示歡迎。

「妳是說在教堂那天對吧？不好意思，沒有跟妳打到招呼。」

「不會不會，那天可是看到了好東西啊，我很滿足。」

梅狄回味無窮似地這麼說著，感慨萬千地仰望藍天。

「好想把那套聖潔的衣服弄得亂七八糟啊……」

「喂，不准意淫！喂！」

「不過打扮得一絲不苟氣質又高潔的知性小哥，要是跟隨自己的慾望表現得很飢渴感覺也不錯耶，很有反差……」

「不是叫妳閉嘴了嗎癡女！」

說出來的話充滿肉慾，梅狄的雙眼卻滿載著夢想與希望，無比清澈透明。她還是老樣子，利瑟爾不禁微笑。劫爾看了甚至有點錯愕，這傢伙怎麼有辦法如此淡定？

「那麼機會難得，就拜託藥士小姐當我們的模特兒吧。」利瑟爾說。

「儘管放馬過來吧！我全身上下沒有哪邊不敢給人看的！」

利瑟爾忽視了劫爾和伊雷文不敢置信的目光，把畫紙放上畫板。

他把畫板平放在大腿上，這才注意到這樣不太好畫，於是用一隻手把板子抬高。好像還是不好畫，利瑟爾調整了幾次姿勢，畫板仍然搖晃不穩，說到底扶著畫板必須占用一隻手就是問題所在。

「喂，繩子。」劫爾說。

「咦？」

「把它掛在脖子上。」

反正特地去尋找其他模特兒也費事，劫爾於是放棄抵抗。

他嘆了一口氣，把一直沒有發揮作用、在畫板背面晃來晃去的繩索拉高，利瑟爾於是乖乖低下頭，把脖子套進繩圈，然後端正坐姿，調了調畫板的角度。這麼一來順手多了，利瑟爾忍不住讚嘆。

「原來如此。」

「你才是真的畫過圖嗎？」

「有呀，在阿斯塔尼亞也畫過。」

環顧周遭，其他人確實也用同樣的方法掛著畫板在畫畫。

伊雷文嫌棄地瞥了梅狄一眼，也把畫板掛上脖子。至於劫爾，雖然建議利瑟爾掛起畫板，他自己卻隨手把畫板平放在蹺起的雙腿上。這樣不會很難畫嗎？利瑟爾這麼想。不過對於體格比較好的人來說，畫板掛在脖子上反而不太順手也說不定。

「對了，藥士小姐。不好意思，我不太擅長畫圖……」

「不用介意，光是這雙知性又沉穩的眼睛看著我，我就很滿足啦！」

梅狄雙眼睜得老大，眨也不眨地死盯著利瑟爾看過來，有點恐怖。
「隊長，你不擅長畫畫喔？」
「不知道呢，每次拿畫給別人看，對方的反應……總是有點不可思議。」
「（不可思議……？）」
「（不可思議……）」
不是畫得好或不好，而是不可思議。
反正畫得如何，到時看了就知道了吧。劫爾他們雖然感到困惑，還是動手開始作畫。既然決定參加，他們就不會偷懶，凡事全力以赴去挑戰才有樂趣，這是三人共同的理念。
「如果知性小哥需要的話就算要我裸體也義不容辭！」
「妳那根本只是癡女行徑好嗎？」伊雷文說。
「不要把我們牽扯進去。」劫爾說。
「會感冒哦。」利瑟爾說。
一邊勸阻在公眾面前開始懷抱錯誤專業意識的梅狄，利瑟爾他們默默動手畫了起來。難得正式畫出一幅畫，而且還是在外寫生，對他們來說是新鮮又有趣的經驗。
速度比較快的參加者，尤其是小朋友當中開始出現畫完的人，不過三人並沒有因此感到焦急。反正在中午之前畫完就好，他們依然按照自己的步調慢條斯理地畫。
「啊，對了。」
利瑟爾一邊畫圖，突然開口問梅狄：
「藥士小姐，我有事情想請教妳。」

「我認為男女之間最重要的是身體契合度。」

「也有這種思考方式呢。」

利瑟爾隨口敷衍了一臉嚴肅地宣言的梅狄，手中的炭筆從紙面上抬起。

他來回看了畫紙和梅狄數次，點點頭再次動起手來，看來畫得很滿意。

「先前我在公會看到調配藥劑的委託。」

「給冒險者的委託嗎？」

或許是身為藥士不樂見這種事發生，梅狄一邊挺出胸脯，一邊詫異地皺起臉來。

回復藥價格不便宜，也不容易取得，冒險者不可能只依賴這種藥品，因此也學會了自己準備簡單的傷藥。不過那也只是把藥草貼在傷口、用布包紮起來的程度，或者是食用麻痺痛覺的樹果而已。

因此很少有人委託冒險者製作需要調配的藥品，不過蒐集藥劑材料的委託倒是很常見。

「我也覺得很少見，所以去問了公會職員，沒想到對方好像也不太清楚。」

聽到這裡，劫爾和伊雷文似乎察覺了什麼。

兩人投來「啊……」的目光，側眼窺探利瑟爾的反應。

「居然接受這種不清楚詳情的委託，公會還真隨便啊。」梅狄說。

「我也覺得很納悶。那種藥好像叫做『常夜秘藥』……」

坐在附近的男人從椅子上跌了下來，又默默重新坐了回去。

經過他們前方的男人絆了一跤，在轉了一圈之後裝作若無其事地繼續往前走。

範圍內聽得見這段對話的所有男人，都帶著不敢置信的眼光多看了利瑟爾一眼。女人們則一臉納悶，搞不懂發生了什麼事，唯一的例外是梅狄，她把布滿血絲的眼睛睜大到不能再大，目不轉睛地死盯著利瑟爾瞧。

劫爾和伊雷文的反應正好相反，他們似乎早已料到似的，半笑不笑地轉開視線。

「隊長，回答你的公會職員一定不是那傢伙吧？」

「對呀。」

伊雷文邊說「那傢伙」邊拿炭筆指了指史塔德。

利瑟爾納悶地點點頭。當時他在委託告示板前面看到委託，疑惑之下問了一位看起來閒來沒事的公會職員，對方好像被這問題嚇了一大跳。

「我找的是那位，常常坐在史塔德隔壁櫃檯的……」

「啊──那傢伙喔。」

「大家未免都把這傢伙想像得太美好了。」

伊雷文帶著微妙的表情點頭，劫爾則是一副無奈到極點的樣子。雖然利瑟爾不清楚背後的理由，從他們的反應還是輕易察覺了當時那位職員其實知道答案。

既然如此，為什麼不告訴他呢？在利瑟爾這麼尋思的時候，眼前的人拋來了解答。

「搞什麼……我在作夢嗎……知性小哥剛才居然當著我的面，跟我說『我想跟妳那個』……」

「他沒說好嗎？」

「有機會……身為女人我怎麼可以讓男人沒面子！我會全力上鉤的……！」

「沒機會好嗎？」

「好的知性小哥，你今晚就在床上等我!!我會把秘藥準備好!!」

「不就跟妳說沒機會了!!」

原來如此，是那種藥啊，利瑟爾恍然大悟。看來應該是壯陽藥那類的東西。

這種藥確實不好意思當面請藥士調配。委託公會就不一樣了，職員有保密義務，不會洩漏委託人的身分，而且領取藥劑的時候也不用跟接取委託的冒險者見面。

利瑟爾安撫了半抓狂的伊雷文，然後試圖讓亢奮到極點的梅狄冷靜。這時坐在他身邊的劫爾拿起腿上的畫板，把板子斜靠在椅子旁邊，然後站起身來。利瑟爾抬頭看向他。

「喂。」

「那麼水就麻煩你了。」

劫爾應該是準備要著色了，所以特地喊了他一聲。

利瑟爾把取水的任務交給他，並接過他的調色盤。可以使用的顏色越多越好，與其每個人各自選色，還不如共用調色盤，能拿取更多種顏料。

「隊長等一下不要丟下我一個人跟癡女待在一起我也要去！」

「那就一起去吧。」

眼看利瑟爾也把畫板靠在椅子旁邊站起身來，伊雷文立刻跟著起身。

確實，讓伊雷文和梅狄兩人獨處讓人不太放心，就連利瑟爾都無法預測會發生什麼事。利瑟爾招招手要伊雷文跟來，並把兩個木桶交給劫爾。三個人一起共用的話，兩桶水就夠了吧。

「那麼藥士小姐，就請妳稍等一下了。」

「沒問題包在我身上，我就借用這張椅子感受知性小哥爵部的溫暖吧。」

梅狄邊說邊坐到利瑟爾的椅子上，蹺起腿來，露出咖啡師細品咖啡的那種表情。有點不好意思呢，利瑟爾一邊這麼想，一邊拉著顏面抽搐的伊雷文走向擺著各色顏料的噴水池。

順帶一提，劫爾早就跑去取水了。

「隊長，你不覺得那傢伙很噁心嗎！」

「不會，我反而覺得很新奇、很有意思呢。」

「你那根本就是遇見未知生物的感想欸。」

五顏六色的顏料瓶擺在噴水池旁，周遭來拿顏料的人意外稀少。

看來迅速畫完的人已經拿完顏料，想慢慢畫的人又還沒過來，正好是人潮中斷的時候。

兩人把握這個好機會，在看中的顏色前方蹲下，拿長柄杓攪拌著稍微開始凝固的顏料。

「話說回來，剛才那種藥……」

「你說秘藥？」

「是的。那種藥讓外行人來做，會有效果嗎？」

委託單上沒寫詳細的調製方式。

這也就表示存在著約定俗成的製法，冒險者也能自行蒐集材料製作吧，否則委託人也不知道冒險者會拿什麼樣的藥劑過來，無法保證能取得自己想要的藥。

「不知道欸——所謂的『常夜秘藥』也只是那種藥的統稱而已。」

「嗯，原來是這樣。」

「不過流通的配方裡面也有比較知名的，委託要的應該也是那個吧。」

「這樣呀。」

「靠，這支杓子是其他瓶子的啦！」

「有人放錯了呢。」

利瑟爾他們一邊交談，一邊把顏料「啪答」倒在調色盤上，力道不太好控制。

「至於效果喔……加上心理作用，還算有點用吧？我是沒用過啦。」

「果然是這種程度的呢。」

「黑市倒是有真貨喔，不得了的。」

材料跟製作方式，肯定都和一般市面上流通的秘藥完全不同。

那種東西要是廣泛流通就糟糕了。這類型的藥物先不提有效與否，只要能為使用者本人帶來某些改變的契機就是最剛好的，畢竟要規範也不容易。

「啊，話說那啥？這種秘藥啊，製作的時候有一些玄學喔。」

在利瑟爾拿杓子叩叩敲著調色盤，想把殘留的顏料倒下去的時候，伊雷文忽然維持著蹲姿靠了過來。促狹的笑容一副有悄悄話要說的樣子，利瑟爾也瞇起眼睛笑著，把耳朵湊了過去。

嘴唇靠近到若即若離的距離，用參雜吐息的耳語，說出那個真實性存疑的謠言。

「讓處男來做，效果更好。」

下一秒，兩人歡快地笑著站起身來。

手上的調色盤已經裝好五顏六色的顏料，有這麼多顏色就夠了。

「感覺有點矛盾呢。」

「對啊，感覺這樣做出來的藥會帶著奇怪的怨念欸。」

利瑟爾有趣地鬆動嘴角笑了，伊雷文也哈哈笑著，一塊回到椅子旁邊。

梅狄仍然擺出一副大師品酒的表情坐在利瑟爾的椅子上，保持他們離開時的姿勢動也不動。表面上看起來似乎是所有模特兒的榜樣，然而實際上她只是把所有感官都集中在屁股上而已，對於那些用敬佩眼神看著她的路過民眾實在很難啟齒。

「喏，水。」

「咦，我以為你會先回來呢。」

「饒了我吧。」

劫爾也同樣回到椅子旁，把兩個裝滿水的木桶擺在地面上。

看來不擅長應付梅狄的人不只伊雷文一個。利瑟爾點點頭，把手裡捧著的其中一個調色盤遞給劫爾。他們主要先取了梅狄身上衣著的顏色，其餘隨意拿了些好用的顏色。

「藥士小姐，久等了。」

「不會，這段時間非常幸福……」

梅狄帶著悟道般平和的神情，緩緩站起身，從三人身邊走過。

她在不久前的位置停下腳步，擺好姿勢，或許是慾望都被淨化的關係，她渾身散發出聖女般的神聖氛圍。擺出來的仍然是性感姿勢，隱約看得出沒有被完全消滅的慾望在蠢蠢欲動，不過或許是由於內心十分滿足，她整個人看起來彷彿身後散發著光圈。

「逆光好礙事。」

「那種滿足的表情看得我超不爽。」

「換了不同的姿勢呢。」

不過沒差，反正接下來只剩著色而已，利瑟爾他們於是一邊觀察著散發光輝的梅狄，一邊動著畫筆。三人彼此說著「那個顏色借我一下」、「水滴下來了」、「塗出去了」、「調不出想要的顏色」，和睦地繼續畫了十分鐘。

首先放下畫筆的是劫爾。

「好了。」

「啊，你畫完了嗎？」

「我要看、我要看！」

聽見劫爾滿意地這麼說，利瑟爾和伊雷文也停下手往那邊看。

梅狄維持著本來的姿勢，也轉動眼睛看了過來。劫爾在眾目睽睽之下扶起畫板，以膝蓋為支點，單手把畫板轉了過來——出現在眾人眼前的，是一座疑似迷宮內部的洞窟，以及洞窟中高舉雙手的石巨人。

「為什麼啊!!」梅狄抗議。

「啊，沒想到劫爾這麼會畫圖。」

「大哥，你眼中的癡女長這樣喔？」

「我只是畫了最好畫的東西。」

畫技不算特別高超，不過掌握了石巨人的特徵，簡單而一目了然。

說起來很像魔物圖鑑上刊登的插圖，這項技能在提供新種魔物情報的時候一定大受好評吧。畫了人魚公主卻只獲得微妙反應的利瑟爾有點羨慕。

「話說這場活動又不是要畫那個！你應該畫老娘才對啊！」
「啊，這麼說來主題是女性呢。」
聽見梅狄這麼說，三人頓時回想起活動主題。
因為劫爾秀出石巨人的態度太理所當然，他們都忘了。
「那這是母的。」劫爾說。
「石巨人還有性別喔，笑死我欸。」伊雷文說。
「感覺堅持一下應該能過關哦。」利瑟爾說。
「反正畫家也不瞭解魔物嘛，大哥你就拿去給他評一下啊。」
「嗯。」
「加油哦。」
「加什麼油。」
聽見利瑟爾替他打氣，劫爾揶揄似地瞇細雙眼，隨即往畫家那裡走過去了。
畫家面前還有幾個人在排隊，看來劫爾還要一段時間才會回來。梅狄一定沒想到居然有人拿自己當模特兒畫出石巨人吧，利瑟爾向她道了聲歉，然後勤奮地動起筆來，心想自己也要加油才行。畫不出腦中理想的曲線，他偏了偏頭。
在他慎重地依照炭筆打下的草稿畫了五分鐘之後，伊雷文也發出聲音。
「我也畫好啦！」
「好快哦。」
「隊長想看嗎？」

「想。」
聽見伊雷文一邊把畫筆插進腳邊的木桶，一邊得意地這麼說，利瑟爾坦率地點點頭。
「不過我畫的東西也只得到過『很無聊』這種評價而已啦。」
「誰說的呀？」
「老家那邊的朋友。」
也就是伊雷文當上冒險者之前，還住在阿斯塔尼亞的時候。
是在城裡認識的人，還是他說過偶爾會見面的森族之一呢？一定是他小時候的朋友吧，大人不太可能對著小孩子畫的作品說出「無聊」這種話。
不過，這評語到底是什麼意思？在利瑟爾納悶的時候，伊雷文「鏘鏘」地把畫翻過來給他看。
「他說，因為我的畫根本跟實際上看到的東西一模一樣，所以很無聊啦。」
「哇！」
雖然伊雷文說得好像沒什麼大不了，但他其實畫得非常好。
這幅畫彷彿直接複製了王都的風景一樣，筆觸精緻程度讓人懷疑是迷宮畫作，無論靠得再怎麼近都看不出瑕疵。畫面中央的噴水池好像真的會流出水來，又宛如時間暫停似地留住了水面上閃亮的陽光。
完美畫出了王都美麗的街道風景，簡直是至高無上的名作，讓人看得著迷。
「喔，這還真厲害啊。」梅狄說。
「真的很厲害，看得我好感動。」

「真假？太好啦。」

「只差沒畫老娘啊！」

沒錯，最應該認真畫的梅狄不在畫面當中，除此之外沒有任何問題。

梅狄站立的地方，彷彿她是透明人一樣無比自然地畫上了背後的風景。畫到一半的時候利瑟爾也發現伊雷文把身體歪得特別斜，好像在往梅狄背後看，沒想到居然是這麼回事。

「為什麼你們都無視我啊！」

「妳先去變成美女再來啦。」

「你眼窩裡裝的那兩顆是魔石嗎!!」

梅狄以不輸男人的氣勢火爆回嗆，伊雷文只回以一聲哼笑，愉快地拿著畫作站起身。雖然完全忽視了這次活動的主題，他還是跟劫爾一樣，毫不猶豫地打算去接受講評。

伊雷文擺動著鮮紅的長髮，走向畫家那邊去了。劫爾正好在同一時間回來，在與伊雷文擦肩而過的時候看了他轉過來的畫作，一臉無奈地往椅子上坐下。

「那不是風景畫嗎？」

「歡迎回來。結果如何？」

「他說，『美女呢?!』」

「我想也是。」

不過畫家還是講評了他的作品，說他把特徵掌握得十分到位。畫家也真難當。

畫好的作品似乎會被收回，看見劫爾空著雙手，利瑟爾也重新執起畫筆。

「我也要加油了。藥士小姐，再麻煩妳一下哦。」

「包在我身上，我對持久力很有自信。」
梅狄一臉正經地不知道在強調什麼。利瑟爾向她道了謝，重新握好畫筆，準備一鼓作氣完成作品。劫爾的目光停留在附近的攤位上，接著站起身，隨便買了點飲料來喝。
「我回來啦——」
畫著畫著，伊雷文也回來了。
他手上也沒有作品，可能是餓了吧，原本空著的雙手滿是攤位上買來的戰利品。
「歡迎回來。」
「畫家說什麼？」劫爾問。
「他一看就跪到地上說，『只差沒有美女……』」
「啊，有點可惜呢。」
正因為畫技無可挑剔，畫家才感到特別惋惜吧。
利瑟爾在心中慰勞了一下這位被無視主題的兩人耍得團團轉的畫家，繼續認真著色。再畫了十分鐘左右，他滿足地點了個頭，從紙面上抬起筆。終於完成了。
「喔，隊長畫完啦？」
「嗯。」
伊雷文從旁邊湊過來看，劫爾努了努下巴朝他示意，梅狄也解除姿勢朝他走過來。利瑟爾抱著畫板，把畫筆沉入腳邊裝水的木桶當中，接著稍微垂下眉毛，若有所思地說：
「接在你們的作品之後，我有點不好意思呢。」
「不要擔心，光是你這麼努力畫我就很高興啦！」

「眼神有夠危險……」

梅狄骨子裡還是個豪爽好相處的女生。

因此她這麼說也是毫無虛飾的真心話，即使她的雙眼比言語透露出更多訊息，正貪婪地把利瑟爾全身上下都舔過一遍，甚至激起了伊雷文的警戒……但這句鼓勵的話是發自真心。

利瑟爾聽了放下心來，神情也放鬆了些，然後朝著他們三人把畫板翻了過來。儘管嘴上這麼說，他還是覺得這次畫得挺滿意了。

「我想這次畫得比平常更好……」

三人默默盯著利瑟爾的作品瞧。

「……也不是畫得不好。」劫爾說。

「……嗯，不是畫得不好的問題。」伊雷文說。

「不會啦，我覺得你用色很不錯啊，還有這種……獨特的線，不知道該怎麼說……這是啥啊？」

梅狄放棄替他說話了。

雖然反應差強人意，不過他也知道劫爾他們「不會畫得不好」的這句評語是發自真心。反正畫得不差就可以了，利瑟爾帶著溫煦的微笑，看著凝視畫作的三人。就在這時……

「送貨送到一半還敢閒晃啊，臭丫頭!!」

「啊幹……」

糟糕了。聽見雷鳴般的喝斥聲，梅狄皺著臉回過頭去。

一個身材矮壯、留著矮人般充滿威嚇感的鬍子的男人，正晃著巨大身軀跺著腳走過來，把附近的孩子嚇得逃之夭夭。

「老娘只是跟熟人打個招呼而已啦臭老頭！」

「妳一個招呼是要打多久啊臭丫頭！」

梅狄工房裡被稱作師傅的這個男人，就這麼賞了她一拳，然後一把抓住她的後頸，用空著的另一隻手撿起被梅狄遺忘的木箱，粗重眉毛底下的那雙眼睛看向利瑟爾他們。

「哼，你們回來啦。」

「好久不見了，師傅。」

「哈，我可沒當過你的師傅。」

男人露出牙齒笑著這麼說完，拖著不斷掙扎的梅狄轉身折返。

利瑟爾注意到他們還來不及跟梅狄道謝，於是在兩人完全走遠之前開口。

「藥士小姐，今天謝謝妳，我再去找妳道謝哦。」

「香噴噴美男送上門————!!」

真是一對來去如風的師徒啊。

梅狄一臉幸福地吶喊，利瑟爾揮著手，目送她乖乖被師傅拖走。這時利瑟爾才發現畫作不在自己手上，回頭一看，那幅畫被劫爾拿在手上，伊雷文也站在他身邊一起細看，兩人都沉默不語。利瑟爾對這種反應習以為常，因此並不介意。

「技術上來說明明很正常……」劫爾說。

「該怎麼說，感覺好像類型不太一樣喔。」伊雷文說。

這是讚美嗎？

利瑟爾偏著頭，回想起過去拿作品給某人看的經歷。所有看過利瑟爾畫作的人當中，只有兩位沒有露出一言難盡、不可思議的反應，而是坦率地表示讚賞。

一位是他的親生父親，另一位則是來自遙遠國度的使者。那是位擁有柔順紫黑色頭髮的麗人。

「我也不知道是不是類型的問題，不過聽說我的畫風好像跟一種叫做『浮世繪』的畫很類似。」

「福寺繪？」

「浮世繪。」

在這裡沒有嗎？看見劫爾他們詫異的反應，利瑟爾邊想邊彎下腰清洗畫筆。

不過在他原本的世界，「浮世繪」也是鮮為人知的詞語，存在於只有少數人知道的國家，只有內行人聽說過這種藝術形態。放眼利瑟爾的整個國家，聽過浮世繪的人應該也不超過百位吧。

「在我們國家遙遠的東方有個小小的島國，浮世繪就是從那裡發展出來的繪畫。他們的文化本身非常獨特，我自己也不太熟悉就是了。」

聽見「獨特」這個詞，劫爾他們恍然大悟地再次低頭打量利瑟爾的畫作。

確實只能用「獨特」形容。他們實在想不透利瑟爾的藝術品味怎麼會跟那麼遙遠的國家不謀而合，不過也只是類似，並不表示利瑟爾畫的就是那種浮世繪吧。

「怎麼樣的獨特啊，沒有唯人之類的？」伊雷文問。

「不，那裡有很多唯人。反而不存在獸人，而是有一種叫做『鬼人』的種族。」

「是喔——長怎樣啊？」
「他們頭上長著角，力氣很大哦。」
像這種角。利瑟爾說著，雙手各豎起一隻指頭擺在頭上。
那個國家的國王正是鬼人。國王頭上長著六支大小各不相同的角，上面穿戴了各式各樣的飾品，整個人打扮得華麗氣派。角的數量和大小好像每個鬼人各不相同，那裡的人們習以為常，視之為一種看得見的「個性」。
由於兩國之間距離太過遙遠，利瑟爾不曾造訪那個島國，因此只見過少數幾位鬼人。
「長角喔……大哥，你見過嗎？」
「沒有。還有其他特徵嗎？」
「特徵多到說不完呢。」
畢竟正式和那個島國建立邦交的，也只有利瑟爾的國家了。
島國與世隔絕，演變出獨樹一格的文化，許多東西都令人大開眼界，充滿了別處找不到的奇珍異品。順帶一提，當利瑟爾向他們本人這麼說的時候，他們都莫名其妙地回答「這很平常啊」。好吧，對於住在當地的人們來說確實如此。
還有，利瑟爾的前學生總說那個島國是「自尊與自謙並存的奇怪國家」，好像頗為精闢。
「舉個最簡單的例子，比方說他們的服飾……」
「是什麼樣子啊？」
利瑟爾回想著懷念的面孔，舉了一個例子說明。

伊雷文拖來一張椅子，在利瑟爾前面坐下來，邊問邊順手把剛才在攤位買到的飲料遞給他。利瑟爾道了謝接過。

「他們穿著那種……好幾層布疊在一起的衣服，寬鬆地披在身上。」

劫爾他們腦海中出現一個布團。

「腰上圍著布製的寬腰帶……」

布團上有了凹陷。

「布料上的花樣很漂亮，即使是簡單的花紋，色調也搭配得很好，看著很賞心悅目哦。」

布團上出現五彩繽紛的顏色。

「沒見過。」

「我也沒有欸。」

中間產生了嚴重的誤解，但利瑟爾他們無人察覺，話題就這麼結束了。

換作是遇見亞林姆之前，他們應該能想像出更正常一點的衣服，可是現在聽到「布」，腦中首先浮現的就是他了，有什麼辦法呢。布團給人的印象太強烈了。

「嗯，有點可惜呢。」

等待畫家講評的隊伍又排得更長了些，利瑟爾望著那些人群，將吸管湊到嘴邊。那是在手掌大小的水果上直接插入麥管飲用的飲料，一入口先是提神醒腦的酸味，把通過麥管一起吸上來的細小種子咬碎時又會嘗到甜味，兩種味道構成絕妙平衡，非常好喝。

「可惜什麼？」劫爾說。

「我是說那邊的食物。那個島國的豆……？豆腐，非常好吃。」
「好像聽你說過。」
「啊——隊長，你是說你喜歡的那種食物喔？」
劫爾愛吃肉，伊雷文愛吃蛋，那利瑟爾愛吃什麼？聊到這個話題的時候，利瑟爾曾經提起豆腐這種東西。利瑟爾幾乎什麼食材都吃，沒有特別喜歡的食物，真要說其中比較喜歡的，該屬以前曾經吃過一次的異國料理「豆腐」了。
「那是什麼樣的食物啊？」
伊雷文一邊跟路過的小販買冰淇淋，一邊這麼問。不忘加一枚銅幣，額外添加巧克力。
「這個嘛……味道很淡，我不太會形容。」
「你不是說它好吃？」
「那個豆腐和各種佐料搭配，加上各式各樣的味道才好吃呀。」
劫爾吐槽了他的矛盾發言。該怎麼說比較好呢，利瑟爾撫摸著手上的水果思考。水果冰鎮得相當徹底，他偶爾會把它放在腿上讓雙手回溫。
「外觀是白色的四方形，吃起來很柔軟……」
「啊！」
這時候，吃冰淇淋吃到一半的伊雷文停下動作。
他對利瑟爾的形容有印象。雖然不記得是在哪裡，不過很久以前他吃過類似的東西，印象中是一間專賣珍奇料理的知名餐廳。

「我好像有吃過欸，白色四方形的嘛，上面放著紅色的……不知道什麼果實。」
「果實嗎……大概這麼大？」
「欸──大小我不確定欸，是甜的？」
「不甜呢。」
利瑟爾和伊雷文納悶地面面相覷，劫爾無奈地插嘴。
「你吃到的是不同東西吧。」
「不對啊，可是我吃到的那個名字好像也叫做那啥，呃……豆腐？」
不知是努力回想卻想不起來，還是一口氣吃太多冰淇淋頭痛了起來，伊雷文皺著臉「嗯……」地低吟。利瑟爾有趣地笑了出來，摸了摸他的頭。
這時，就像宣告活動開始的時候一樣，那位男性畫商走到了噴水池前面。
『我們時間差不多要截止了！各位參加者如果想要請畫家老師講評，請注意一下！』
「啊，那我先過去了。」
「嗯。這些不需要了吧？」劫爾問。
「是的，謝謝你。」
確認過等候講評的隊伍空了下來，利瑟爾從劫爾手上接過畫板，站起身來。
伊雷文放棄回想，大口大口把冰淇淋吃個精光，準備幫利瑟爾收拾畫具的劫爾踹了他的椅子一腳要他幫忙。現在其他冒險者應該也在乖乖收拾用具吧，畢竟這裡有史塔德在。
「不知道他會怎麼評隊長的作品欸。」
「等著看好戲吧，看他能不能給出什麼正經評論。」

劫爾他們抱著調色盤和水桶等用具這麼說著，幸好利瑟爾正一邊側眼看著史塔德對偷懶不想收拾的冒險者施加無言的壓力，一邊悠閒地往畫家那邊走去，沒有聽見他們的對話。

後來，利瑟爾回到劫爾他們身邊之後。

「畫家老師說，『我從你的作品感受到藝術性，請你好好珍惜自己的創作美感。』」

「好微妙。」劫爾說。

「那傢伙明明是畫家，評語怎麼這麼沒藝術感啊？」伊雷文說。

畫家平白無故受到責難。最後想當然耳，三人都跟獎金徹底無緣。

142

純白的雲朵呈鱗片狀排列，在這片晴空之下，有個男人行走於王都的街道。步調時快時慢，應該是不熟悉這一帶的關係，他偶爾會環顧周遭，稀奇地盯著某些東西看。男人身穿異國服飾，與他褐色的肌膚非常相稱，一定是來觀光的外國人吧，看見男人的王都國民都得意地這麼想。

男人走了一會，在看見一棟建築物時停下腳步。

這棟建築比此前看見的其他房屋更大，完美融入城市當中，看得出它的歷史痕跡。牆壁上有根突出的支柱，底下懸掛著一面刻有冒險者公會紋章的招牌。

男人往那裡走近，沒有進門，只是向聚集在大門附近的冒險者搭話。

「不好意思，方便打擾一下嗎？」

這應該是一個冒險者隊伍吧。

那些冒險者本來百無聊賴地在閒聊，這下全都閉上嘴，盯著男人看。男人穿著一身在王都很少見到的休閒服飾，他們毫不掩飾地上下打量對方，試探般從頭觀察到腳。終於，其中一人露出親切的笑容開口。

「怎麼啦，這位大哥？迷路了？」

「不是，我在找人。」

男人往敞開的公會大門內瞥了一眼。

確認過他要找的人不在裡面，他把目光轉回眼前的冒險者身上。

「我在找一個氣質不同於常人的三人組，一個人特別有貴族氣質、一個人穿得特別黑，還有一個人特別乖僻……」

「好，我知道是誰啦。」

冒險者爽朗地哈哈大笑，環起雙臂。

靠在他肩上的長槍隨著動作晃動，儘管銳利的槍尖裹著布料，仍然在他倚靠的磚牆上留下些許痕跡。

「不過，我說啊……」

彷彿那柄長槍裸露出槍尖般銳利而緊繃的氣氛，頓時籠罩住他們兩人。

「來自南方的軍人，找那些傢伙有何貴幹？」

冒險者們保持著友善的神情，唯有銳利的目光緊盯男人。

冒險者之間的凝聚力不算強大，然而他們徹底忠於利害關係，遠勝過個人感情，而且其中也有許多人厭惡軍方的介入。假如是自作自受、被軍方通緝的傢伙倒無所謂，然而對方指名的人物不太可能做出這種事，他們自然得謹慎以對。

視對方接近那三人組的目的而定，這件事也可能與他們息息相關。

「不，也沒什麼重要的事。」

男人察覺了冒險者們的用意，不過仍然佯裝不知情這麼說：

「只是難得到王都一趟，希望能見到他們一面。」

「哎呀，原來是私事啊。」

男人露出苦笑，氣氛又恢復了原本的友善明朗。
他們都是有一定資歷的冒險者，累積了不少心理戰的經驗，沒有年輕氣盛到會去做多餘的揣測、認為對方肯定有什麼不敢明說的要事，而且也不是脾氣那麼火爆的人。
「哈哈，沒想到他們連軍人都釣來啦。」
眼見男人露出一言難盡的表情，冒險者聳聳肩，「嘿咻」一聲挺起身體，離開斜倚的牆壁。
「不好意思啊，今天沒見到他們。」
「不會，突然打聽這個不好意思。」
「如果你運氣夠好，他們可能會在旅店，我把位置告訴你吧。」
男人感恩地聽著冒險者替他指出路線。
從這裡直走，看到一口老舊水井左轉，然後在第三個岔路口右轉。忘了是第幾棟，不過門上釘著一面繪有旅店紋章的銅牌。聽起來不會太遠。
「哎，反正你走到附近再隨便找個人問也可以，大家都知道在哪，不用擔心迷路。」
「這樣啊，太感謝了。那我到旅店看看。」
男人道了謝，冒險者們也微微抬手致意，目送他離開。男人邁開腳步，繼續在王都漫步。
其實他來過王都幾次，但還是一直無法習慣。男人懷著一點格格不入的感覺，看著歷史悠久的街景，按照冒險者指出的路線前進。
「嗯？」

他忽然停下腳步，稍微往路邊靠，以免擋住其他行人。

一位晃著毛茸茸長耳朵的女性獸人，和她的唯人朋友肩並肩越過男人身邊。男人停下腳步並不是因為他喜歡這個類型的女生，而是因為她們口中說出的單詞他有印象。

「貴族大人不曉得還在不在！」

「有可能喔，他都待很久嘛。」

聽著她們興奮期待的語氣，男人思考了一瞬間，決定跟在這兩個女生後頭。

他離開了冒險者指出的路線，隔著一段不至於惹人懷疑的距離，跟著她們走。幸好街上人來人往，不太可能招致不必要的誤會。

走著走著，來到了大街上的喧囂聲顯得有些遙遠的地方。

「啊，他在那裡！」

兩個女生悄聲這麼說著，來到一間咖啡店門口。

咖啡店的陽臺設有兩張桌子，陽臺上只坐了一個人。她們偷偷看向那人，輕聲笑著走過咖啡店前方。至於那位客人則是專心讀著書，從頭到尾沒有察覺。

那位高貴的人物正坐在屋簷陰影下，低垂眉眼看著雪白的書頁。

「還是老樣子啊。」

男人喃喃說著，登上通往陽臺的階梯。

他從讀書中的人影身旁走過，先進了店內。

一走進咖啡店，寂靜便籠罩住他，彷彿連最細微的聲響也會造成回音。火舌舔舐茶壺底部的聲音，水在壺裡沸騰的聲音，壺蓋震動時細小的金屬聲，全都聽得一清二楚。男人不太適應如此安靜的空間，不過還是向親切迎接他的老闆點了杯咖啡。或許該點這家店招牌的紅茶才對，但男人選擇了他喝得比較習慣的飲品。

他坐在附近的椅子上稍微等了一會，然後端著服務生送來的咖啡站起身。不指定溫度的話，這裡的店家會端出熱飲啊，男人一面避開燙手之處一面心想。當他走向陽臺，頓時感受到店內的幾道視線全都匯聚過來。

當他在那個位置坐下，那些視線又更密集了，男人露出苦笑。

「……」

眼前高貴的人物並未察覺男人坐到他對面，依然讀著書。

即使出聲搭話，對方真的願意中斷閱讀，優先與他交談嗎？男人無奈地笑了開來，然後輕輕開口。如果對方沒注意到，那也無所謂。

「不關心周遭是沒關係，但缺乏防備我就不太贊同囉。」

那雙高貴的紫晶色眼眸眨了一下，筆直望向男人。

越過屋簷的柔和日光照在白瓷般的臉頰上，對方露出笑容，毫無眷戀地闔上手邊的書本，把它輕推到桌子邊角。男人蒲公英色的雙眼裡點著溫和的光，靜靜看著對方的動作，他知道對於眼前這人來說，這是最大的禮數。

「好久不見，納赫斯先生。」

「也沒那麼久吧。」

清澈沉穩的聲嗓莫名教人懷念，納赫斯綻開笑容，向對方打了重逢的招呼。

「你們準備回阿斯塔尼亞了嗎？」

「是啊。」

兩人彼此交換近況，利瑟爾的手指碰著紅茶杯的把手，納赫斯則碰也沒碰那杯冒著熱氣的咖啡。

太陽升上天頂，快中午了。

屋簷投下的陰影更濃了些，空氣也逐漸暖和起來。安定心神的微風吹拂過人來人往的街道，這裡不愧是利瑟爾喜歡的讀書地點，待起來舒適宜人。

「談判進行得很順利，騎兵團也決定留下一半的人數在這裡待命，另一半可以回國。」

「納赫斯先生，你是回國的那一組呀。」

「是啊。哎，不過在親王的安排下，我們有一天的時間到王都來觀光。」

納赫斯苦笑著這麼說，想必也察覺了觀光背後的意圖。

利瑟爾將茶杯端到唇邊，瞇起眼笑了笑，示意納赫斯不必介意。親王在談判中一找到破綻就挑釁對方、積極進攻的手腕確實高明，不過該觀光的時候還是該盡情享受，納赫斯沒什麼好在意的。

做得太過火恐怕欠缺顧慮，不過回想起來，那位喧鬧的阿斯塔尼亞第六親王不太可能誤判收手的時機。只要有了「部分魔鳥騎兵團成員造訪王都」的事實就足夠了。

「真是位優秀的外交官。」

「對吧。」

換作自己站在撒路思的立場，又會如何應對？

利瑟爾一時興起地思考起這個問題，邊想邊對納赫斯這麼說。納赫斯自豪地點頭。

以自家王族為傲的心情，利瑟爾非常理解。他啜飲了一口茶，靜靜把杯子放回茶碟，懷想著那位在原本世界的君王，露出柔和的笑。

「……時不時會看到你露出這種表情呢。」

「好像常有人這麼說。」

眼見納赫斯露出不置可否的表情，利瑟爾有趣地瞇細雙眼。這時，視野一角有什麼東西動了動，往那邊一看，有隻小鳥停在陽臺的欄杆上。或許坐在這個位置的其他顧客會把食物分給牠們吧，那隻鳥兒閒不下來似地抖動著羽毛，一下往左、一下往右地跳來跳去。

「對了，你的搭檔呢？」

「你說牠呀，現在應該在自由飛行吧。」

循著利瑟爾的視線，納赫斯也看見了那隻小鳥。

他嘴邊的笑意更深了。不只是覺得鳥兒可愛，所有騎兵回想起自己的魔鳥搭檔時，都會下意識露出這種笑容。

「畢竟在撒路思悶了很久，回國前想讓牠休息一下。」

「牠一定很開心。」

聽見納赫斯高興地這麼說，利瑟爾也佩服地點點頭。

對於魔鳥騎兵團來說，就連親王給予他們的王都觀光假，也成了為魔鳥而設的休假時間。魔鳥們好不容易能在天空徜徉，一定也非常開心吧。雖然利瑟爾看不出魔鳥的情緒。

「是在飛來王都那時候的……野營地那邊嗎？」

「是啊。沒有那麼近，從城裡看不到。」

不知能不能看見魔鳥，利瑟爾望向南方的天空，不過正如納赫斯所說，連個影子都沒看到。

這也難怪，利瑟爾獨自瞭然想道。這裡畢竟不是阿斯塔尼亞，有魔鳥在都市附近飛行，肯定會引起不必要的騷動。不同國家有不同的常識，納赫斯似乎並不介意。

「那麼，納赫斯先生，你馬上就要離開了？」

「也不至於。我們分成想在白天觀光、晚上觀光的兩組，所以到傍晚再回去跟他們換班就可以了。」

在和煦的陽光照耀之下，兩人察覺了彼此的默契，瞇起眼相視而笑。

難得見到面，只要時間合得來，他們雙方都不打算打個招呼就道別。而且下一次見面，不知道是什麼時候了。

「不然我們一起逛逛王都吧？我來帶路。」

「喔，不錯呀，那可以拜託你嗎？」

「好的，交給我吧。」

納赫斯也因公來過幾次王都，每次都有自由活動時間，不過都只是和騎兵團的夥伴一起逛。這還是第一次有熟悉當地的人為他帶路，感覺新奇又有趣，他快活地笑了。

「有什麼想去的地方嗎？」利瑟爾問。

「嗯，我想想……」

納赫斯抓起熱氣變淡了點的咖啡，湊到嘴邊。

他喝了一口就停下，搖晃了兩、三次杯子，然後直接把它放在小碟子旁邊。
「對了，能不能告訴我，這裡哪間餐廳有好吃的魔鳥肉？」
「愛的形式因人而異呢。」
一瞬間的沉默。
「不是啦?!這跟我的搭檔完全沒關係，只是一般的……！」
「我知道。」
納赫斯這才察覺自己被調侃了，他保持手肘撐著桌子、準備探出身體的姿勢，脫力似地垂下頭，鬆了口氣。
空中旅行的時候，利瑟爾也見過魔鳥騎兵團在遭遇其他魔鳥襲擊時毫不遲疑地反擊。他從來沒看過騎兵們對搭檔以外的魔鳥懷抱任何感情，不可能懷疑納赫斯這種表現是什麼錯亂的愛。
「果然在阿斯塔尼亞不能吃魔鳥肉嗎？」
「不，也沒有禁止食用，只是……」
納赫斯閉上嘴，「嗯……」地想了想，帶著欣喜與抱歉參半的表情露出苦笑。
「總之，還是很值得感謝吧。」
換言之，也就是那個意思。
雙方的心情都不難明白，利瑟爾點點頭，微微一笑。
「那麼，我就帶你去吃美味的魔鳥料理吧。」
「嗯，謝謝你了。」

利瑟爾把冷掉的紅茶推到桌緣，回想著販賣魔物料理的餐廳，思考該去哪一間才好。多虧劫爾和伊雷文活動力旺盛，他們外食的機會不少，而且自從在阿斯塔尼亞接觸到魔物肉，他一直對這類料理很感興趣，因此有幾個口袋名單。

不過，在現在這種吃午餐還太早的時間，剛好可以解饞果腹的東西……

「小吃攤之類的也可以嗎？」

「我是不介意……」

但利瑟爾看起來完全不像會逛小吃攤的人。困惑之餘，納赫斯還是點了頭。

「那就決定了。那個攤位是伊雷文告訴我的，非常好吃哦。」

「這樣啊，那太期待了。」

納赫斯常聽旅店主人抱怨「獸人客人偏食到很誇張耶根本沒救了」，在空中旅程的用餐時間，也見過他毫不遮掩地把討厭吃的東西剩下來。這樣的人特地跟利瑟爾推薦的美食，滋味肯定無可挑剔。

「每次到其他國家我都會吃吃看魔鳥肉，感覺這一次也會非常美味。」

「請好好期待吧。」

利瑟爾自信滿滿地對滿心期待的納赫斯這麼說，接著忽然想起什麼似地問：

「納赫斯先生，你不喜歡喝熱飲嗎？」

「……有一點。」

那杯水位幾乎沒有下降的熱咖啡，彷彿黯然消沉似地不再冒出煙氣。

一離開咖啡店，利瑟爾他們立刻前往那個小吃攤。攤子位於通往中心街前廣場的大街上，因此納赫斯也飽覽了熱鬧的王都風光，體驗到十足的觀光氛圍。

兩人一邊往前走，一邊介紹這是什麼、那又是什麼。

「啊，你到過公會了嗎？」

「嗯，不過真的只是路過而已。這裡的冒險者，感覺比阿斯塔尼亞更有分寸啊。」

「阿斯塔尼亞那邊很熱鬧呢。」

不過說冒險者有分寸，好像也有點奇怪就是了。納赫斯補上這一句，難道忘了走在他身邊這位也是冒險者嗎？利瑟爾納悶地想著，惡作劇似地加深了笑意。

「因為王都的公會，有個不允許冒險者違反規章的孩子呀。」

「原來如此，管理得很完善呢。」

身為隸屬國家的騎兵團一員，以往納赫斯都認為「不要過度干涉冒險者公會比較好」，不過那也是過去式了。他一面回想起最近時常造訪的阿斯塔尼亞冒險者公會，一面感慨地喃喃這麼說。

聽說每間公會至少有一位負責以暴制暴的職員，想必王都這裡的負責人非常可靠吧。納赫斯瞭然這麼想著，腦海中浮現每一次阿斯塔尼亞出現冒險者災情時，幾乎一定會現身的光頭大叔，以及他兇猛的金臂鉤。也難怪納赫斯把王都的制暴職員，也想像成了肌肉壯碩的彪形大漢。

「嗯？孩子？」

「嗯？」

「不，沒事。」

一定是聽錯了吧，納赫斯沒再追問。利瑟爾看著路邊的攤販，納赫斯也配合他的步調放慢腳步。

「啊，就是那裡。」

利瑟爾這麼說。循著他的視線看去，幾個排隊的客人正看著攤車上的烤肉垂涎三尺，烤肉和香料的香味飄了過來，挑起行人的食欲。

「喔，聞起來好香啊。」

「對吧？」

攤位生意很好，聚集的人群足以證明它的美味。

攤商本來就會聚集在這一帶擺攤，行人絡繹不絕，而且時間將近中午，擁擠也是當然的。利瑟爾和納赫斯在這種時候都不怕等待，因此不以為意地排到隊伍後方。

「是串燒啊。」

納赫斯把身體往前傾，從排在前面的人群縫隙間窺探攤位。

竹籤串著大塊肉，擱在鐵網上直火燒烤。老闆一串串翻面的時候，肉汁滴在維持爐火的魔石上噼啪作響，醬料焦香的味道更令人食指大動。

「分量滿多的啊。」納赫斯說。

「你吃不下嗎？」

「不會，我從早上到現在都沒吃東西，太期待了。」

面對這堪稱視覺與嗅覺雙重暴力的情景，納赫斯撫摸著開始飢腸轆轆的肚子笑著說，接著悄悄瞥了在身邊一起排隊的利瑟爾一眼。

這人渾身散發著高雅氣質，就這麼從劫爾手中接過肉塊直接咬下的模樣，納赫斯雖然也看習慣……不，沒有習慣，但至少不覺得那麼衝擊了。看來自己也很習慣利瑟爾的作風了，事到如今他不禁感慨地看著街道另一端這麼想。

「嗯？」

這時，他忽然看見色彩鮮豔的東西在視野中飄動。

「那是什麼？」

「哪個呀？」

利瑟爾也探頭往納赫斯所指的方向看去。看見類似橫布條的東西，以及它被搬往的方向，利瑟爾恍然點點頭。

「那裡有個廣場，活動經常在那裡舉辦，今天說不定也有呢。」

「原來王都也會辦活動啊。」

納赫斯讚嘆地這麼說，他對王都的印象，是阿斯塔尼亞國民標準的主觀想法。

街道歷史悠久，人民拘謹有禮，有歷史淵源的各式慶典在嚴肅的氣氛中舉行，比較熱鬧的活動肯定也像建國慶典一樣，有它自己的由來。這就是阿斯塔尼亞人民對王都的想像，帶有一點憧憬色彩。

不過王都民眾對阿斯塔尼亞的印象，也同樣多了點誇張成分。雙方都嚮往著自己國家沒有的特質，無論在哪個國家都一樣。

「這裡的活動，確實沒有阿斯塔尼亞那麼熱鬧就是了。」

察覺納赫斯的想法，利瑟爾有趣地笑著說道，跟著排在前面的人一起前進了一步。

「不久之前也有彩繪大賽哦，我們也去參加了。」

「這樣啊，場面一定很壯觀。好玩嗎？」

「很好玩。」

順帶一提，納赫斯想像的是全國畫家齊聚一堂的高水準繪畫比賽。

他以為利瑟爾只是去當觀眾，壓根沒想過眼前這人也是參賽者，而且還畫出了連最偏袒利瑟爾的梅狄都不知該怎麼讚美的作品。

「不曉得今天要辦的是什麼活動。」納赫斯說。

聊著聊著，輪到了利瑟爾他們，兩人點了兩支串燒魔鳥肉。

結帳的時候，納赫斯眼明手快地付了兩人份的錢，說是為他導覽的謝禮。既然這麼說，利瑟爾也不好推辭，於是不客氣地接過了肉串。

「小心不要刺到喉嚨喔。」納赫斯說。

「謝謝你。」

兩人離開隊伍，往旁邊的巷子走去。

巷口擺著簡單的椅子，他們把椅子挪到陽光底下，各自坐了下來。沐浴在暖陽當中，和煦的風吹過小巷，是最適合在外頭吃東西的天氣。

「吃完要去看看嗎？」利瑟爾說。

「嗯？」

「活動。」

望著攤位前的人潮，納赫斯立刻咬下了第一口，聞言默默瞥向利瑟爾。
利瑟爾想吃，卻找不到最佳角度，拿著那串肉左看右看，模樣讓人有點放不下心。
「可以嗎？」納赫斯問。
「當然可以。」
「那就拜託你啦。」
利瑟爾終於咬下了一小口肉，邊咀嚼邊點頭。確認過他的回應之後，納赫斯在心裡期待著王都的活動，再次咬向絕世美味的魔鳥串燒。

然後來到了現在，納赫斯不知為何被群眾團團包圍。
『好了，我們的參賽者差不多都已經就位，現在宣布我們今天的比賽，「家常料理大比拚！食材攤商聯合料理大賽」正式開幕！』
事情怎麼會變成這樣？納赫斯邊想邊看向身邊。圍著圍裙的利瑟爾站在那裡，正在替另一人穿上圍裙。
「史塔德，這樣會不會太緊？」
「不會。」
「那我們去洗手吧，要洗乾淨哦。」
「好的。」
另一人的態度異常冷淡，不過此情此景還是令人忍不住微笑。看著這一幕，納赫斯試著回想來到這個時間點之前一連串急轉直下的事態發展。在吃完讓人大呼過癮的串燒魔鳥肉之

後，他們倆按照原定計畫，前往不知在籌備什麼活動的廣場。

到了那邊，發現準備舉辦的是料理大賽，主辦方正在高聲募集最後一組參賽者。納赫斯聽了漫不經心地想，「王都的料理步驟一定也特別講究吧」，這時突然對上利瑟爾的視線。

『煮咖哩的話就交給我吧。』

看來他想參加。

但這是料理大賽，而利瑟爾是外行中的外行。聽起來從那次煮過咖哩之後，利瑟爾根本沒正式煮過什麼料理，從阿斯塔尼亞飛往王都的途中，除了從旁幫忙以外也沒見他碰過爐火，為什麼語氣這麼自信滿滿？

『我想這對你來說還太早了。』

『納赫斯先生，所以我想跟你一起參加。』

『嗯？』

『你是我烹飪方面的老師，對吧？』

『……被殿下尊稱為老師的你這樣叫我，感覺好奇怪啊。』

既然利瑟爾想參加，那就沒辦法了。納赫斯放棄抵抗，也可以說他被纏住了。

然後，利瑟爾發現了一如往常在休假日負責外出採買，實則是同事讓他出來透氣的史塔德，順理成章地叫住他，拉他一起來參賽。這時利瑟爾也為納赫斯和史塔德介紹了彼此，但納赫斯完全沒發現體型纖細、身穿公會制服的史塔德就是公會的制暴負責人，直到現在仍然以為他是不折不扣的文書人員。

「納赫斯先生。」

「嗯？啊，都準備好了嗎？」

「是的。」

利瑟爾他們喊了他一聲，兩人已經圍好圍裙，手也洗乾淨，做好了料理前的準備。

雖然在利瑟爾他們面前，納赫斯率先發揮出來的總是善於照顧人的那一面，不過他也是土生土長、熱愛慶典的阿斯塔尼亞男子漢。參加活動當然沒問題，而且既然決定參加，就要全力以赴，玩得開心。

『那麼，現在就為各位介紹今天的參賽選手！第一桌就是我們贏面最大的優勝候選人，來自番紅花街餐館的專業大廚！』

群眾之間嘩地響起歡呼聲。

或許是大賽之前經過充分宣傳的關係，周遭聚集了不少觀眾。其中一部分群眾滿臉困惑地看著利瑟爾，但這方面納赫斯也只能說他明白觀眾的心情。感覺這一組會特別引人注目，他接受了這個現實，轉向史塔德問：

「職員先生，你平常會煮東西嗎？」

「完全沒有任何經驗。」

他沒想到另一位組員比利瑟爾更誇張。

反正煮的是咖哩，應該沒什麼問題吧，應該。納赫斯只能這麼相信。

「這樣啊，有什麼不懂的地方都可以問我喔。」

儘管內心略感不安，納赫斯還是不動聲色地這麼說。史塔德那雙玻璃珠般淡漠的眼睛盯著他瞧了瞧，接著看向利瑟爾，在接收到利瑟爾的微笑之後把目光轉回納赫斯身上，以缺乏起伏的聲音說：

「我知道了。」

乖巧聽話，很好。納赫斯點點頭，俐落地穿上自己的圍裙。

順帶一提，利瑟爾在挑選圍裙的階段拿了半身圍裙過來，卻因為對生手來說防禦力太低，被納赫斯打了回票。有自信不會弄髒白襯衫的人才能穿半身圍裙，這種設計只有天選的紳士淑女能用啊。

『第二桌是穿起五彩繽紛的圍裙非常好看的年輕太太組，百花齊放真是賞心悅目啊！第三桌是家常料理的專家，專業主婦組，沒有人比她們更懂媽媽的味道！』

「納赫斯先生，我們去挑選食材哦。」利瑟爾說。

「好，拜託你們啦。」

各組已經準備完畢，紛紛去選取排列在後方的食材，或是手腳俐落地開始燒水。時間限制是一小時，依菜色而定或許綽綽有餘，不過還是動作快點比較好。幸虧這一組要煮的只是咖哩，即使帶著兩個生手也能在時限內完成吧，接下來只差分配工作了。

納赫斯環顧主辦單位為每一組準備的烹飪空間，拿起放在那裡的菜刀確認。無論到了哪個國家，菜刀還是長得一樣啊，他暗自感嘆。

『第四桌則是奇特的組合，不久前剛回到王都的「旅店貴族」驚喜參戰！』

觀眾之間響起驚訝、困惑，以及純粹的歡呼聲。

路過行人聽到主持人這麼說，紛紛好奇地停下腳步聚集過來。納赫斯見狀並不感到意外，利瑟爾在這裡果然很有名啊，他這麼想著，正要放下菜刀……

『組員則是冒險者公會引以為傲的絕對零度，冷血無情的肅清者，史塔德選手！以及阿斯塔尼亞騎兵團的副隊長，今天也一起來到了我們大賽捧場！』

意想不到的真相害他差點弄掉菜刀。

沒想到這位居然是公會的制暴負責人嗎？納赫斯震驚地偷瞄去挑食材的兩人。馬鈴薯應該是越重越好吧，利瑟爾拿了兩顆在手上比較，史塔德則在一旁目不轉睛地盯著他看。

「史塔德，你覺得哪一顆比較好？」

「看起來都長得一樣。」

「我也覺得。」

看來非常順利。納赫斯背對著觀眾的騷動聲獨自點頭，朝著最後還是把兩顆馬鈴薯都放進籃子的利瑟爾走去。

「有缺少什麼東西嗎？」

「沒有，咖哩的材料都……啊，香料準備這些可以嗎？」

「嗯？」

往史塔德手上的籃子一看，裡面放著蔬菜、肉品，以及幾個瓶子。

看來這裡沒有預先調配好的咖哩香料。雖然史塔德想必不需要幫忙，納赫斯還是一手扶著籃子幫忙支撐，一一翻看瓶上的標籤。

「沒問題，需要的香料都到齊了，沒想到你這麼清楚。」

「因為我好好研究過呀。」

利瑟爾高興地微笑著這麼說。納赫斯見狀也笑了開來，接著直起身說：

「那你們可以先處理食材嗎？做到能力所及的範圍就可以了。」
「那你呢，納赫斯先生？」
「我再去看看材料。只煮一道咖哩太單調了，應該還可以做個麵包配沙拉。」
麵包是在一個小時之內可以做好的東西嗎？利瑟爾和史塔德面面相覷，不過沒有異議。無論在這個小組、還是在料理方面，聽從納赫斯的建議都是最佳選擇，兩人理所當然地這麼想。
畢竟利瑟爾知道史塔德從來沒煮過東西，對烹飪也興趣缺缺；史塔德也沒想過利瑟爾居然有烹飪經驗，儘管煮的只是簡單咖哩。聽說這件事的時候，史塔德在沒被任何人察覺的情況下成功達成了人生中首度多看別人一眼的成就。
「那麼史塔德，我們一起加油吧。」
「好的。」
「只要處理我上次交給你的事情就好，其他都不用做沒關係！」
聽著背後納赫斯的聲音，利瑟爾他們走向烹調空間。
那裡擺著一張工作檯，以及由磚塊堆起的簡易爐灶。爐灶上方凹陷處裝有幾顆火魔石，側面磚塊留有縫隙，讓空氣流通。
接下來只要把手放在魔石上方，注入魔力，就有爐火可用……戰奴和劫爾除外。
『第一桌開始豪邁地烤起肉來，主廚精湛的料理技術會怎麼讓這些大塊肉品搖身一變成為家常料理，讓我們拭目以待！』
「啊，史塔德你看，他們把那麼大塊的肉直接拿來烤呢，好厲害。」

「你要烤嗎？」
「很想試試看，不過感覺放不進咖哩裡面呢。」
利瑟爾他們把菜籃放上工作檯，拿出幾種蔬菜。
避開檯面上的菜刀、砧板等用具，兩人把蔬菜一字排開，每種食材看起來都新鮮美味。
「有點緊張呢。」利瑟爾說。
一站到料理檯前，正好和觀眾面對面。
這是小規模的活動，因此沒有架高的舞臺，除了被料理檯遮住的部分以外從觀眾區都一覽無遺，有些人說不定已經注意到利瑟爾他們想煮什麼了。
「我該做什麼？」
「那麼，可以請你洗菜嗎？」
「我知道了。」
爐灶和料理檯的旁邊設有清洗區。
清水從設置在上方的水魔石流出來，蓄積在下方的凹陷處，過多的水再從溝槽排出。順帶一提，這種水、火魔石都經過特殊加工，一般的魔石無法產生火焰或清水。
「把表面的泥土沖掉就可以囉。」
「好的。」
眼見史塔德一打開水就一把抓起鬃刷，利瑟爾不著痕跡地加以制止，接著動手開始剝洋蔥皮。這次還是剝掉太多層了，觀眾們都「啊啊……」地看得坐立難安，不過他們從來不覺得利瑟爾有什麼烹飪經驗，因此最後還是默默守望這位料理新手。

「啊，對了……」

利瑟爾一手拿著剝好皮的洋蔥這麼說，史塔德於是停下了努力洗菜的手。對上史塔德筆直的目光，利瑟爾略顯得意地把洋蔥拿向他。

「洋蔥冰鎮之後，就不會刺激眼睛了哦。」

「洋蔥會刺激眼睛？」

「是呀，之前我不知道，就直接切了，眼睛很痛呢。」

史塔德的視線轉向洋蔥。

他抬起浸在水中的手，把殘留水滴的指尖抵在洋蔥上頭，過了兩秒。

「啊。」

利瑟爾的手掌忽然感受到一股寒意。

他這麼說原本只是閒聊，並沒有請史塔德幫忙降溫的意思，這是史塔德的體貼吧。利瑟爾瞇起眼睛笑了，把冷得像冰的洋蔥換到空著的另一隻手。

「謝謝你。」

「不會。」

只凍結了洋蔥，控制技巧真高明啊。

利瑟爾懷著這種脫節的感想，把洋蔥放上砧板，發出清脆的「叩」一聲，一定連內部都凍結了吧。他用指尖把差點滾走的洋蔥固定好。

『好的，第四桌也開始烹調了！其實旅店貴族事前來跟我們確認過料理初學者能不能參加，新手挑戰烹飪的模樣看起來很樂在其中呢。』

「咦……」

該不會……利瑟爾喃喃說著，把菜刀架好。

他拿刀鋒戳了戳洋蔥，刺不進去。他換了個方式想把它剖成兩半，指尖用力固定住洋蔥，把菜刀抵在球體的頂點處，以觀眾看得心驚肉跳的生澀動作把一隻手按在刀背，從正上方用力往下一壓。

洋蔥咻地從利瑟爾手邊飛了出去，噗通一聲跌進史塔德的洗菜水裡，在漠無表情的臉孔面前激起水花，利瑟爾手上的菜刀以驚人的勢頭撞上砧板。

『希望我們的初學者好好加油，做出……監護人!!第四桌的監護人——!!』

「怎麼了，什麼情況！」

面帶微笑進行實況講解的主持人忍不住大叫。

聽見他的吶喊，納赫斯抱著找齊的材料衝了過來，史塔德無言看著沉在水裡的洋蔥，利瑟爾愣愣看著沒有洋蔥的砧板，一切發生在短短數秒之間。

「發生什麼事！」

納赫斯急忙跑到他們身邊，利瑟爾搖搖頭表示沒事。

「洋蔥飛走了。」

「這樣啊，要小心喔。沒問題吧？」

「我會加油的。」

納赫斯根本不知道洋蔥居然凍成冰塊，看見利瑟爾充滿幹勁，也就放下心來繼續交給他去切。同樣的工作利瑟爾順利完成過一次，既然他想做就交給他負責，這是納赫斯的方針。

主持人很想告訴他事情不是這樣，但開不了口，畢竟主持人不能偏袒任何參賽者。而且好難啟齒，他難以否定利瑟爾他們的努力。

「你切完洋蔥可以來這邊幫忙嗎？」

「我知道了。」

「接下來利瑟爾先生切好的洋蔥就交給你了。對了，這邊的蔬菜也幫我洗一下。」

「好的。」

納赫斯對兩人下了指示，便回到後方的另一張工作檯去了。

工作檯那邊沒有爐灶，也無水可用，不過桌面相當寬敞，因此三人都有空間同時作業。

納赫斯把食材擺上檯面，背對利瑟爾他們，開始準備製作麵包。同一時間，利瑟爾接過史塔德從水裡救起的洋蔥。

「好像是凍結之後菜刀切不下去了。」

「我是不是做了多餘的事情？」

「不會，完全沒有哦。」

利瑟爾笑著這麼說，似乎發自內心這麼想，史塔德見狀微微放鬆了緊繃的肩膀。察覺他微乎其微的動作，利瑟爾有趣地笑了開來，替他擦去臉頰上的水滴。

「有辦法讓它解凍嗎？」

「我沒有把凍結的東西解凍過。」

「泡進水裡不知道有沒有用……」

既然它已經完全凍結，利瑟爾就無計可施了。

擅長冰屬性的史塔德也一樣。想想也是，利瑟爾把冰凍洋蔥放上砧板。他沒有構思過恰好能解凍的魔法，不如放棄這顆洋蔥，改用別顆吧。正當他這麼想，史塔德說話了。

「我想用火燒它應該會融化吧。」

「啊，那我們試試看吧。」

放任兩個我行我素的外行人下廚就會發生這種事。

利瑟爾從廚具當中拿出金屬串烤籤，把它旋轉刺入洋蔥，然後熟門熟路地點起爐火。史塔德跟了過來，在旁邊看著利瑟爾把冰凍洋蔥靠近魔石，直接在火上烤了數十秒。

「納赫斯先生……」

「為什麼我只是稍微轉開視線一下下就發生這種事！」

燒焦了。

「到底怎麼了，你碰到不懂的事情應該知道要請教別人啊？」

「我只是覺得會成功……」

「怎麼會這樣覺得！」

納赫斯仔細打量那顆表面燒焦的洋蔥。

他沒有生氣。利瑟爾乖乖挨罵，史塔德雖然不知道自己哪裡做錯，但也順從地跟著利瑟爾一起挨罵，從態度看得出他們沒有惡意。

初學者犯下錯誤，代表自己指導得不夠仔細——納赫斯是會這麼想的男人，不愧是副隊長。

「哎，至少洋蔥是順利解凍了。」

納赫斯無奈地這麼說，語調意外和緩。
「下次不知道該怎麼辦的時候記得問我啊。」
「我知道了。」
「好，繼續加油吧。」
納赫斯一聲令下，利瑟爾拿著燒焦的洋蔥，再度站到砧板前方。
這一次，他先把洋蔥浸在水裡泡涼，才動手剝下殘留一點餘熱的燒焦表面，旁觀的群眾也鬆了一口氣。順帶一提，觀眾在利瑟爾他們開始火烤洋蔥的時候為了要不要出聲提醒糾結了半天，看到納赫斯成熟大度、利瑟爾他們乖乖反省的態度，甚至有人流下感動的淚水，喃喃說著：「太好了……」顯然觀眾已經被這一連串奇葩的事態發展弄得情緒不穩，不過害他們變成這樣的罪魁禍首當然毫不知情。
「水會不會太冰？」
「不會。」
「幸好今天的天氣很暖和。」
「嗯。」
洋蔥剝完又小了一圈，利瑟爾重新把它放上砧板。
史塔德在旁邊繼續清洗蔬菜。他洗菜時一向遵從「稍微把泥土沖掉就好」的指示，然而納赫斯為了做沙拉追加的萵苣上一點泥土都沒有。儘管搞不懂，他還是很努力地把萵苣整顆拿去沖水。
「啊，史塔德，洋蔥真的不會刺眼了呢。」

中心部分尚未完全解凍，不過菜刀已經切得下去了。
看來冰凍還是達到了目的，史塔德心滿意足。這下沒有了阻礙，利瑟爾也用不太可靠的刀法一顆接一顆切著洋蔥。經過納赫斯建議，利用切第一顆洋蔥的時間，他們把其他洋蔥都放在史塔德製作的冰水裡浸泡過了。
「切蔬菜的手法，和用劍完全不一樣。」史塔德說。
「是呀，這一隻手叫做貓手喲。」
「貓……」
「沒錯，你看。」
史塔德露出「哪裡像貓」的眼神，利瑟爾於是把手縮成貓掌狀朝向他，像貓咪握起手掌那樣動了動。
史塔德似乎看懂了，在短暫沉默之後深深點頭。看來順利傳達了自己的意思，利瑟爾也放下心來繼續把洋蔥切碎。
「聽說這時候，最重要的是變成貓。」
「變成貓……」
「伊雷文說的。」
伊雷文在強烈危機感當中忍不住吶喊的那句話，利瑟爾現在仍然忠實遵守。
第一次看利瑟爾用菜刀的時候，伊雷文本人實在太過驚恐，根本不記得自己說了什麼；再說他也不想讓利瑟爾煮東西，因此永遠沒機會訂正。下一次拿起菜刀的時候，利瑟爾還是會把「使用貓爪切菜法的時候要變成貓咪」奉為教條吧。

聽見伊雷文的名字，史塔德渾身散發出一股危險的氛圍，讓利瑟爾笑了出來。不知不覺間，最後一顆洋蔥也切好了，一共三顆，以利瑟爾的刀工來說算是切得相當順利。

「納赫斯先生，切好了。」

「喔，速度是不是變快了一點？那你過來接手這邊的工作吧。」

納赫斯做出下一步指示，利瑟爾回過頭，看見他雙手都染成了白色。

往那邊走近，才看出他正在把器皿當中的白色粉末和其他東西攪拌在一起。利瑟爾不清楚除了麵粉以外還放了什麼，不過肯定是麵包的材料。

「只要攪拌它就可以了嗎？」

「對，像這樣把它們揉在一起。反正只要最後攪拌均勻就可以了。」

經過納赫斯示範，利瑟爾意氣風發地開始揉起麵團，還滿好玩的。

納赫斯看著利瑟爾攪拌了一會兒，把容器弄得喀啦喀啦響。最後他判斷沒有問題，便把這邊的工作交給利瑟爾，轉而走向史塔德。史塔德正把洗好的蔬菜一顆顆擺上砧板。

「怎麼樣，洗好了嗎？」

「好了。」

「那利瑟爾先生之後的工作就交給你接手囉。」

納赫斯迅速把手洗乾淨，不知從哪裡拿來一個大鍋子，放上爐灶點了火。

鍋子很深，可以煮出分量充足的咖哩。納赫斯從利瑟爾正和麵團奮鬥的那張工作檯拿來了油，倒入鍋中，然後退開一步，招招手請史塔德過來。

「請你把利瑟爾先生切好的洋蔥放進去。」

「全部嗎？」

「沒錯。」

老實說，納赫斯不太確定該如何與完全沒有情緒波動的史塔德相處。

這個人的情緒比魔鳥更難解讀……不，把朝夕相處的魔鳥拿來和初次見面的人比較，好像也不太恰當。總之，面對唯人的時候他從來不曾這麼強烈地感到摸不清對方在想什麼。說得直接一點，這是他一對一相處的時候會感到棘手的類型。

不過利瑟爾說了，「雖然史塔德看起來很冷淡，又面無表情，實際上也幾乎沒有情緒起伏。但其實他是個坦率過頭的孩子，所以說出口的都是真心話。」假如對自己的指示有意見，史塔德也會有話直說吧。不愧是和利瑟爾他們有交情的人，納赫斯感觸良多地點頭。

「油可能會噴出來，要小心喔。」

史塔德雙手捧起切碎的洋蔥，放進鍋裡。

熱油碰到水立刻發出噼啪聲，油花果然噴到他手上，史塔德面不改色地看向利瑟爾。難得史塔德做出這種尋求安慰般的動作，不湊巧的是利瑟爾背對他們揉著麵團，沒有看見。

「要好好看著鍋子啊。沒燙傷吧？」

「史塔德？」

聽見納赫斯的聲音，利瑟爾終於回過頭。

史塔德不放過撒嬌機會，立刻開口：

「好燙。」

「你一定嚇了一跳吧，要小心哦。」

利瑟爾瞇細的雙眼帶著笑意，史塔德充分享受過他眼中的寵溺之後，乖乖面向鍋子。

「用這個攪拌，讓洋蔥均勻受熱，要炒到它變軟、變透明喔。」

「一直攪拌就可以了嗎？」

「對，注意不要讓它燒焦。」

史塔德接過木鍋鏟，面向鍋子開始默默攪拌。

偶爾看到他停下動作，用木鏟刮著鍋子底部，是因為洋蔥黏在鍋底了吧，看得出他很小心不讓洋蔥燒焦。原來史塔德是這種性格，納赫斯點點頭，把鍋子交給他顧。

「利瑟爾先生，你那邊怎麼樣了？」

「差不多混合均勻了。」

「那就可以暫停了，先把旁邊那條布蓋在容器上。」

納赫斯拿起菜刀，以熟練的刀法把排列在砧板上的蔬菜一一削皮。

手法俐落到觀眾之中的家庭主婦也忍不住佩服，不愧是習慣自炊的人。

「麵團這樣擺著就可以了嗎？」

「對。那邊還有一把菜刀，你可以幫我把削好皮的蔬菜切塊嗎？」

「好的。」

納赫斯離開砧板前方，往清洗區跨了一步，替利瑟爾騰出空間。

『哇，大家請看我們少婦組，把紅蘿蔔切成了小花的形狀，好可愛啊！』

「納赫斯先生，那是……」

「對你來說還太早了。」

怎麼切的？利瑟爾還沒問完，立刻被納赫斯打斷。

利瑟爾有點遺憾地切下紅蘿蔔頭，不忘擺出貓手。

「感覺史塔德應該很擅長切菜呢。」

利瑟爾說著，菜刀「叩」地敲上砧板，聽得納赫斯和觀眾、甚至是隔壁桌的專業主婦組都坐立難安，好想幫他切。

「我沒有拿過菜刀。」

「可是你看，你不是切過很多東西嗎？人之類的。」

納赫斯不禁凝視史塔德。

雖然知道他是負責以暴制暴的公會職員，可是切人……是為了威嚇嗎？該不會阿斯塔尼亞的某光頭職員其實算是超級溫柔的大善人？納赫斯忍不住這麼想。

「照這麼說，一刀和那個白痴也很會做料理了。」

「但比起料理，那兩個人即使握著菜刀，還是比較像要去打獵。」

這點納赫斯也同意。

把食物交給劫爾或伊雷文打點，總覺得他們一定會從哪裡獵來獵物，然後親自解體。事實上劫爾的確只處理肉類，而且處理過後只會撒上鹽巴拿去烤。

「這方面的確是賈吉最厲害呢。」

「比料理的話那個蠢材能把一刀打得體無完膚。」

利瑟爾和史塔德同時回想起那張熟悉的面孔。

如果把範圍限定在道具店內，賈吉無疑能贏得「最強」的稱號。可是實在無法想像他揮劍的樣子，而且他本人也會帶著一臉快哭的表情婉拒對決吧，賈吉畢竟是與戰鬥無緣的一般民眾。

「但那個蠢材再怎麼鍛鍊也上不了戰場。」

「不愧是公會職員，對於看人的眼光很有自信呢。」

「一看就知道他不適合吧。」

「不過，他有時候倒是意外地果斷哦。」

他們一個人盯著鍋子，一個人看著自己握菜刀的手。

納赫斯側眼偷瞄著利瑟爾切胡蘿蔔的手勢，老實說很想叫他專心切不要講話……但還是忍住了。難得兩人樂在其中，他不想潑他們冷水。

「來，削好皮的我都放在這邊了。全部切好之後，就跟肉一起放進鍋子裡吧。」

「動作好快哦，納赫斯先生。」

他在利瑟爾還沒切完一根紅蘿蔔的時候就已經把皮全部削好，連肉都切好了。

「你也要幫忙顧一下鍋子喔。」

「交給我吧。」利瑟爾說。

「好。」

為什麼講得這麼有自信？雖然這麼想，納赫斯還是點點頭。

利瑟爾的確成功煮過一次咖哩，這一次沒意外的話應該也會順利完成吧。他下了這個結論，走向工作檯，以便著手準備咖哩用的香料。

『各位請看，專業主廚組使出渾身解數的焰燒技術！真豪邁啊！』

觀眾之間爆出鼓譟的歡呼聲。

利瑟爾和史塔德也一起往那裡看，最遠那一組的料理檯上火舌高高升起，史塔德淡然開口說：

「失火了呢。」

「不，那好像是一種烹飪方式。」

利瑟爾也不太清楚，不過從周遭的反應看來應該是這樣。

料理還真是博大精深。利瑟爾喃喃說著有點跳躍的感想，終於把所有蔬菜都切好了。為了方便煮熟，各種配料都按照納赫斯的指示，切得偏小塊。

「史塔德，洋蔥炒得怎麼樣了？」

「不確定算不算透明。」

利瑟爾湊過去往鍋裡一看，洋蔥已經炒軟，呈現淡淡的焦糖色。

有些地方帶著點燒焦痕跡，算是可愛的小缺點吧，利瑟爾先前也炒到燒焦過，所以並不介意。香味從鍋裡飄散出來，牽動利瑟爾的笑容，他拿起放著所有切塊配料的砧板。

「炒得很好哦。這些蔬菜也要加進去，請努力把它們拌勻吧。」

「我知道了。」

利瑟爾咚地把蔬菜全撥進鍋中，接下來把肉也放進去。

納赫斯自己煮咖哩的時候，會考慮各種配料下鍋的順序，但指導利瑟爾的時候他的理念是「只要煮得出咖哩就好」，因此各方面都相當豪邁。史塔德對此也毫不置疑，拿鍋鏟繼續拌炒鍋裡一塊塊的蔬菜和肉。

「嗯？納赫斯先生，香料……」

「在這裡，準備好了。」

「謝謝你。」

接過調配完畢的香料，利瑟爾往鍋裡看了看，確認配料都已經炒熟，他從清洗區拿起一顆水魔石，交給史塔德。

「那麼史塔德，請你往鍋子裡加水吧。」

「要加多少？」

「大概七……八分滿吧。」

上次也差不多是加到這麼多。利瑟爾一邊回想，一邊用指尖在鍋裡比了個圈。史塔德凝視著他指示的位置，右手仍然拿著木鍋鏟，左手握著魔石，注入魔力。清涼的水立刻裝滿鍋子，肉所產生的油花亮晶晶地浮在水面上。

接下來只要熬煮就可以了。利瑟爾制止了想要撈除油花的史塔德，把火勢再加強一點。一般只能靠著魔石的數量調節火力，利瑟爾是靠著多於常人的魔力才辦到的。順帶一提，基於上述理由，不少專業的廚師比較喜歡用柴火。

「接下來只要熬煮一段時間就行了，偶爾會有雜質浮上來，請用這支湯杓把它舀出來。」

「雜質？」

「就是灰色糊糊的東西。」

這是哪門子的說明？聽見這段對話的眾人默默在心裡吐槽。

不過他們兩人都不熟悉料理用語，這種說明對程度相近的人來說非常好懂。史塔德也明白了他的意思，開始觀察起尚未沸騰的水面。

利瑟爾著手製作沙拉，史塔德攪拌著鍋子，兩人邊忙邊閒聊。利瑟爾本就手巧，再加上見識過各式各樣精緻的擺盤，擺放生菜的手沒有半點遲疑。

「利瑟爾先生，你可以過來一下嗎？」

「好的。」

在利瑟爾被叫去做麵包，史塔德獨自攪拌鍋子的時候，出事了。

大鍋裡的水逐漸沸騰，開始冒出大泡泡。史塔德看著水面，慎重地撈除雜質，然後帶著完成一件大事的滿足氣場抽出湯杓。當他低頭看著在熱水中翻滾的食材，鍋中的情況突然有所變化。

冒出的泡沫逐漸變細，水位節節攀升，終於溢出鍋緣。

『好了，現在我們來看看氣氛一直都很和睦的第四桌……監護人——!!』

水滾到滿出來了。

然而史塔德只是默默看著湧出泡沫的鍋子，彷彿覺得一切正常。既然鍋子裡噴出火舌都是正常的，那噴出一點泡沫一定也沒什麼吧，他判斷沒有問題，面不改色地拿湯杓攪拌著鍋子。

『湯噴出來了——!!第四桌的監護人——!!』

主持人再也顧不得偏不偏袒的問題奮力大喊，這時採取行動的是利瑟爾。

他阻止了打算過去的納赫斯，小跑步趕到史塔德身邊。

『（啊——叫的不是你!!但是說不出口——!!）』

主持人在心中吶喊出所有觀眾的心聲，屏氣凝神地觀望。

現在所有觀眾的注目焦點不是專業主廚卓越的料理技術，也不是年輕少婦和睦又賞心悅目的互動，也不是專業主婦天衣無縫的合作，最後一組讓人提心吊膽的緊張感占據了他們所有的注意力。倒不如說，就連參賽的其他隊伍也全都盯著第四桌看。

「史塔德，現在這種狀態是不行的，鍋子裡的食材不能溢出來。」

聽見利瑟爾這麼說，史塔德眨了一下眼睛。

他終於意識到這是異常狀況，拿著湯杓的手在半空不知所措地游移。

「沒關係，總之先把火關上吧。」

「我知道了。」

史塔德立刻把手掌朝向火焰。

下一秒，料理檯周遭瀰漫起令人發抖的寒氣，匯聚到爐灶上，凝結成絕對零度的寒冰，彷彿連時間都在此凍結。

『（凍結了——!!!）』

一眨眼間，原本點著火焰的魔石連同整個爐灶和鍋底，全部被冰塊覆蓋。

幸好鍋裡的熱湯還冒著細小的泡泡，看來沒有連內容物一起凍結，利瑟爾鬆了一口氣，看向史塔德。

「史塔德，你是不是很慌張？」

「非常慌張。」

利瑟爾回過頭，瞥了納赫斯一眼。

想必是在擔心他們的情況，納赫斯擔心地蹙著眉頭，對上了他的視線。

「怎麼了，火關上了嗎？」

「是的，已經關上了。」

料理檯被他們倆的身體遮擋，納赫斯看不見結冰的爐灶。

眼見他似乎沒有注意到這出乎意料的事態發展，利瑟爾先點了頭表示沒事。納赫斯說「那就好」，繼續把麵團分成小塊，在手心搓揉。確認納赫斯又回去忙碌，利瑟爾重新低頭看著覆滿冰霜的火爐。史塔德目不轉睛地看著利瑟爾，觀眾屏住氣息，等著看他們接下來該怎麼辦。

「總之先把它融化吧，我想想……」

「我知道了。」

史塔德已經無人能擋了。

他再次抬手，罩住冰塊當中的火魔石。無法自力融化冰塊的他，只能做出唯一的結論。老實說，他一片混亂的腦袋還無法思考。

「史塔德，等——」

「？」

利瑟爾制止的時候為時已晚。

應該說王都冒險者公會引以為傲的絕對零度，魔力掌控實在太精準了吧，從思考到實行的時間差連一秒都不到。在利瑟爾出聲制止的時候，被注入大量魔力的火魔石已經徹底發揮性能，掙脫封住它的冰塊。

『監護、監護人大哥!!騎兵團副隊長——————!!』

「怎麼、喂，你們在……為什麼會變成這樣!!」

結果，大量的水蒸氣從王都中心街前廣場爆發開來。

利瑟爾和史塔德挨了納赫斯一頓痛罵。憲兵來了，圍觀群眾也變多了，聽說事發經過，他們都哭笑不得。

「史塔德，你剛才真的很混亂呢。」

「我有信心這是我人生中最混亂的時刻。」

「好好聽我說話！」

「哎呀真是的，這邊阿姨幫你們收拾啦！去好好聽大哥訓話，真是拿你們這些小朋友沒辦法！」

隔壁的專業主婦組不知為何跑了過來，手腳俐落地替他們清理到處都是水的爐灶和料理檯，利瑟爾和史塔德就在同一時間，乖乖聆聽納赫斯懇切的說教。

訓話結束之後，他們向專業主婦組道了謝，之後還發生了一些小插曲，不過咖哩總算是順利完成。三人一起試吃咖哩，等到沙拉和麵包都準備好之後，納赫斯也把麵包切成小塊，讓他們試試味道。忙著忙著，比賽限制的一小時很快就結束了。

烹調區和觀眾之間擺著兩張長桌，各組的料理擺放在上頭。

利瑟爾和史塔德對著成品滿意地點頭，納赫斯露出苦笑，轉了轉僵硬的脖子。無論味道如何，烹調過程所有人都樂在其中，就表示料理成功了。

『好的，各組準備的菜色都到齊了，那麼就從離我最近的這一組，旅店貴族組開始發表料理名稱！』

「料理名稱……？咖哩搭配沙拉和麵包套餐。」

『好的，謝謝！』

雖然疑惑料理名稱是什麼，利瑟爾還是這麼回答。

主持人在長桌前方移動，一一詢問各組的料理名稱。

『那麼下一組是專業主婦組！』

「媽媽在家裡做了好吃的家常菜等你喔，偶爾也回家看看吧～媽媽的味道定食～！」

『真是太奸詐了！接下來是年輕太太組！』

「老公今天也辛苦了♡邊吃晚餐邊跟我分享你的心事吧～賢妻的愛心拼盤～！」

『這也好奸詐！最後一組是我們專業主廚組！』

「好勝的職業廚師拿出真功夫，勉強能在家自己煮的無懈可擊午食套餐！」

『這就真的太奸詐啦！』

原來如此，利瑟爾點點頭，立刻舉手要求重來一次。

這傢伙在這方面一向很講究啊，納赫斯投來沒轍的視線，史塔德不帶什麼想法的視線也同時轉向利瑟爾。看見他舉手，主持人馬上走回來，重新拿起擴音器。

『貴族組好像想修正料理名稱，請說！』

「阿斯塔尼亞騎兵團副隊長親手製作，只有這裡才吃得到的特製阿斯塔尼亞風咖哩套餐。」

「不好意思，這只是普通咖哩。」

納赫斯立刻出言訂正。

「忠實呈現咖哩的根本要素，大眾口味人人愛的究極家常咖哩套餐。」

利瑟爾好像什麼事也沒發生似地重講了一遍。

主持人不禁多看他一眼，利瑟爾露出微笑敷衍過去。沒辦法，畢竟利瑟爾連何謂「普通」都不清楚，只好硬拗。

『……好的，那麼我們就進入評審階段！』

被這道微笑敷衍過去的主持人高聲宣告。

天空泛起紅霞，太陽即將下山。

王都的城牆也被夕陽照成茜色，利瑟爾和納赫斯兩人站在南門前。一直到時限之前，利瑟爾都帶著他在王都四處觀光，現在終於到了納赫斯該離開王都的時刻。

順帶一提，史塔德在料理大賽後盡情品嘗過咖哩，就回去繼續他的採買行程了。

「今天玩得很開心，謝謝你。」

「我本來想把大賽優勝的殊榮送給你當伴手禮呢。」

「順利做出成品，你就該謝天謝地囉。」

納赫斯晃動肩膀大笑，利瑟爾也露出笑容。

他們的確不認為有辦法取得優勝，只要玩得開心已經十分滿足。

「有機會再跟你見面吧。」
「當然好。」
「別再感冒囉。」
「我會小心的。」
就這樣，納赫斯邁開腳步，往城門另一側走去。
染著夕陽餘暉的草原上，幾隻魔鳥依偎著彼此蹲在那裡，旁邊站著幾位騎兵，應該是和納赫斯一樣準備回野營地的人。他們注意到動靜，朝這裡揮了揮手。
利瑟爾揮手回應，然後在城門這一側停下腳步。納赫斯回過頭來。
「那就再見啦。」
「好的，再見。」
第二次的別離比起上次乾脆許多。
或許是先前說過難以和利瑟爾分開的關係，納赫斯顯得有點難為情。利瑟爾有趣地笑著，瞇起映著橙紅餘暉的紫晶色雙眼。
「也請替我轉告旅店主人，他的便當很好吃。」
「他聽了又要大哭囉。」
兩人相視而笑，然後同時轉身，朝向各自的歸處邁開步伐。

閒談：他不在的阿斯塔尼亞

哈囉大家好，是大家最喜歡的我喔。

開玩笑的，是我太囂張了。我是從貴族客人那裡獲得【旅店主人】稱號的人。

他第一次這樣叫我的時候，我忍不住「咿」了一聲，該怎麼說咧，自己受到那個人認知的事實一時之間太難以接受了，他居然還叫我的名字，還加上敬稱。實在無法理解自己為什麼能被他立場對等地搭話，明明是自己的旅店，我卻莫名有種跑錯棚的格格不入感。真是太嚴重了。

經過一番奮鬥，我努力扮演好大家的旅店主人，最後目送貴族客人他們離開旅店，直到現在。

「好寂寞……!!」

慘絕人寰的失落感。

實在太寂寞了，寂寞到我有時候會保持直立狀態直接倒在旅店地板上意志消沉的地步。

「以前從來沒發生過這種事……！」

「要是每次客人退房都這樣，那你旅店就不用開了。」

聽到我一手端著麥酒嘆氣，同業的朋友這樣安慰我。不對啊這是安慰嗎？

今天我們幾個有空的朋友一起喝酒。我這邊最後一組客人今天早上也啟程離開了，所以有的是時間，雖然旅店裡有客人的時候我還是會去喝酒。該好好宣傳攬客啦。

「哎呀，也是因為那些人太有個性了。」
「該怎麼說，從非日常回到日常的反差？」
「那你有覺得安心嗎？」
「有，一瞬間。」
真的只有一瞬間，那一瞬間過去之後就是現在這種狀態。
這種難以言喻的衝動，還有空虛感，類似把錢花光光的那種窮酸的感覺。
「該怎麼說，你太習慣那種奢侈的日子啦。」
「對！」
我忍不住一臉嚴肅地同意。
「你跟他們一起走在外面的時候，看起來很志得意滿的樣子。」
「滿滿的優越感。」
「可是在他們面前卻裝作沒那回事。」
「不——要——說——啦——!!」
這我也有所自覺。
跟他們走在一起，馬上就知道周遭的目光全都聚集過來，可是客人他們卻好像沒發現一樣，神色自若地繼續走。但我一出聲喊他們，他們又願意回頭，雖然回頭的幾乎只有貴族客人一個人。尤其是他們三人走在一起，貴族客人叫住我的時候，那種氣場簡直讓我想直接退到路邊欠身說：「啊，小的是不是擋到各位大人走路了，不好意思……」
「這不是我的錯啊，你想想看他那個微笑！不知道多偉大的人才有機會收到那個微笑！

但他居然對著我！對著我笑！這驚人的事實！」
「驚人的庶民感。」
「不過也不是不懂啦。」
當我把麥酒咚地砸到桌上這麼吶喊，朋友們都表示同意。
這當然，貴族客人絕對是哪裡的王公貴族，我現在還無法相信他是冒險者。雖然他本人當冒險者當得很開心，還常常自豪地說自己「只是普通的冒險者」……為什麼自豪啊？自豪的點不對吧？還好嗎？地位反而下降了吧？
「你的知名度也跟著上升了一點點。」
「啊——可能有喔，走在街上的時候，小朋友會指著我說『啊，是王子身邊的那個人』。」
「王子？」
「我們旅店附近的街坊鄰居都這樣叫他。」
而且女生主動跟我搭話的機會也變多了，我好開心啊。
可是不難想像，今後這種機會也會跟著驟減，真是哀傷。
「我們國家的那些親王殿下都被比下去囉。」
「繪本裡的王子殿下比較接近他那種形象嘛。」
「久等啦，你們點的串燒——」
「耶！」
酒館店員送來一盤串燒，所有人爭先恐後地把手往盤子伸。

我們才沒有什麼一人一支的概念，都是先搶先贏，趕快替自己保留一支再說。
「王子啊……」
忽然傳來一句參雜愉快笑聲的喃喃自語。
從哪裡傳來的？我四處張望，一瞬間對上店員的目光，看見他臉上帶著得意的笑容。
那傢伙是怎樣？在酒館很少見到這種道貌岸然的人。他似乎心情很好，簡直要哼起歌來。
「要不是哥哥制止，我也早就去跟他攀談了。」
店員說完，拿著剛才放餐點的托盤往臉上搧了搧，朝氣十足地回應著其他桌的點單要求走遠了。這間酒館有過這樣的店員嗎？
「怎麼啦？」朋友問。
「沒事。」
算了。
「所以實際上咧？」
「啊？」
「他其實是某個國家的王子之類的吧？」
「怎麼想都是啊，不過……」
我用牙齒扯下一口串燒，仰望天花板，心思不太細膩的朋友們這下也察覺了我的意思。
沒錯。貴族客人怎麼看都像王公貴族，而且大家怎麼想都覺得他是王公貴族，可是不管任何人問他，他都沒有給出肯定的答案。為何？

「明明貴族客人就那麼有王子風度，我內心的公主好幾次都要覺醒啦。」

「你內心居然睡著一個公主喔？」

「噁爆了。」

「讓她睡一輩子啦。」

吵死了。

我敢說他們一定是沒有近距離體驗過貴族客人的高潔氣質才敢這樣講，要是遇到同樣狀況，這些傢伙絕對沒本錢笑我，還會像個小女生一樣驚慌失措地囔囔說「怎麼辦」。我自己是忍住了啦。

「那你們自己想像一下啊！假如你遇到一堆心情不好的鳥事，隔天早上那個貴族客人跟你說早安，用那張高潔的臉龐盯著你看，然後帶著沉穩的微笑慢慢走過來，說：『如果我能幫得上忙，請儘管開口哦。』一邊說還一邊溫柔地幫你調整領帶！」

「嗚……難道這就是……公主覺醒的感覺……！」

「我內心的公主從床上滾下來了……！」

「我內心的公主在床上瘋狂彈跳……！」

這些傢伙好配合啊，我早就知道了。

我就這樣一邊沒意義地把他們內心的公主打醒，一邊帶著亢奮情緒一股腦說出各種心底話。

不過這真的好沒意義啊，世界上原來還有這麼沒意義的事，嚇死我了。先不說這個。

「而且貴族客人啊！還會拉小提琴欸——！」

「什麼？」

「冒險者居然會拉小提琴？雖然他看起來不像。」

有一次我想說房間裡沒有聲音，他們應該出去了，結果一進門打掃，立刻聽到小提琴的聲音，嚇了我一大跳。貴族客人好像也有點驚訝，他停止演奏，跟我解釋說這是因為消音用的魔道具怎樣怎樣。雖然我只聽懂一半。

好像是因為擔心提琴聲太吵，所以他才用魔道具消音，我跟他說一點也不吵，不用消音，我也很想聽他拉小提琴嘛。就算只是嘗嘗氣氛，我也想體驗一下優雅的生活啊。

「他悠揚的琴聲就像搖蕩的水波，緩緩滲透到我心裡……」

「出事啦。」

「這傢伙好陶醉啊。」

「講人話。」

「要是聽著他的小提琴入睡，感覺能做一場好夢！」

朋友們紛紛出聲表示理解，哼哼。

自從我這樣拜託他，貴族客人就不再使用那個魔道具了，聽著他的琴聲洗衣打掃，成為我日常生活中的樂趣。這也很奢侈耶，這種音樂平常在哪裡才聽得到啊？

「而且啊——！他有時候會缺乏一些讓人嚇一跳的常識——！」

「真的。」

「我懂。」

「這我知道。」

我一邊吶喊一邊用吃完的竹籤叉起離我最近的酸黃瓜，結果大家居然也表示理解。
這些傢伙根本沒有跟貴族客人講過話啊，是怎麼知道的？知道什麼？表示貴族客人的形象就是這樣嗎？這些傢伙每次見到貴族客人的時候都只負責下跪耶？
「那個人一看就是這樣嘛。」
「你聽說過那個傳聞嗎？他第一次到港口的時候，好像還喃喃說『衣服……？』」
「為啥？」
「到處都是打赤膊的人，他很驚訝吧？」
什麼，這我還是第一次聽說。
啊，不過剛來那陣子，貴族客人確實莫名佩服地跟我說過「阿斯塔尼亞人好開放哦」，當時我還不知道他指的是什麼。哎唷，可是天氣這麼熱，打赤膊很正常吧，真的很熱的時候我也會脫掉上衣啊。雖然在客人面前不會脫啦。
「王都的人果然很優雅喔。」
「那個很像貴族的是王都人？」
「不，好像不是。」
「你看，明明就不是。」
我從那個亂講話的傢伙盤子裡搶走小菜，在他的怒罵聲中拋進嘴裡。
這麼說來，好像沒聽過貴族客人聊起出身地的話題。獸人客人的話我倒是知道，有一次他那位看起來根本是姊姊的母親突然跑到旅店來嘛。
「聽說獸人客人是出身森林的人喔。」

「是森族啊。」

「啊——很像很像。」

住在森林裡的人，我們一律稱之為森族。

其中有各式各樣的人，他們也不一定會跟城裡有所來往，不過在我們看來大家都一樣是阿斯塔尼亞的居民。本來就沒有明確的區別，所以這也只是粗略的分類而已。居然在森林裡住得比較習慣，真是強者啊……對我們來說就只有這樣的想法。

整體來說，森族人給人一種特立獨行的印象，獸人客人也是。

「那個穿黑色的人呢？」

「感覺他身家背景一定很不得了，跟貴族不同意義上。」

「他可是最強冒險者嘛。」

這些傢伙肯定不知道「最強」真正的意思，才說得這麼輕鬆。

我把最後一點恢復常溫的麥酒喝光，跟經過的店員續杯。

「那些冒險者啊，不是很厲害嗎？他們隨手搬個桶子啊木板什麼的，就可以直接爬上屋頂了。」

「雖然總是會弄壞東西。」

「他們錢包被扒的時候，還能靠著反射動作直接抓住扒手的肩膀痛毆對方一頓。」

「雖然很希望他們不要這樣當街亂鬥。」

講得特別具體，難道他們真的看過？

同行的朋友點著頭深表贊同，不愧是熟悉冒險者的人。聽說專為冒險者開設的旅店經營起來很辛苦，不曉得實際狀況如何，是像一整群野生動物那樣嗎？
啊，不過我家接待的是那三位，沒有那種問題。
「好痛！幹嘛啦?!」
「你那個表情有夠欠揍。」
我的優越感好像表現在臉上了，小腿被人踹了好幾下。
「黑衣人居然還是那些冒險者裡面『最強』的，肯定很厲害。」
友人面不改色地繼續說著，拿著吃完的竹籤往我這邊指。
確實沒錯啦，冒險者很厲害的。雖然我沒看過他們戰鬥的樣子，但偶爾看到魔物的屍體還是覺得他們超強。光是森林鼠追在我屁股後面，我大概就要死了吧，雖然我自己沒被追過，只是在城門口看過有人被追著跑。
那些森林鼠跑得超乎想像地快，朝牠們丟石頭也沒用，爪子又長，有夠恐怖。
「不過一刀客人才不只是厲害而已啦——!!他早就超越人類理解的範疇啦——!!」
「久等啦，你們點的麥酒——」
「耶！明明沒點卻來了三杯！」
「真的假的……？算啦，老闆請客免費送，拿去喝吧。」
這店員到底怎麼回事？不管怎樣，麥酒還是要喝的。
「喂，我要一杯。」
「我也要。」
「喏。」

「然後咧，那個黑衣人真的那麼厲害？」

「那當然啦。」

我一手端著麥酒，用力靠上椅背，酒館的便宜椅子發出悲鳴。

有一次在其他酒館，我這樣一靠就把椅子靠壞了，整個人往後摔倒，不只在場的朋友，連其他客人和店員都大爆笑，搞得我之後再也不敢去那間酒館。

「看他們在旅店後院比試，我就忍不住感嘆人類的可能性……」

「該不會是跟那個貴族打？」

「要是跟貴族客人打不就嚇死人了!!」

「也是喔。」

老實說，有一次我還真的看過貴族客人說他也想比試看看。

一刀客人和獸人客人一直假裝沒聽見，我真沒見過貴族客人那麼徹底被當成空氣的樣子，有點可憐。

「對了，我先前看到漁夫他們突然跑到公會突襲。」

「冒險者公會？」

「對啊。」

除此之外還有郵務公會、商業公會等等，不過大家最常談論的還是冒險者公會。

「他們叫公會把鎧鮫交出來。」

「啊——那個超壯觀的魔物。」

當時我也去參觀了，好震撼啊。

完全想不透怎麼樣才能打贏這種魔物，無法理解。那時候客人他們說著「晚餐想吃這個」，就這麼若無其事地把鎧鮫肉拿過來，那種衝擊我到現在還忘不了。

「這麼說來，最近到港口採買的時候也常聽到耶。」

「啊——對、對。」

同是旅宿業的朋友和我一樣常常到港口採買，他是去大量採購食材，我是為了找好一點的魚肉。

「漁夫都說什麼好想處理大尾的魔物、魔物魚不夠之類的。」

「話說回來，那三人是不是獵了好幾次鎧鮫？」

「三次吧？我煮了兩次，聽說有一次不能吃。」

「你不簡單啊。」

「聽說有廚師一直搶不到鎧鮫，心酸到血淚橫流，你居然煮了兩次。」

真的假的，萬一那是我爸怎麼辦？這件事不要跟他講。

聽說最近魔物漁業興盛起來了，沒想到是貴族客人他們的影響。不過我一點也不意外，各種意義上來說他們都是很有影響力的人嘛，我懂。

我也聽人家說過，商業公會提到魔物漁業怎樣的時候，有講到貴族客人他們的名字。

「這種魔物，果然只有那個一刀才有辦法捕獵嗎……」

「應該是吧？」

「也不算吧，其中有一次是獸人客人抓來的。」

我把味道濃郁的滷菜放進嘴裡，再配一大口麥酒，真是極品美味。

「那個人果然也很強啊。」

「那個蛇族該怎麼說，很難以捉摸喔。」

我知道他想說什麼。

獸人客人的實力一定很強，卻沒有一刀客人那種絕對強者的壓迫感，似笑非笑的表情讓人有點害怕。他有時候很親切，有時候態度又很差，用輕佻的語氣說重話，講起話來真假參半，那種捉摸不定的感覺有時候比一刀客人更恐怖。

「也就是說他跟一刀差不多強嗎？」

「不是啦，我問過貴族客人，好像是因為獸人客人打鎧鮫比較有利？」

「是喔，還有這種事？」

我不是冒險者，打哪種魔物有利什麼的我也不太懂。

我連魔物會不會用魔法都不太確定，咦，傳聞中的吸血鬼不是帥哥嗎？

「那那個高貴的人打什麼魔物比較有利？」

這你要問我喔？

「…………………………魔法。」

「你想太久了吧!!」

「而且魔法是什麼鬼啊!!」

「有什麼辦法，我怎麼可能當面問他這種問題啦!!」

有一瞬間我也想過這個問題，只有一瞬間。

但最後沒有問出口，才剛開口我就默默閉上嘴巴。不，我不是說貴族客人看起來很弱，雖然跟其他兩人比起來確實有那麼一點那個。

「我也知道魔法很厲害啊?!可是看到貴族客人用魔法讓差點掉到地上的乾淨衣服飄起來，在我想種菜的時候幫我挖出等間隔的洞，釣魚用的撒餌太黏糊的時候幫我恢復到半冷凍的狀態，我就覺得！這到底要怎麼用來戰——」

有人從背後啪地拍了我的肩膀。

咦，好恐怖。我往右看，朋友一臉震驚地看著這裡。往左看，朋友顏面抽搐，盯著我頭頂上方看。往正面看，朋友習以為常似地喀啦喀啦拖著椅子離席。怎樣，發生什麼事？好可怕。我膽戰心驚地往後一看，背後站著一個一看就是冒險者的人，低頭盯著我看。

「那種魔法反而更困難啦你們這些白痴——!!」

「咿呀——!!」

有人找我碴好恐怖客人救我！

「與其說沉穩小哥擅長魔法，倒不如說那個人用腦子的方法有問題！那不是冒險者的腦袋啊！是學者！到那種地步根本是兩個不同境界啦！」

「對不起對不起！」

「雖然他本人都說『能憑直覺施放魔法是一種才能』！而且一臉發自內心這麼想的表情！可是從一到十都跟著標準流程根本麻煩得要死又費事，能那樣施法才比較奇怪啦！」

「對不起對不起！」

「他居然在腦袋裡一瞬間完成那些麻煩得要死的流程！那根本不是魔法師的用腦方式！叫我那樣放魔法我也放不出來，而且也不想學啦！」

「對不起——！」

搞什麼，這怎麼回事？

冒險者發洩完之後，嘴裡碎碎念著「雖然很實用但我無法」、「所以才說非魔法師什麼都不懂」，邊念邊離開……不他沒有離開，只是回到稍遠一點的位子而已，這情況怎麼有點似曾相識。

「欸……也就是貴族客人其實很厲害的意思？」

「雖然聽不出他那樣說到底算不算誇獎。」

話說回來，剛剛應該沒必要道歉，都是因為我嚇傻了。

我帶著吃虧的心情喝光最後一滴麥酒，點了下一杯酒。麥酒已經喝夠了，改點清酒吧，也很久沒跟這些朋友聚會啦，可以叫個好一點的酒來喝。

「喔，好厲害，那不是『屠龍者』貝武夫嗎？」

有一桌嘩地響起粗獷的歡呼聲，原來是剛才來找碴的冒險者那一桌氣氛熱烈起來了。他們人手一瓶酒，酒瓶的特徵明顯，軟木塞雕成一條龍的形狀，那正是產自群島，以「屠龍者」這個別名廣為人知的清酒。順帶一提，還滿貴的。

應該是碰巧進到貨吧，還真虧這間酒館端得出屠龍者。雖然客人他們也在旅店裡喝過更貴的酒啦，而且他們喝的大多都是這種檔次。

「是運氣好賺了一筆大的嗎？」

「冒險者有時候好像有這種機會喔。」

「可是住房費他們還是愛付不付的，拜託饒了老闆吧。」

聽起來好有冒險情懷啊，不知道客人他們賺了多少，一定很厲害。

我跟店員點了酒，朋友們也順便點了酒和小菜。我們喝酒一定要配小菜，乾脆直接點整瓶啦，反正一定喝得完。

「刀子？」

「我想到有一次啊，刀子客人還真的喝得爛醉回來。」

糟糕。

「就、就是貴族客人不知從哪裡帶回來的那個……」

「這麼說來，最後確實多了一個人啊。」

「為什麼是刀子？」

朋友沒放過我。

就算我真的說客人手上會長出刀子，他們頂多只會說「哇，那是魔法喔？」就不再追究，而且也沒人交代這件事不能說。但還是不要聲張比較好吧，貴族客人也說過類似的話，雖然不是對我講的。

「沒有啦，就那個啊，那個。」

「哪個？」

「該怎麼說，他很會用刀……」

這倒不是謊話。

「是喔──」

「除了那個貴族以外，其他人看起來好像都滿會用刀的。」

「不過感覺都不太像是會做料理的人。」

「聽起來好像有點矛盾。」

「他們是冒險者，也沒有多矛盾吧。」

朋友們熱烈討論，我的冷汗快流成瀑布，不過總算是蒙混過去了。

順帶一提，一刀和獸人客人的用刀技術真的很厲害。那些名為比試的互相殘殺自然不用說，他們邊喝酒邊保養刀劍的時候手勢很帥，把桌上的軟木塞咻地切成兩半，確認刀鋒夠不夠利的樣子也很帥。雖然貴族客人在場的時候他們完全不會這麼做，是因為冒險者覺得這樣很沒規矩嗎？

「那個刀子？他的氣質也很特別喔。」

「是啊，我第一次見面的時候也嚇到不敢講話。」

「確定不是嚇到腿軟？」

「貴族客人也陪在旁邊，所以沒有那麼恐怖啦。」

喔，酒來了，一個酒瓶和四個杯子。我們各自替自己斟酒。

貴族客人有時候也會這樣替另外兩人倒酒，畫面看起來很不得了。而且明明是男人為男人倒酒，整個酒桌卻沒有一群男人在一起那種不修邊幅的感覺。到底為什麼？因為是貴族客人嘛，我懂。

「不過某方面來說，他也是那幾個人裡面最不像常人的一個。」

「啊——我懂，該說是散發出來的氣息嗎？」

哎呀，我知道他們想說什麼。

「不會不會，習慣之後他很好說話的，真的。表情之類的變化也很明顯。」

「你說那個看起來很無機質的表情？」

「真──的──啦──」

雖然我對他還是有點心理陰影，大量出血好可怕。

「我錢包被扒的時候，他還幫我抓住扒手耶。」

雖然出手明顯過重，純粹的暴力好可怕。

「老實說，我看到扒手被打到滿地找牙的時候真覺得他活該。」

「扒手真的活該死好。」

「不過你應該要自己出手吧！」

「阿斯塔尼亞的男子漢怎麼會被人家扒走錢包！」

我帶著滿面的笑容說完，不知為何遭到朋友們集體砲轟。

不是啊，我自己也覺得很丟臉，要是我自己抓到扒手，還不好好賞他幾拳。可是刀子客人用嚇死人的速度抓到人，揍起人來又嚇死人地毫不留情，我根本沒空自己動手好嗎，嚇都嚇死了。

「不過別看刀子客人那樣，他和貴族客人說話的時候看起來真的好開心啊。」

「畢竟是那個人嘛。」

「他帶著什麼樣的人我都不會驚訝。」

大家居然這就接受了，貴族客人真厲害。

理由也很明白了。我放下酒，兩隻手肘撐在桌上，十指交疊，一本正經地說：

「像一刀客人他們啊，不管誰看了都會覺得『這個人好厲害』，對吧？」
「是啊。」
「沒錯。」
「不過換成貴族客人，感想就會變成『這個人怎麼會出現在這裡？』。」
「對！」
「真的真的！」
我們整桌不知為何嗨了起來，所有人都站起來敲打著酒杯酒瓶，發出意義不明的戰吼。周遭其他客人罵我們太吵，不過我們都不在意。
「還真虧那些人有辦法一起行動啊！」
「這就是不可能的組合嗎！」
我們把酒喝個精光，一屁股坐了回去，差點翻倒椅子，然後又點了各種酒菜。
我大笑著同意友人的說法，客人他們明明感情很好，有時候卻讓人搞不懂他們到底是感情好還是感情不好，但應該是感情很好沒錯吧，我好像已經昏頭了。不是因為喝醉的關係。
啊，不過他們好像吵過一次架。那次貴族客人看起來有點生氣，只跟我說不需要準備他的晚餐，然後就不知跑哪去了。不過我不會把這件事告訴其他傢伙的。
「該說是因為這樣嗎？他們特別引人注目啊！」
「他們看起來不像是喜歡成為目光焦點的人，為什麼做事總是這麼高調啊……」
「因為對貴族客人他們來說那些都是很普通的事情——！這不是客人他們的錯——！」
那些存在感如此強烈的人，現在已經離開了。

「啊──────我好寂寞──────!!」
「你好煩啊!!」
「久等啦，這是你點的布丁──」
「我沒點布丁──────!!」
我趴在桌上抽泣，把放在眼前的布丁往嘴裡扒。
好甜！這傢伙到底是怎樣！明明在酒館當店員，卻戴著金戒指，好有錢啊喂！做起事來好像剛出娘胎就在酒館工作一樣熟練，卻長著一張自命清高的臉！
「我今天要喝個通宵!!」
「我太太會生氣。」
「我還要回去弄早上的備料。」
「沒有客人的旅店這麼清閒喔，真好。」
「你們就在貴族客人面前跪一輩子去吧大笨蛋──────!!」
雖然嘴上這麼說，他們肯定還是會陪我到早上的。
夜晚還很長，希望能盡情聊聊往事吧。
以上是來自旅店主人的現場情況。

油燈的燈光不時搖曳，空氣裡飄盪著些許墨水和紙張的氣味。
書庫主人隨時都蹲踞在這滿是書架的地窖中央，他同時也是我的兄長。
初次見面，你可以叫我王族B──有著明星指引前途的我國阿斯塔尼亞，由我親愛的長兄統治，而其他兄弟統稱為王族Brothers，簡稱王族B。
——開個玩笑。
「哥哥。」
穿越擋住去路的書架叢林，立刻來到一片開闊的空間。
四周被無數書架團團包圍，天花板上吊著油燈，吊燈正下方有個布團，就像好幾塊布堆在地板上一樣。那就是我們的二哥，蘊居族、書庫之主、布團，我們兄弟之間出於好玩，替他取了各式各樣的綽號。
當然，這不是瞧不起他，我們從來沒見過比二哥更聰明的人。
「……、什麼事？」
充滿磁性的男高音，在這片寂靜中輕輕響起。
用不著刻意造作，聲音裡就帶著濃郁的色香，足以在無意間使所有聽者腿軟。要是他願意出門，光靠這聲音就能釣到異性了。太可惜囉，我聳聳肩膀。二哥是個連身上的布都不願意脫掉的蘊居族，想必一輩子都沒那種機會。
「我聽到傳聞了喔。」
我低頭看著那團布，往那邊走近，在他近處的椅子上坐下。
這裡本來有桌椅嗎？我幾年沒來了，所以不太清楚。
啊，不過好像聽說這些桌椅最近要搬出書庫了，應該只是搬進其他房間而已吧。
「貴族客人。」
我說著，深深靠進椅背，把雙腿隨意一伸。

聽見我面帶笑容說出這個詞，阿斯塔尼亞織就的鮮豔布料滑過地板。

「王子、貴族、高貴的人，沉穩小哥。」

我隨手摘下手上的金戒指，以指尖讓它立在桌上。

一鬆手，戒指歪扭地轉了兩圈，然後倒下，戒指敲擊桌面的聲音響徹寂靜的空間。黃金躺在桌面優美的木紋上，在油燈搖曳的光線中閃閃發亮，真美。

「在、哪裡？」

「酒館。」

酒館很棒吧，我喜歡那種氣氛。

「那是哥哥你當作消遣的人吧？」

二哥站起身，遮住他全身的布料攤開，露出紋樣。

我有多久沒看到二哥站起來了？我們兄弟裡頭幾乎沒有人沒事會往書庫跑，二哥也很少出來，有些兄弟可能幾年沒見到他了。

「他不是、我的消遣。」

像雨點一樣，缺乏抑揚頓挫，間隔相等的說話方式。

聽者會覺得布料底下的人面帶微笑，敏銳一點的人會注意到，那是因為他刻意不讓人聯想到其他表情。我們兄弟當中，只有二哥一個人這樣說話，而這是第一次，我從他的聲音中聽出愉悅。

「該說我才是、他的消遣、吧。」

吐息般的笑聲傳入耳中。

「啊？」

再說一次，我們從沒見過比二哥更聰明的人。

如果找遍全世界，或許真有人像他這麼聰明；在整個阿斯塔尼亞舉國招募，或許也找得到一、兩個頭腦靈光的人。但即使如此，我也絕不相信眼前這位二哥有可能比輸他們。我驚訝得伸手把戒指按在桌上。

不是我偏袒親人，二哥的眼界不同於我們這些常人，思考方式也不一樣，他的頭腦彷彿能連結世界的真理，而且還不斷累積新知和情報，宛如他正是為此而生。

老實說，兄弟當中我最不想敵對的不是當國王的大哥，而是二哥。不過二哥對書本以外的東西沒有興趣，敵對問題倒是可以放心。

「你開什麼玩笑……」

「不是、玩笑。」

我嗤之以鼻，二哥卻糾正我。

語氣就像大人教小朋友常識一樣。

「他再怎麼顯眼，不過就是個冒險者吧？」

「是啊，那有什麼、關係？」

聽起來毫無他意，單純是發自內心的疑問。

「難道不是二哥你拿來打發無聊的玩具？」

「我倒是希望、能打發他的無聊。」

——語氣當中甚至蘊含親愛之情，像讚美敬愛的師長。

「那不然……」

我把手肘往桌上一撐，蹺起腿來。

現在的二哥感覺不太尋常，但也比平時更容易親近。先前跟他說話，他總是讀著他的書不理不睬，根本不知道有沒有在聽。或許是跟二哥面對面交談，對話也成立的關係，這時候的我得意忘形了。

我撐著臉頰，仰望面前的布團。

我很早就注意到那個人了。但是知道他出入王宮之後，我問了唯一和他有交集的二哥，結果只得到「不要跟他扯上關係」一句話。難得發現這麼有趣的人物，雖然覺得可惜，我也只能放棄與他接觸。這是我小小的報復心態。

「不要讓二哥你去了，我也可以替他打發……」

叩，桌面傳來一聲輕響。

周遭一片寂靜，連這道撞擊聲的回音都聽得一清二楚，我一回神，才發現自己下意識屏住了氣息。

側眼往聲音的來源看去，二哥不知何時從布料底下伸出手，指尖按在桌上那枚金戒指中央，使我移不開目光。影子慢慢覆蓋我伸直的腿，我勉強維持臉上的笑容，勉力轉動僵硬的眼球，轉向我應該迎視的人。

充滿壓迫感的布團俯視著我，看得我背後寒毛直豎。

「給我適可而止。」

二哥一字一頓地說，語調平板，像帶著怒意。

我裝作沒注意到冷汗滑過側頸，加深了臉上的假笑。

「……啊？」

我想這反抗多半沒什麼勝算。

可是面對不利的狀況也該笑容以對，即使缺乏勝算也該勇敢迎戰，越是背水一戰的時刻越應該樂在其中，否則有辱阿斯塔尼亞男子漢的名譽。我的人民都是這麼有骨氣的人，身為領導他們的王族，此時如果讓步，我會以自己為恥。我奮力驅策自己緊咬著二哥不放。

「拋棄了繼承權的二哥，憑什麼這樣跟我講話?!」

我沒有站起身，這把椅子就是要讓我坐的。

我如此說服自己，大聲回嘴。結果居高臨下的布團靜靜退開，壓迫感也消失不見，我稍微鬆了一口氣。我跟二哥果然合不來。

「你……」

二哥開口，忽然輕聲笑起來。

像宣讀劇本那樣缺乏起伏，有如吐息的笑聲。

「你們、都應該見見他、才對。」

我一聽就知道二哥指的是誰。

王子、貴族客人，那個充滿貴族氣質的、高貴的人，沉穩小哥……擁有這些稱號的冒險者。這些稱號裡頭沒有一個具備冒險者風格，與他相關的傳聞不脛而走。

「身為王族，你們絕對應該、跟他見面。」

「可是二哥你不是說……」

「是啊。」

布團退開，回到我踏進書庫時原本的位置。

那團布緩緩放低身子，盤腿而坐，接著布裡傳出翻動書頁的細微聲響。

「是我、捨不得。」

一旦進入這個狀態，無論說什麼他都不會再回話了。

看來面對這位過度忠於求知欲的哥哥，今晚的對話就到此為止。我以指尖拾起戒指，離開了僅有油燈燈光的封閉書庫。

時間已過深夜，夜幕深沉，萬籟俱寂，只聽得見魔鳥的叫聲。幽微的月光與星光在剛踏出書庫那一刻也顯得無比明亮，我斜倚在書庫門邊，深深呼出一口氣，把整個肺裡的空氣都清空。

「真的假的啊……」

這一次比起國家，二哥居然以自己的願望為優先。

明明無論研究還是論文，一切的一切，一直以來他都是為了國家而行動。

我大感震驚，也非常意外。我以為這一次二哥也是為了得到某些東西才拉攏那個人，事實上，我也聽說二哥跟他學了古代語言之類的知識。然而事情並非如此。或許兜了一圈回來，這件事仍然對國家有利，可是剛才那句「捨不得」毫無疑問出自真心。

「……果然還是該去跟他攀談才對。」

事到如今，我對那個人產生了強烈興趣，但為時已晚。

在書庫站崗的侍衛兵用「發生什麼事了嗎」的眼神看我，我揮揮手表示沒事，接著放下手，一邊把戒指套進中指，一邊朝著自己的寢室走去。經過一整晚勤勞的工作，我已經睏了。

以上，來自某王族B。

利瑟爾與同伴們
慶祝升上B階的同一時間

這間熱鬧的酒館裡，坐滿了結束委託的冒險者。

說是「熱鬧」，這裡的環境未免太過嘈雜，不過所有人都已經熟悉這種噪音，大家都不介意。為了達成委託四處奔走一整天（有時還會以失敗收場）之後，坐在人聲鼎沸的酒館反而能體會到一天即將結束，有不少人在此享受辛勞過後暢快的疲勞感。

當他們把酒灌進乾渴的喉嚨，渴求鹽分的身體嘗到美味的下酒菜，空蕩的胃袋裡塞滿了肉，冒險者們才終於卸下危機四伏的工作，回到日常生活。

「啊──真過癮……」

「你看，我肚子瘦下去了。」

「真受不了，我那個委託人……」

這裡是距離冒險者公會最近的酒館，到了這時間幾乎總是坐滿了冒險者。

雖然冒險者的素行稱不上多優良，不過酒館老闆也是退休冒險者。他的氣勢不輸品行不佳的冒險者，而且酒館白天也有冒險者以外的客人來消費，這點沒什麼好擔心。

老闆是個外表兇神惡煞，但性格豪爽好相處的大叔，前提是你沒對他心愛的妻子和女兒動手。

「所以結果怎麼樣？」

「就像你們看到的那樣囉。」

酒館一角，身為長槍手的冒險者被一群壯漢團團包圍。

他一手端著麥酒，泰然自若地聽著周遭投來的疑問與稱讚，或者是參雜揶揄的酸言酸語。剛才那場架，他打得心滿意足，所以才丟下隊友們獨自走進酒館，想好好享受一下這份滿足感，結果就是這樣。

圍觀群眾彷彿搶食的螞蟻一擁而上，他連喝光麥酒的空閒都沒有。他抓緊對話的空檔一點一點喝酒，笑著回答周遭那些男人。

「他的確有足以跟在一刀身邊的實力。」

「我以前也不覺得他弱啦，不過……」

「比起實力強不強的問題，那個人讓人在意的地方太多啦。」

「是啊。」

長槍手哈哈笑著，把手肘撐在桌上，晃了晃裝麥酒的杯子。杯子已經空了，這是「有沒有哪位好心人願意幫我點杯酒」的意思，同時也是催促大家，想聽他聊這件事就該支付相應的報酬。長槍手身後，站著一名隨便靠在別人椅子上的冒險者，他往厚臉皮的長槍手後腦勺揍了一拳，然後扯開嗓門叫住了翻動裙襬穿梭在各個酒桌之間的招牌女服務生。

「多謝你常常請客啊。」

「你好意思說。」

「託你的福，我喝得更盡興啦。」

長槍手愉快得不得了。一名冒險者擅自在他們那一桌坐下，探出身體。

像今天這樣，整間酒館的話題都圍繞著同一名冒險者的情況也絕不罕見。蔚為話題的那位冒險者離開王都那陣子不在此限，不過自從他回來之後，又再度成為大家酒席間的熱門話題。這種情況從他回來當天就開始了，冒險者們暫時不愁沒話聊。

「他果然能打。」

「那當然，那個一刀把他帶在身邊啊。」

「你的意思是，一刀沒興趣帶個拖油瓶在身邊？」

「相反吧。因為那是他的興趣，所以不希望被人干擾。」

圍在同一張桌邊的男人們同時仰望天花板，發出理解的聲音。

一刀不斷獨自潛入迷宮，至今從不厭倦，看在他們眼中，這件事本身就不正常。一刀顯然不缺錢，就算是為了維持他登峰造極的實力，那也不必天天往迷宮跑。人稱「最強冒險者」的那個男人明明對這種稱號不屑一顧，卻還是持續自我磨練，不斷攻略各式各樣的迷宮，這不是興趣是什麼？

儘管難以置信，想想卻很合理。

「對他來說，在或不在都沒什麼差別的人或許剛剛好吧。」

坐在長槍手正對面的輕佻男吃著大盤小番茄這麼說。

由於他每次到酒館都狂點小番茄，老闆開始拿大盤子替他盛裝，小番茄在盤裡堆得像小山一樣高。這道大盤小番茄放在菜單上也沒人要點，成了他專用的一道菜。

「並不是說沒這個人也無所謂啦。」

「可能吧。喔，謝啦。」

長槍手接過服務生端來的麥酒，點點頭表示他知道對方想說什麼。

那個隊伍很不可思議，常有人說分不清他們的感情到底是好還是不好。歸根究柢只有一個原因，那就是旁人看不出他們一起行動的明確理由。

他們都不像是會和彼此那個類型來往的人，偶爾也會看到他們異常嚴肅、互不讓步的場面。冒險者組隊同行的所有理由，都不適用於那三人身上，不過看著看著卻覺得他們走在一起很合理，所以沒人擔心那個隊伍會解散。

「不過他也太過度保護了吧。」

「你說一刀？」

「啊……哈哈，說得沒錯。」

「喔，你說最後他出手制止的時候？」

「你也不打算真的打下去吧。」

「哎呀，不過我確實打得比想像中更亢奮了。」

超乎想像的實力，接連襲擊而來的魔法。

「與魔法師一對一交手」這種不可能的狀況居然成立，當時他確實感受到自己的鬥志瞬間高漲。不過這畢竟不是實戰，而是比試，他沒有拋開理智，只打算點到為止。

然而最後，那道光刀直指他的咽喉。

千鈞一髮的差距，對於長年與魔物搏命的他而言已經足夠巨大，他的槍尖應該會擊中那名高潔到不像在打架的男人才對。刺出的槍尖上裹著布，即使打中了，頂多也只會留下瘀青。

「允許他去打架，但一塊瘀青都不准留下，確實是過度保護啦。」

「要不是對手是貴族小哥，我早就吐口水了。」

「對方是貴族小哥真的有點那個。」

「就算只留下一塊瘀青，感覺也罪孽深重啊。」
「還真虧你有辦法對他動手。」
「那不是兩回事嘛。」
堂堂男子漢勇於接受人家挑釁，回應他這份氣魄又有什麼不對？
長槍手笑著這麼說。正因為這麼想，他在交手時比誰都還要把利瑟爾當成對等的冒險者看待；正因如此，平常避免與實力高過自己的人交手的利瑟爾，也才願意正面迎戰。
話雖如此，長槍手對利瑟爾的印象和其他冒險者也差不多，從來沒把他當作普通冒險者看待就是了。因為獲得平等對待而暗自竊喜的利瑟爾，要是知道了一定很傷心。
「貴族小哥也是啊，明明是魔法師，還真敢跟人打架。」
「光是一對一就很恐怖啦。」
「魔法師不是都沒辦法單人作戰嗎？」
聚在這裡的男人們都各自隨興點單，桌上擺滿了各式各樣的料理，其中也有人重複點菜，像酒館的招牌料理就擺了三盤。
自己點的是哪一盤，他們也搞不太清楚了，男人們看到什麼吃什麼，配著酒聊得熱絡。一旦其中一人要離開，結帳時就會發生「我點的是這個」、「這不是我點的啊」這種一團混亂的情況，不過現在沒人介意，只要酒好喝就好。
「他發動魔法都不需要準備時間到底是怎麼回事，有辦法這樣喔？」
「有辦法的話其他人早就照做了吧。喂，那是我的。」
「喔，抱歉。喂，你們就不能那樣放魔法喔？」

一個男人扯開嗓子，往隔壁的隔壁桌大喊。冒險者當中稀少的兩名魔法師面對面坐在那裡，正在針對利瑟爾的出招手法交換意見。

他們帶著兇狠的眼神回過頭，齜牙咧嘴地露出牙齦怒吼回來。看見那副兇相，長槍手不禁覺得幸好自家隊伍的魔法師不在場。

「哪可能有辦法啊!!」

「現在是怎樣?!怎麼不說你們一樣都拿劍，所以每個人都可以變成一刀?!」

「講話之前先動腦啦，四肢發達!!」

「史萊姆腦!!」

「你們現在是什麼意思！」

「啊?!」

「要打架就對了啦!!」

被兇的男人隆起壯碩的斜方肌，準備大打出手，兩名魔法師也噴著鼻息捲起袖子，氣勢洶洶地站起身來。

一般對魔法師的需求本來就不多，即使魔力多於常人，也鮮少有人選擇成為魔法師。眼前這些就是選擇了這條崎嶇道路的怪人，而且他們還具備了發動魔法必要的我行我素、不受周遭干擾的特質，有時候發起狠來連敢於直面魔物的劍士都會怕。因為他們沒有拿武器交戰的經驗，所以不懂得控制力道啊。

實際上確實如此，看見他們雙手握著酒瓶，男人默默折返。這真是瘋了。

「……貴族小哥出手也很不客氣啊。」

「我的眼睛和喉嚨平安無事，全靠我的實力囉。」

看見男人喪氣地退了回來這麼說，長槍手哈哈大笑。

據說是一刀判斷他再怎麼認真也不會打中。那真是再好不過了，長槍手深感榮幸。

不過貴族小哥聽信了一刀的話，真的招招直指要害，難道他的個性比想像中還要順從？想來不覺得奇怪，但旁人服從於他的情景還是比較容易想像，反而讓人懷疑起覺得他「個性順從也不奇怪」的自己，好奇妙的感覺。

「B階也名符其實啦。」

「雖然打從一開始就沒有質疑他的意思。」

「不過之前他的實力畢竟是未知數嘛。」

「而且魔法師的實力又比一般更難猜測。」

「雖然說這是公會的決定，還是有公信力在啦……」

冒險者活在實力至上的世界。

無論一個人多麼有錢、氣質多麼高雅，沒有實力都不會受到他們承認。冒險者的作風，就是靠著實力征服對手，一口氣解決花大錢也處理不了的問題。

正因如此，經過今天這場比試，眾人看待利瑟爾的眼光一下子變了。

從菜鳥時期看著他到現在的冒險者當中，有些人得知他升上B階而感觸良多；本來看他不順眼的人，也明白他跟得上一刀的腳步而心服口服。

只要獲得公會認可，就表示冒險者確實擁有該階級的實力。

然而實際親眼看見利瑟爾的戰鬥表現，他們才終於發自內心接受。

直到這一刻，利瑟爾終於以冒險者的身分受到他們歡迎。

換言之，在此之前他都被當成奇怪的冒牌冒險者看待。

「哎，不過身體能力還差得遠，光看他站姿就知道啦。」

「你說重心嗎？那種站姿碰到緊急狀況，確實是來不及反應。」

「這種事情一刀他們難道沒教？」

「沒差吧，如果他們不打算丟貴族小哥一個人面對緊急狀況的話。」

「一刀和那個獸人的性格有夠好喔……」

「不過他看到槍尖刺過去，還是一次也沒閉眼睛，膽量還是有的。而且他一步也沒退，真正的外行人很難做到這樣，這部分倒是教得不錯。」

非魔法師都不太清楚魔法師的實力高下。

一般人只會覺得魔力規模越大「越厲害」，像利瑟爾擅長的那種精細的魔力操控技術，他們完全不懂厲害在哪。

不過，利瑟爾也是認為「手上藏著幾張底牌比較安心」的類型。冒險實力受到肯定自然值得開心，但所有招式都被人拆解得一清二楚就沒什麼好高興的了，所以旁人不懂這些魔法他也不介意。也不算特別排斥就是了，在原本的世界，他是萬眾矚目的知名人物，因此除了機密情報以外，其他情報傳出去他都不太在乎。

「那些都不是重點好嗎!!」

「怎麼就是不懂啊，這些殭屍腦!!」

倒是有部分魔法師發飆了。

要是有人以為這種施法方式很普通，傷腦筋的可是他們，自然得吼大聲一點。

就在這時，長期遭受粗暴對待而搖搖欲墜的酒館大門發出響亮的吱嘎聲，宣告新客人上門了。門板砰地打開，彷彿根本沒想過有可能打到內側的人，但酒館裡誰也沒把目光轉向門口，顯然大家都不太關心店家損失。

「哈囉。」

「累死我啦。」

「好餓喔——」

「先給我們來點酒。」

艾恩隊伍出現在酒館門口，向著店裡隨口點了酒，鞋子上還帶著泥巴。

一副就是委託結束後直接跑來喝酒的樣子，這裡的所有客人都差不多。只有酒館的招牌女服務生困擾地皺起眉頭說：「泥巴要在門外拍掉喲。」被不同人抓到的時候，警告方式也不一樣，像酒館老闆會大聲怒吼，而他們會怒吼回去；酒館老闆娘會像媽媽一樣訓話，讓他們面子全失，所以今天算運氣好。

「怎麼大家都聚在一起啊。」

「有人通關迷宮了嗎？」

「我們通關啦。」

「請客請客——」

「謝謝招待——」

「還想敲詐啊。」

一走進酒館，艾恩他們就發現了那群圍著長槍手喝酒的冒險者，心照不宣地跟著聚過去，長槍手哈哈笑著抬起一隻手表示歡迎。

冒險者都是這樣的，只有要人請客喝酒的時候特別和善。換個時間地點，他們還是會為了爭奪委託、爭取報酬大動拳腳，無論再怎麼努力，大家也不可能對艾恩他們抱有「跑來撒嬌的年輕人真可愛」這種感想，頂多只覺得有熟面孔來了。

「所以咧，大家為什麼聚在一起啊？」

「啊……這個嘛。」

長槍手舔去唇邊的麥酒泡沫，露出苦笑，撥亂了自己後腦勺的頭髮。

看也知道，眼前這些年輕冒險者，和那位不像冒險者的高貴男子走得很近。冒險者本來就與深謀遠慮無緣，而艾恩他們又屬於其中特別沒顧慮的一類，他們不僅不怕利瑟爾，還屢次在冒險者公會積極跟利瑟爾攀談。

這件事老老實實跟他們說真的好嗎？長槍手一瞬間有點疑慮，然而坐在他正對面的冒險者隨口出賣了他。

「我們在聽這傢伙發表感想啊，他找貴族小哥打架，還打贏囉。」

「啊?!」

艾恩一聽，立刻扯開嗓門，手往桌面一拍。長槍手垂下肩膀笑了。

他撇撇嘴，看向眼前吃著小番茄的輕佻男，像在說「你居然害我」。但罪魁禍首沒理他，事不關己地拿起吃光的大盤子，跟服務生續了下一盤小番茄。

周遭的男人們也哈哈大笑，反而想看他們打架似地紛紛起鬨。

「你到底多喜歡小番茄啊……」

「也沒那麼喜歡啦。」

「你認真？」

看見對方收起挑釁的笑容，換上納悶的神情，長槍手乾笑兩聲。

他摸了摸被搔得發熱的後頸，斜眼瞥向隨時都要撲過來的艾恩他們。冒險者都是群莽漢，舉凡拍桌、踢椅子、大吼大叫、耍狠瞪人這種小事，都算不上真的找碴。

「哎，你們先冷靜。那只是經過對方同意的，呃……比試而已。」

「不是你先找他打架嗎！」

「這樣找人家麻煩是什麼意思！」

「一刀和獸人也同意了。」

艾恩他們瞬間閉嘴。既然那兩位大哥都同意了，那應該沒關係吧？

一方面也是因為，打架居然得經過人家同意這件事，他們至今還有點難以消化。

話雖如此，劫爾他們肯定也不樂見利瑟爾跟人家打架，說不定是利瑟爾大哥本人想打，那就沒什麼好計較了吧。艾恩他們勉強接受事實。

「咦，那結果咧，他有沒有受傷……」

「沒有、沒有。」

「那打贏他是什麼意思？」

「一刀出手制止，判定上算我贏啦。」

「喔……那好吧……」

「那好像就沒差了……應該吧？」

「應該沒差吧……？」

艾恩他們連忙面面相覷，默默接過送來的麥酒，然後相視點頭，彷彿想忘掉這一切似地一飲而盡。咕嘟、咕嘟，四人突出的喉結隨著吞嚥麥酒的聲音上下起伏。

他們喝光最後一滴麥酒，發出把整個肺裡的空氣都擠出來似的讚嘆聲。

「話說回來啊，先前我們跟利瑟爾大哥他們一起接聯合委託啊──」

「你們心情轉換得還真快。」

「年輕人嘛。」

艾恩他們把隔壁桌空著的椅子用腳勾過來，看也不看一眼就一屁股坐下，意氣風發地說了起來。有點年紀的冒險者們見狀有點感慨。

一旁的冒險者一顆接一顆嚼著剛送來的大盤小番茄，聽見這番話意外地睜大眼睛。他靈巧地叉起一顆圓滾滾的小番茄，坐沒坐相地往椅背上一靠，把那顆紅色果實朝向艾恩他們問：

「那些人還會接聯合委託？」

「這邊還要一個烤肉拼盤！對啊，我們也嚇一大跳。」

「還要烤培根！我們鍋子敲著敲著，居然就看到他們來了。」

「啊？鍋子？」

「為了趕羊啊，麥酒續杯！」

聽見艾恩他們邊點餐邊拋來的回答，冒險者們都驚訝不已。

邊點餐邊說是沒差，填飽肚子最重要嘛。

讓他們驚訝的是，那個一點合作意識都沒有的隊伍，居然會接聯合委託。不，冒險者除了交情特別好的朋友之外，普遍都沒什麼合作意識就是了。

不過，那可是被調侃成「一匹孤狼」的一刀，還有特立獨行的獸人。他們看起來都不像能與人合力完成一件事的人，從態度也感覺得出其他人在他們眼中只是礙手礙腳的拖油瓶。

「不過，跟我們合作的確實只有利瑟爾大哥一個人啦。」

「剩下那兩人根本不需要我們。」

「要不是還有利瑟爾大哥在，我們早就死了。」

「心死。」

「可以想像。」

「看到你們還活著真是太好啦。」

艾恩他們望向遠方乾笑，冒險者們不約而同表示贊同。

如果劫爾他們只是嘴上逞強說「我一個人也能打！」那還能當作笑話講講，然而事實是他們真的能獨力完成委託，大家也不好說什麼，頂多只能同情艾恩他們說「你們很努力了」。

艾恩喝了一大口先送上的麥酒，重新打起精神，蹺起兩腳椅晃來晃去，表現出他亢奮的心情。他看著長槍手，期待地探出身子，端著麥酒那隻手指著對方問：

「是說利瑟爾大哥的魔法很厲害吧？他用了啥？」

「什麼都用了一點吧，各種小招式。怎麼樣，他讓你們看過什麼大招嗎？」

「看過看過！」

「那個超強的！」

艾恩隊伍所有人都把麥酒杯往桌上一擱，興奮地站起來。

然後立刻發現沒必要站起來，於是他們重新坐下，開始比手畫腳、激動萬分地描述當時見到的魔法。除非自己隊伍裡有魔法師，否則幾乎沒有看人施展魔法的機會，利瑟爾和人交手的時候有那麼多人圍觀，一方面也是這個原因。

「該怎麼說，就是轟隆——！然後砰啪——！」

「真的超猛的啦！地面都發出啪嘰啪嘰的聲音！」

「用魔法的時候原來還會有奇怪的聲音，砰的一聲！」

艾恩他們吵吵鬧鬧地大聲說，坐在兩張桌子之外的魔法師們回過頭。「砰」？不過轉念一想，有些魔法說不定真的會發出這種聲音吧，他們沒放在心上，繼續喝悶酒去了。

魔法這種東西因人而異，魔力的使用方式也千差萬別，尤其是無師自通的冒險者，使出的魔法真是五花八門。魔法師們繼續抱怨自己的隊友如何不懂得隊上有個魔法師是多難得的好事，生無可戀地喝著酒。夜晚還很漫長。

「你們這樣講誰聽得懂啊。」

「不能再說得詳細一點？」

「詳細喔……」

「是地面凸起來，還是凹下去了？」

長槍手漫不經心地這麼說著，心想麥酒差不多該換成清酒了，於是喊了白色圍裙十分耀眼的女服務生一聲。服務生環顧店內尋找聲音來源，他一抬起手，酒館老闆心愛的妻子就踏著輕快的腳步走過來，完全感受不到她已經站著忙碌了一整晚。

遠比冒險者還要強韌啊，長槍手邊想邊問她今天有什麼清酒。

「如果是地面隆起的魔法，我們隊上的魔法師也會用。喔，那我就點這個……但好貴啊，還是算了，給我這個吧。」

「大叔，你們隊裡有魔法師喔？」

「有啊。」

冒險者的褲袋很緊。

尤其是有隊伍的冒險者，個人能自由使用的金額微乎其微。當然要存錢也不是不行，只是對於過一天算一天的冒險者來說太難了，除非想換裝備，否則他們沒有儲蓄的想法。

「那個算是隆起嗎……」

「該怎麼講？做出牆壁？」

「搞什麼，原來不是攻擊魔法啊。」

「不是啦，像是把這一邊和那一邊分開的牆壁和地洞之類的。」

艾恩他們回想起當時的情景。

這是他們值得紀念地第一次見到大規模魔法，情景如今還歷歷在目。先是地面微微震動，接著形成尖銳的突起，或是崩落形成深溝，彷彿天上有人把這片土地當成一盤棋局，彈指間山崩地裂。實際上魔法的規模沒那麼巨大，但已經足以讓艾恩他們這麼想。

每一次土地隆起，他們的世界都隨之限縮，每一次崩落那種內臟懸空的感覺，然後是……

「出現了奇怪的雕像……」

「啊？」

「你說啥？」

「好像是……鳥？地上長出了鳥的雕像……？」

突然冒出的謎之雕像帶來的印象過度強烈。

酒館中彌漫起一股微妙的氣氛，誰也不知道該作何評論，只能支支吾吾地「喔」、「嗯」幾聲。

實在太無言以對，他們只好埋頭喝酒吃飯蒙混過去，最後做出的結論是……

「那時候我們第一次吃到強化魔法，那個真的有人會暈喔?!」

「明明我們隊伍所有人都沒事啊！」

「這我確實聽說過。」

「那實際上咧？」

「喔——我們隊上的傢伙一開始也會暈。」

「應該因人而異吧。」

「而且委託結束以後，利瑟爾大哥也沒忘記把地面恢復原狀。」

「大哥真的是很細心的人欸。」

最後所有人都假裝沒聽見什麼雕像。

坐在一段距離之外的魔法師們，聽了再度拍著桌子說：「什麼雕像!!」「怎麼可能造得出來!!」「倒是告訴我要怎麼用魔法建雕像啊!!」「還把地面弄平!!我反而想問怎麼弄才有辦法弄平!!」「倒是教教我啊!!」「雖然我們也不可能學得會!!」不過在場沒有人介意他們那桌的情況。

畢竟這裡是冒險者經常造訪的酒館，無論吵吵鬧鬧、大打出手，還是幾杯酒下肚之後高漲的氣氛，都只是家常便飯。

驅除怪物的正義夥伴

據說每到夜晚，就有不知名的東西在王都的街上徘徊。

那是孩子們之間的傳聞。窗外沒有一絲晚風，卻能看見布料在黑夜裡晃動，某種液體滴落地面的聲音搔刮耳膜，那個「東西」緩緩靠近，然後逐漸遠離。到了隔天早上，會發現紅色、青色的水漬留在街道上。

是心存遺憾而徘徊現世的幽鬼？還是為了追求愛人而爬出墓穴的死者？每當聽到水滴的聲音，幼小的孩童總是鑽進被窩塞起耳朵，又或是跑到雙親身邊大鬧，好度過這段恐懼的時光。然而到了隔天，孩子們又雙眼發亮地跑到朋友那邊，說自己遇見了傳說中的那個「東西」。昨天出現在那裡，還出現在這裡，彷彿交換秘密一樣，他們小聲交換情報。

不過，假如真的有鬼魂或殭屍出現，那可不只是八卦程度的騷動而已。這種情況無疑是魔物入侵城內的嚴重事件，憲兵會板起嚴肅的臉孔進入戒備態勢，半信半疑的冒險者會被差遣到整座王都，四處地毯式搜尋魔物。

因此所有人都認為這只是孩子們童言無忌，沒有人在意。

晚上總有人走夜路，路上那些應該是工人搬運貨物留下的痕跡吧。大人們下了如此結論，不以為意地旁觀孩子們彷彿世界末日即將來臨一樣鬧個沒完。

他們沒有料到的是，這場騷動越來越變本加厲。

傳聞說，那個夜晚徘徊的東西是吃小孩的怪物，地上的紅色水漬是怪物吞食幼童留下的血水。青色水漬是怪物被天敵追趕時流的血，綠色水漬是飢餓的怪物流下的唾液。現在，一看見路旁的水漬，孩子們就迭聲尖叫。

無論白天夜晚，小朋友一聽見水滴的聲音就害怕，聽見洗碗拖地的水聲，就嚇得不敢離開媽媽身邊。他們把窗簾晃動的影子也看成怪物，使盡全力把爸爸拖過來、推著爸爸的背說，「說不定真的有東西在外面！爸爸你去看看！」

沒有人知道光憑孩子的想像力是否能聯想到這個地步，或許是哪個大人半開玩笑地說了類似的話，或是父母親為了警告不聽話的小朋友，才威脅孩子說「那是來吃你的怪物」。

到了最後，大人們也束手無策，只好找憲兵商量，而憲兵也只能一臉困擾地答應幫忙。

事出必有因。這件事的「元兇」或許沒有惡意，也沒做錯什麼，不過還是嘗試找出半夜那個被當成怪物的行人，增派夜間巡邏的人手吧，憲兵方面也開始出現這樣的聲音。

知道這個消息，最慌張的莫過於被錯認成怪物的人了。

對方困擾到極點似地垂下肩膀，利瑟爾聽完恍然大悟地點點頭。

剛才，對方親口道出了那個王都孩童聞之色變的謠言背後的真相。原來是這位裁縫店的學徒在半夜運送怕光的染料，才引起了這種誤會。

五顏六色的水漬是漏出來的染料，窗外晃動的布正是接下來準備染色的布料。保管這些材料的暗房，是幾名匠人和店家共用的一間倉庫，距離這間裁縫店有段距離，若在白天搬運，染料恐怕會接觸到陽光而劣化。再加上搬運的是液體，沒辦法走得太快，在街上人來人往的時間搬運太過麻煩，所以學徒才會選在半夜慢慢運送。

如此平凡無奇的真相實在缺乏影響力，不足以消除在王都傳得沸沸揚揚、經過加油添醋的謠言。

「所以你才會提出委託呀。」

「是的，不好意思，真的很謝謝你們……」

怪物的真面目，是眼前這位謙卑客氣的青年。

利瑟爾他們三人，與青年面對面坐在裁縫店裡。

青年好像真的很不知所措，他粗糙的手掌困窘到極點似地一直撫摸自己後頸，不時窺探著利瑟爾他們的臉色，動不動就低頭行禮。利瑟爾每次都告訴他不必這麼拘謹，不過沒有成效。

青年提出的委託，正是【請協助澄清謠言】。

「沒想到真的有人願意接我的委託……」

利瑟爾不時會聽到委託人這麼說，他總是忍不住想，難道提出委託的本人還不相信有人會接嗎？

面對不斷鞠躬哈腰、姿勢不太端正的青年，利瑟爾納悶地摺起手上的委託單。由於一見面他的冒險者身分就遭到懷疑，因此利瑟爾才拿出委託單作為證明。

「不過話說回來，那個傳聞原來是這麼回事呀。」

「隊長，你聽說過喔？」

「旅店的孩子告訴我的。」

一邊玩弄指甲、一邊百無聊賴地聽著委託人說明的伊雷文抬起臉，順手收回了利瑟爾摺好的委託單。利瑟爾看著單子被抽走，點了個頭，對伊雷文的疑問回以肯定。

幾天前，住在同一間旅店的小女孩告訴他這個傳聞，還說真的有小朋友看見了怪物。或許是雙親都外出工作，她不敢自己一個人待在房間的關係，女孩一直藉著幫忙的名目跟在旅店女主人後面跑，利瑟爾在餐廳邊喝咖啡邊讀書的時候，她也一起坐下來念書，利瑟爾看了覺得奇怪，才問她怎麼了。

『原來有這種事呀？』

『嗯，聽說那個怪物會吃小孩子……』

『不用擔心，妳已經是成熟的淑女囉。』

聽見利瑟爾斷然這麼說，女孩開心得紅了臉頰，雙眼閃閃發亮。

然而這番話沒能完全消除她的不安。旅店女主人碰巧在這時結束刷洗工作，廚房傳來一連串水聲，女孩立刻求助似地看向利瑟爾。

恐懼深植人心，難以根除，也是最難靠著理性控制的感受。

那麼，該怎麼辦呢？正當利瑟爾這麼想，恰好看見一道人影從敞開的餐廳門口經過。身上穿的不是裝備，應該是到外面抽了根菸吧，利瑟爾邊想邊把那人叫了過來。

『而且，這個人會把闖進旅店的邪惡怪物全部殺掉哦。』

『啊？』

劫爾突然被扯進這段莫名其妙的對話。女孩一開始還驚訝地張大眼睛看著他，不過後來就安心似地放鬆了肩膀，整個人趴在桌上，嘆了一口大氣說「太好了……」，然後縮著身體偷偷打量劫爾。

劫爾那副兇神惡煞的長相，經常嚇得小朋友不敢靠近，但他的絕對強者氣場也是無人能及。而且平常讓人有點害怕的特質，這一次在「打擊怪物」的觀點上反而發揮了奇效。

『那個，謝謝你，大哥哥。』

『……』

題外話，劫爾不喜歡小孩子。

他雖然不像伊雷文那樣厭惡小孩，但也不想理睬他們。再加上不喜歡沒做什麼卻莫名其妙被人道謝，劫爾把眉頭皺得更深了些，帶著兇惡的臭臉離開餐廳。

是我說錯話了嗎？小女孩見狀沮喪起來，利瑟爾負起責任好好安慰了她。劫爾討厭小孩，而小孩害怕劫爾，這完美平衡的供需關係總是讓利瑟爾暗自讚嘆。

「這種時候沒有人比劫爾更有說服力了。」

「我打不打得贏怪物還很難說。」劫爾說。

「這點我並不擔心。」

「是喔。」

利瑟爾粲然一笑，劫爾哼笑一聲。

「大哥居然跟小鬼頭講話，感覺好好笑喔。」

「我之前明明顧過小孩。」

「那不一樣嘛。」

劫爾照顧過小孩嗎？才剛這麼想，利瑟爾心裡就有了個底，所以沒問出口。如果他們樂在其中就太好了。

委託人聽完利瑟爾剛才那段話，反而沮喪地把肩膀垂得更低。

「是啊，小朋友都嚇成那樣，太可憐了……」

「你有沒有把真相告訴他們呢？」

「有，可是小朋友都不相信。」

這也難怪。

孩子們發自內心感到恐懼，相信那個無形的怪物真的存在。而學徒只是個再普通不過的唯人，跟異形完全扯不上邊，即使他說「其實那個怪物就是我」，孩子們也不會相信，頂多只覺得大哥哥在逗他們玩。

只要注意到附近的大人提起這個謠言，學徒也會立刻過去澄清。可是由父母對孩子轉述也一樣毫無效果，孩子們完全不相信相貌和善的鄰家大哥哥就是怪物。

「之前我還聽到憲兵說，姑且還是找找看謠言的來源好了……」青年說。

「或許有居民請他們解決這件事吧。」利瑟爾說。

「他們那個說法聽起來很隨便欸？」伊雷文說。

「即使找到原因也解決不了問題啊。」劫爾說。

「這倒無所謂，巡邏本質上的目的是為了讓居民安心。」利瑟爾說。

「所以我就當場自首……」

自首。利瑟爾他們不禁看向青年。

當時青年一臉絕望地自白說：「不知為什麼……就被誤會了……不好意思……」憲兵看了，一時也不知該怎麼辦，畢竟即使找到原因，這也不是憲兵直接跟孩子們澄清一下就能解決的問題。只會像青年說「怪物就是我」的時候一樣，被當成騙小孩的把戲而已。

「那時候憲兵臉上是什麼表情啊？」伊雷文問。

「尷尬的微笑。」

只能說，不意外。

「每次有人問到這件事，憲兵也都會幫忙澄清，可是……」青年說。

「還是沒有效果呀。」

「不過這也只是謠言嘛，又沒什麼實際危害。」伊雷文說。

「放著不管也沒差，時間一久小鬼們就膩了吧。」劫爾說。

幾個孩子從店門口跑過。

一看見地面上的染料痕跡，他們發出不曉得是歡呼還是尖叫的聲音。有些孩童是真心感到害怕，不過其中也有這種天不怕地不怕的孩子，把怪物出沒的消息當作一種娛樂。

謠言再怎麼傳，也傳不過幾個月，孩子們的興趣也很容易轉移，這確實是時間能夠解決的問題。

「可是，他們怕成那樣，不是很可憐嗎……」

青年手足無措地這麼說。正因為這種性格，他才不可能成為孩子們信服的怪物吧。利瑟爾尋思似地別開視線，接著露出和善的微笑讓青年放心。

「我知道了，交給我們吧。」

「真的嗎……！」

直到這時候，青年才首度抬起脖子。

他鬆了一口氣，稍微舒展了縮在一起的肩膀，雙眼因為終於看見希望而閃閃發亮。他探出身體，帶著笨拙笑意的嘴唇微微張開，正準備問對方打算怎麼做……

「我們會驅除這個怪物。」

隨著利瑟爾這句話，另外兩對眼瞳也跟著轉向他，嚇得青年渾身發抖。

夜晚王都的街道上，有道陰森的影子在蠢動。

身上纏裹著好幾塊染滿斑點的布料，青色的手臂從縫隙間探出，懷裡抱著缺角的壺。聽不見腳步聲，寂靜的夜色當中，只聽得見布料摩擦地面，以及綠色液體從壺中滴落地面的聲音。

從路旁民宅漏出的光線是唯一光源，所有擦身而過的人都不禁慘叫……

「咿……啊、呃……喔～……」

不，路人沒有慘叫。

在那道嚇人的鬼影後方，利瑟爾隔著一段距離跟著走，手上拿著一塊「現正為了解決怪物問題變裝中」的看板。因為各方面因素，他沒辦法一直舉著那塊板子，只能在每次有人經過的時候迅速拿出來，還稍微打了光方便路人閱讀。

經過的路人一開始會嚇得肩膀一跳，不過看見那塊板子之後，幾乎所有人都心領神會地點點頭，發出感動讚嘆的聲音，離開時還頻頻回頭看那個怪物。

「（如果可以認真嚇人就好玩多了。）」

布料底下的伊雷文，還會很有服務精神地朝他們揮揮手。

大人們明明不相信吃人怪物的謠言，看到伊雷文揮手的時候卻總會露出開心的表情。畢竟遇見了現在王都傳得沸沸揚揚的謠言主角，這反應確實合理，但他總覺得有點奇怪。

「（也是因為這設計的關係吧……）」

怪物的設計概念是「殭屍亞林姆（布團版）」。

把傳聞中的怪物特徵組合起來，不知不覺就變成這樣。如果手上拿的不是陶壺而是書本就更完美了，但這麼一來偏離了原本目的，他們只好忍痛放棄。

青年學徒蒐集來染色失敗的布料，把那些布披在伊雷文身上，手臂也塗上顏料，顯得更像怪物。站姿歪斜，步伐緩慢，正因為演員是伊雷文，所以可以實現無聲的步伐，平添幾分真實感。孩子們看了都會害怕，帶點誇張感的設計。

裁縫店學徒精心打造的怪物就此誕生。

「（小孩、小孩……）」

這一次的作戰，必須先讓相信謠言的小孩看見怪物才能開始。

伊雷文看著每一扇漏出光線的窗戶，一一確認。要是有小孩真的跑到他面前，那還真有點傷腦筋，不過小朋友不太可能在這種深夜外出閒晃。如果能找到一個深夜還不上床睡覺，明明害怕怪物，卻忍不住偷偷往窗外看的小孩，那就再好不過了。

「喔。」

他輕聲說。

幾戶之外的窗口，有個小女孩不安地往外看。

染料從伊雷文手上的陶壺啪答滴落地面，女孩立刻慌張起來，好像在猶豫要不要跑到雙親身邊。她三番兩次回頭，但最後還是抵不過好奇心，悄悄把鼻尖探出窗外，看見了恐怖的東西。

「——！」

女孩屏住氣息，雙手捂著嘴，壓下剛到嘴邊的尖叫。

她纖細的手指離開嘴巴，在眼前游移，似乎想把木窗關上，又怕輕舉妄動反而被怪物發現。那雙緊繃的手僵在半空，懸在她凝固的表情前面。

女孩吞了吞口水，往旁緩緩轉動視線。

怪物慢慢往前走……不，它真的在「走」嗎？

看不見它的腳，也聽不見腳步聲，只有布料在地上拖行的聲音，以及某種液體滴落的水聲。是被它吃掉的小孩流的血嗎？還是從那張血盆大口滴下來的唾液？女孩在黑暗中凝神細看，但滴落地面的液體看起來只是一片漆黑。她拚命壓抑顫抖的呼吸，完全動彈不得。

怪物來到了她的窗前。

「啊……」

那一瞬間，一道人影翩然降落在怪物面前。

寬簷的尖頂帽反射月光，長長的黑髮滑過翻飛的斗篷。那人手上拿著一根好長好長的手杖，手杖前端碩大的寶石內部散發出光芒，這一切都施有精美的裝飾。

女孩沒發現自己無意間發出了聲音，情不自禁地再度往窗邊靠近。因為眼前的這個人，簡直就像……

「是魔法師……！」

不是冒險者那種狼狽地使用著士氣魔法的魔法師。

眼前的魔法師簡直像從童話故事裡走出來的一樣，從天而降。

女孩忘卻了恐懼，雙眼閃閃發亮，看著與怪物對峙的魔法師握緊雙手。魔法師好高，是男生嗎？女孩看過的繪本裡面，魔法師都是漂亮的女生，原來也有男生呀。她太感動了，小嘴都忘了閉上。

怪物在魔法師面前停下腳步。

女孩倒抽一口氣，在心裡替魔法師加油。

抱著陶壺的怪物伸長手臂，魔法師高舉魔杖加以阻止。

魔杖上的寶石發出強烈光芒，一顆旋轉的火球出現在兩者之間。火球轟隆作響，汲取空氣逐漸膨脹，看得女孩興奮地喘氣。

接著，魔杖緩緩指向怪物，火球跟著朝怪物飛去。

女孩高興得跳起來，探出身體往窗外看。

怪物燒成一團火球，搖搖晃晃地倒在地上。那裡只剩下布料，舔舐表面的火舌發出噼啪聲照亮暗夜。

威脅王都的怪物被除掉了，正義的魔法師驅除了怪物。

「啊，魔法師哥哥，那個、謝謝……、……？」

女孩想道謝，但一轉過身，那裡只剩下熟悉的寂靜街道。

魔法師早已消失無蹤，她在夜色中拚命張望，還是找不到人。女孩愣愣張著嘴，腹部貼著窗框看了一會兒，直到聽見身後母親喊她的聲音，才轉身跳下窗臺。

「媽媽——！剛才呀，外面……」

女孩往屋內跑去。

媽媽叫她關窗，於是她馬上跑回來，窗戶隨著木頭的吱嘎聲關上。女孩再次跑向母親身邊，興奮地想告訴她剛才看見正義魔法師打敗怪物的經過。

在她身後，闔上的窗板外頭。

利瑟爾左右張望，慎重地從巷子裡探出頭來，撲滅地面上張狂燃燒的火焰。在他頭頂上方，兩道人影蹲在屋頂上，一人搓揉著自己近距離接觸熱源的青色手臂，另一人扯下尖頂帽和長假髮，深深呼出一口氣。

而女孩當然沒看見這一幕，她正激動地告訴媽媽正義的魔法師是如何現身。

想要消除謠言，最大的難點在於這個怪物並不存在。

怪物不存在，才導致各方面都難以證明。因此，利瑟爾提議實際打造出一個「怪物」，只要在小朋友眼前討伐怪物，大家一定不疑有他，怪物的謠言很快就會被「正義魔法師現身」的新傳聞取而代之。

此舉效果絕佳。當天利瑟爾先告訴委託人，成效如何要等幾天過後才能揭曉，所以不急著判斷委託是否完成。過幾天來到冒險者公會時，史塔德告訴他，那位青年手舞足蹈地跑來回報，說那天的作戰已經大獲成功。

目擊現場的小女孩很配合地四處宣傳怪物被討伐一事，現在孩子們再也不害怕謎之怪物，人人都拿著長木棍，嘴裡念念有詞地說著「火焰啊，聽我號令——……」然後揮下木棍。至於他們使出的是木棍造成的物理攻擊，就別太計較了。

「劫爾，你好受歡迎哦。」

「那不是我啊。」

「不就是大哥本人嘛。」

順利消除了謠言，把青年學徒從煩惱中拯救出來的利瑟爾他們，帶著看透一切的表情看著這一幕。他們剛從迷宮回來，在公會聽說謠言問題已經獲得解決，也領取了報酬，現在順便到這間經常光顧的咖啡店休息。店門口設有供人站著喝飲料的位置，三人在那裡悠哉閒聊。

「像我多可憐，都只能扮怪物。」

「那也不是我的錯。」劫爾說。

「學徒很努力幫你打扮呢。」

那位唯唯諾諾的裁縫學徒，一來到染色和定裝的階段就大放異彩。

這個不行，那裡不對，這塊布染得太乾淨了，還是用那塊破布更好。腿長不合，臂長不夠，臉必須遮起來，不然看起來就像大哥哥的惡作劇。陶壺裡裝這種染料……不，還是這一種看起來更噁心吧，再綠一點，手臂上也要塗滿顏料。憑著這股熱情，那天的「殭屍亞林姆（布團版）」就這麼完成了。

「他說我太高，扮不了怪物啊。」劫爾說。

「學徒還說體格太好的怪物不符合他的印象呢。」

「而且隊長也沒辦法把破布留在原地消失。」

「我倒是很想試試看。」

「扮怪物？」

「嗯，扮怪物。」
面對劫爾揶揄的視線，利瑟爾瞇細雙眼，笑著啜了一口冰咖啡。
利瑟爾也很想飾演怪物，不過這次還是放棄了，選擇負責幕後工作。正如伊雷文所說，他的實力不足以表現出怪物被消滅的效果，這是一個原因。當天伊雷文把破布留在原地，瞬間飛躍到屋頂上，體能實在令人佩服。
另一個原因則是，利瑟爾專注於幕後工作比較好。
他負責拿著「這不是怪物」的看板，還要點著光源方便夜晚的行人清楚看見，每次展示完還要把板子藏起來，以免被小孩子撞見。他要配合劫爾的動作變出火焰球，讓火球飛向怪物的同時還必須仔細注意不傷到伊雷文，調整火勢避免過度延燒，最後還要收拾善後，負責滅火。儘管不起眼，這都是非常重要的工作。
「劫爾扮演的本來也不是魔法師，而是勇者呢。」
「誰叫大哥的臉看起來太不正義了。」
「囉嗦。」
「如果扮勇者的話，不能穿全身鎧甲嗎？」
「不可能啦，大哥才剛穿上鎧甲，那個學徒不就拚命否決，說什麼『不行啊這是黑暗騎士!!』『黑暗騎士退散!!』。」
「劫爾穿成那樣倒是滿適合的。」
「沒辦法啦，大哥身上那種無法掩飾的黑暗感。」伊雷文說。
「那你負責扮怪物，也算是最佳人選吧。」劫爾說。

「啊？」

讓整個國家陷入恐慌，在這層意義上，怪物和佛剋燙盜賊團確實相差無幾。

伊雷文伸出舌尖，舔舐冰咖啡上頭滿滿的鮮奶油，露出一臉「聽不懂你在說什麼」的表情。是真的不懂，還是佯裝不懂？肯定是後者吧，利瑟爾下了結論，放下冰冷的玻璃杯。

白色的牛奶，在咖啡晃盪的黑色水面上打著旋。利瑟爾往杯裡瞥了一眼，忽然惡作劇似地看向劫爾。

「用過魔法有什麼感想呀？」

「不符合我的個性。」

劫爾露出諷刺的笑。

看來這次的魔法師初體驗雖然華麗，卻要不了了之了，好可惜啊。

「啊，是貴族大人！」

「貴族大人——」

人來人往的大街上，突然傳來呼喚他們的聲音。

是剛從學舍放學嗎？旅店的女孩和她的兩位朋友肩上揹著包包，往這裡跑來。

他們臉上是無憂無慮的快樂神情，以往的不安煙消雲散。不久前，孩子們都害怕那些水漬，總是盯著地面走路，現在再也不會這麼做了。

那位青年委託人一定也安心了吧，看見孩子們朝他用力揮手，利瑟爾也輕輕揮手回應。

「貴族大人，你聽說了嗎？善良的魔法師出現了！」

「有人看到魔法師打敗怪物！」

「魔法師還變出了火球和水球之類的！」

只變出火球啊。

和怪物同個道理，傳聞傳開之後，總是免不了加油添醋。聽著孩子們說話，利瑟爾佩服地想道，劫爾一臉無奈，伊雷文則是不知被哪句話戳中笑穴，一直低著頭偷笑。

「那個魔法師就是貴族大人你吧？」

「不是喲，那個魔法師跟我很像嗎？」

「嗯……好像不像，可是你是魔法師嘛。」

女孩困窘地捲著包包上的掛繩，偷瞄利瑟爾的眼神帶點期待。

那位魔法師現在就在妳身邊……要是這麼說，就太破壞夢想了吧。利瑟爾側眼瞥向劫爾，儘管伊雷文一直催他說「快去啊」、「就是現在」、「你就跟人家握個手嘛」，劫爾還是事不關己地顧著喝咖啡。看來魔法師是不太可能二度登場了。

「不是啦，那個魔法師一定不是貴族大人。」

忽然間，其中一個孩子這麼說。

聽他說得特別篤定，利瑟爾納悶地想，該不會魔法師的真實身分洩漏出去了吧？那位裁縫學徒為了魔法師的造型簡直用心過頭了，再加上當時經過變裝，應該沒那麼容易被識破才對。

「不是說那是全身都穿黑色的帥氣魔法師嗎？貴族大人穿成那樣又不適合。」

應該不至於吧，利瑟爾認真地想。劫爾彆扭地別開視線皺起臉，伊雷文憋不住笑，嗆到咖啡咳了起來。

正義的夥伴穿得一身黑，現在回想起來確實不太搭調。

由於穿那套衣服的是劫爾，利瑟爾和伊雷文對此本來都沒有任何疑問。至於那位裁縫學徒，基於裁縫的職業素養，他選擇的必定是最適合那個人的顏色，雖然不知道是有意為之，還是下意識挑了黑色。

真是前途無量呀，利瑟爾微微笑著，目送孩子們嬌小的背影走遠。

讓王都孩童陷入恐懼的怪物，就這樣順利被驅除了。

後記

有時候我會思考，利瑟爾並不具備一般典型的主角特質，究竟是什麼要素讓他成為主角呢？

只看地位的話，來到這個世界之後利瑟爾的地位反而下降了，即使升上S階，也不可能超越他原本的地位。

「最強」當然是屬於劫爾的稱號，雖然他本人認為那種稱號有沒有都無所謂，但他確實是在所有戰鬥場合都堪稱最強的男人。如果「最強冒險者」的稱號要發揮作用，那麼其他冒險者作為抬高這個稱號的陪襯，絕對不可能弱到哪去。高階一定充滿了身經百戰的冒險者吧，希望如此（我的癖好）。

利瑟爾原本的世界，和這一邊的世界，在各種意義上都是對等的。儘管存在各種地域差異，不過比起不同世界，更像是「不同國家」這種程度的差別。因此，利瑟爾握有的資本，只有他為了輔佐國王而學習的技能，以他原本的職位而言戰力確實足夠，但仍然不擅長和高階冒險者正面一對一決鬥（一方面也是雙方適性的問題）。原本世界中屬於他的地位，在這一邊也無法發揮作用。

不過，《休假。》這部作品的主角，應該具備的是什麼樣的特質呢？從本作在「成為小說家吧」網站連載的標題《不如當作休假樂在其中。》（休暇だと思って楽しみます。），

到現在書名當中的「休假指南。」……沒有錯，這部作品的本質就是享受假期!!凡事全力以赴才有樂趣，所以要全力投入冒險者工作!!個性我行我素，即使自己不在的這段期間政務工作堆積如山也不管!!又擁有優秀的溝通能力，能夠找到一起度假的朋友!!正因為利瑟爾擁有這些特質，才有資格成為本作的主角!!

我拚命這麼說服自己。大家好，我是岬，一直以來受各位關照了。

由於花掉太多篇幅找藉口，這裡沒有空間再寫這一集的總評雜談了。懷念的王都老朋友們在下一集也將繼續登場，希望各位看得開心。

這一集也多虧各方協助，《休假。》才得以成書。

感謝さんど老師一手接下廣播劇CD和其他利瑟爾一行人的插圖，我好擔心老師有沒有好好休息。有幸由您來負責所有插畫，我相信讀者們一定也非常高興的。感謝編輯大人從各方面支援這個持續拓展的《休假。》世界，甚至在超出編輯範疇的方面也給予協助，我實在感激不盡。也感謝TO BOOKS出版社，究竟要把《休假。》帶到什麼樣的境界呢！

最後，由衷感謝拿起這本書的各位讀者！

二〇二一年四月　岬

中文版書封製作中

利瑟爾身邊的騷動一樁接一樁！
他這次能夠華麗地擺平危機嗎？

優雅貴族的休假指南。⑬

利瑟爾在王都享受冒險者生活，不僅誤入「渡夢迷宮」，還闖入了偏袒獸人的迷宮當中……事件還不只這一樁，一下是身邊朋友們靈魂互換，一下幫助人家復仇，一下參加地下拍賣會，然後又碰上詭異的「增殖」事件?!還有還有，這一次利瑟爾又變小了，而且還把那個人也扯了進來?!……

【近期推出】

國家圖書館出版品預行編目資料

優雅貴族的休假指南12 / 岬 著；簡捷 譯. -- 初版.
-- 臺北市：皇冠文化出版有限公司, 2022.09-
冊；　公分. -- (皇冠叢書；第5049種)(YA!；72)
譯自：穏やか貴族の休暇のすすめ。12
ISBN 978-957-33-3921-2(第12冊：平裝)

861.57　　　　111011704

皇冠叢書第5049種
YA！072

優雅貴族的休假指南。12

穏やか貴族の休暇のすすめ。12

作　　者—岬
譯　　者—簡捷
發 行 人—平雲
出版發行—皇冠文化出版有限公司
台北市敦化北路120巷50號
電話◎02-27168888
郵撥帳號◎15261516號
皇冠出版社(香港)有限公司
香港銅鑼灣道180號百樂商業中心
19字樓1903室
電話◎2529-1778　傳真◎2527-0904
總 編 輯—許婷婷
責任編輯—陳怡蓁、蔡承歡
美術設計—嚴昱琳
行銷企劃—蕭采芹
著作完成日期—2021年
初版一刷日期—2022年9月

法律顧問—王惠光律師

讀者服務傳真專線◎02-27150507
電腦編號◎515072
ISBN◎978-957-33-3921-2
Printed in Taiwan
本書定價◎新台幣360元/港幣120元